Himmelstod

CAROLINE PARKER

Impressum

Korrektorat: Heidemarie Rabe
Covergestaltung © Catrin Sommer – rauschgold.com
Covermotiv © shutterstock_32990662,
shutterstock_608638013 – shutterstock.com

Caroline Parker
12247 Berlin
Email: caroline.parker001@yahoo.com

ISBN: 978-3-948092-00-9

Für A. und F.

Prolog

Sarah Leonard stand am Gartentor und blickte dem schwarzen Geländewagen nach, der als letzter der kleinen Wagenkolonne ins Tal hinunterrollte. Es war plötzlich so still, dass es fast schmerzte. Den ganzen Tag war das kleine Ferienhaus, das ihrem Vater gehörte, vom Lärm einer Großfamilie erfüllt gewesen. Jetzt war sie allein in dem alten Haus, das abgelegen mitten im Wald nur über eine enge, mit zahllosen Schlaglöchern versehene Straße mit dem nächsten Dorf verbunden war. Sie spürte, wie die Tränen, die sie den ganzen Tag über unterdrückt hatte, ihr unkontrollierbar über das Gesicht strömten.

Niemand hatte es laut ausgesprochen und doch hatte das Thema den ganzen Tag wie ein ungebetener Gast zwischen ihnen gesessen. Ihre ältere Schwester Ines, Mutter von drei kleinen Kindern, hatte Sarah gelegentlich einen besorgten Blick zugeworfen. Thomas, ihr Cousin, und seine Frau Gaby hatten auffällig wenig über ihre beiden Töchter, sonst steter und streng genommen einziger Quell ihrer Unterhaltungsbeiträge, erzählt. Ihre jüngere Schwester Leonie, die mit ihrem zweiten Kind schwanger war, hatte ihren unübersehbaren Bauch unter einem grauen Tuch versteckt, als würde sie sich für ihren Zustand schämen.

Der Elefant im Raum war die Abwesenheit von Mark, ihrem Ehemann, gewesen. Er hatte sich vor zwei Monaten von Sarah getrennt.

„Auf Probe. Damit wir Zeit haben, zu uns selber zu finden", hatte er gesagt, doch jedem der Anwesenden und vor allem Sarah war klar, dass es kein Zurück geben würde. Mark war ihre große Liebe und sie seine, davon war sie überzeugt, doch die jahrelangen vergeblichen Mühen, mit einem Kind eine Familie aus ihnen zu machen, hatten sie beide zermürbt. Von ihrer Liebe war nichts geblieben außer einer Erinnerung, in die sich immer öfter Wehmut, was hätte sein können, gemischt hatte.

Es war konsequent und richtig von Mark gewesen, sich zu trennen. Denn während er bereit gewesen war, ihre Partnerschaft ohne Kinder zu genießen, war der Traum von einem eigenen Kind zum beherrschenden Thema in Sarahs Leben geworden. Und nun war sie allein. Sie hatte keinen Mann und keine Kinder.

Das traditionelle jährliche Treffen mit ihrer Verwandtschaft in den Sommerferien hatte ihr dies fast unerträglich grausam klargemacht. Sarah war vor zwei Tagen 38 Jahre alt geworden, doch niemand war zum Feiern zumute gewesen. Sie wusste, dass es ihre Schuld war, dass die Stimmung an diesem herrlichen Sommertag gedrückt geblieben war. Der Schmerz, dass Mark sie verlassen hatte und dass sie vielleicht niemals ein Kind bekommen würde, hielt Sarah in jeder Sekunde ihres Lebens fest umklammert und es schien ihr unmöglich, sich aus der eiskalten Umarmung ihrer Verzweiflung zu befreien.

„Vielleicht brauchst du Hilfe", hatte Ines ihr vorsichtig geraten. „Professionelle Hilfe."

Der Nachsatz ihrer Schwester hatte wie ein Flehen geklungen. Sarah wusste, dass sie Hilfe brauchte. Doch sie war noch nicht bereit dafür. Stattdessen hatte sie begonnen, im Internet den Austausch mit anderen Frauen zu suchen, die ihr Schicksal teilten. Und sie hatte begonnen, bei diversen Partnerschaftsportalen nach einem Mann zu suchen. Am Ende würde es mit einem anderen Partner problemlos klappen, ein Kind zu zeugen. Ob daraus eine Beziehung wurde, war Sarah egal.

Die Resonanz ihrer Internetanzeige war überwältigend. Zunächst hatte sie sich gescheut, ein Foto von sich im Internet zu veröffentlichen, doch der Erfolg hatte sich erst mit einem Bild eingestellt. Sarah war eine hübsche, zierliche Frau mit dunkelbraunen Augen und langen tiefroten Haaren. Sie fiel auf und sie gefiel den Männern.

Sie unterdrückte das Bedürfnis, auf ihrem Handy nachzusehen, ob sie neue Nachrichten von möglichen Verehrern hatte, und ging ins Haus. Sie wollte am nächsten Tag nach Köln zurückfahren und musste das Ferienhaus in einen akzeptablen Zustand bringen. Zwar hatte ihre Familie die gröbsten Überreste der Feier beseitigt, aber es gab noch einige Gläser einzusammeln, Essensreste in Tupperware zu verstauen und das Haus insgesamt aufzuräumen. Es war Abend und wenn sie am nächsten Morgen wie geplant direkt nach dem Frühstück aufbrechen wollte, musste sie sich sputen.

Sarah beeilte sich, die Terrasse aufzuräumen und zu säubern, damit sie die Tür trotz der schwülen Sommerhitze schließen konnte. Sie war nicht gerne allein in dem abgelegenen Haus. Früher, als Mark mit ihr hergefahren war, hatte sie keinen

Gedanken daran verschwendet, dass niemand sie hören würde, wenn jemand die Abgeschiedenheit des Hauses nutzen sollte, die Bewohner zu überfallen. Doch nun, da sie das erste Mal vollkommen allein hier war, fühlte sie sich unbehaglich. Insbesondere am Abend, wenn gelegentlich späte Spaziergänger mit ihren Hunden herkamen, und sie hörte, wie diese ihre Autos auf dem Waldweg neben dem Haus parkten, war ihr unheimlich zumute. Was, wenn es doch kein Spaziergänger war? Manchmal konnte sie mitten in der Nacht Stimmen vor dem Haus hören. Stimmen, die zweifellos Jugendlichen gehörten, die ein nächtliches Abenteuer der einen oder anderen Art im Wald suchten, die Sarah aber dennoch Angst einjagten. Ein paar Mal hatte sie in den vergangenen Tagen sogar das Gefühl gehabt, es hätte sie jemand beobachtet. Während sie im Wald spazieren gegangen war, hatte sie sich immer wieder umgedreht in dem Glauben, hinter ihr ginge jemand, der sie anstarrte. Vielleicht wurde sie langsam verrückt.

Endlich schloss sie die Terrassentür hinter sich und ging in die Küche. Sie kam zügig voran und es begann gerade dunkel zu werden, als sie zwei graue Mülltüten sorgsam verschloss und zur Haustür ging. Wenn sie den Müll in die kleine Tonne, die vor dem Haus stand, gebracht hatte, musste sie nur noch ihren Koffer packen, dann war alles erledigt. Obwohl es nicht einmal 22 Uhr war, würde sie sich sofort ins Bett legen. Sie fühlte sich seit Wochen müde und erschöpft, die Belastungen der letzten Zeit hatten an ihr gezehrt.

Sarah schloss die Haustür auf, achtete sorgsam darauf, den Schlüssel aus dem Schloss zu ziehen und ihn in die Hosentasche zu stecken, um sich nicht selber den Rückweg ins Haus zu versperren, und ging zur Mülltonne.

Sie kam nicht mehr dazu, darüber nachzudenken, ob sie wirklich einen Schatten an der Hauswand hatte entlanghuschen sehen, da wurde ihr bereits schwarz vor Augen.

Tag 1

Freitag

1.

Amaryllis Winter stand entnervt von ihrer Yogamatte auf, rollte diese zusammen und stellte sie zurück in den Schrank. Sie würde bei dem Lärm keine Entspannung finden, egal wie sehr sie sich bemühte. Sie zog ihre Yogahose und das T-Shirt aus, legte sie über den Stuhl in ihrem Schlafzimmer, holte eine Jeans und eine Bluse aus ihrem Schrank und seufzte, während sie sich vor den großen Spiegel in ihrem Ankleidezimmer stellte. Es war drückend heiß in dem kleinen Raum und Amaryllis wischte sich eine Schweißperle von der Stirn. Eine Hitzewelle hatte Berlin seit mehreren Wochen fest im Griff und es war bereits am frühen Vormittag unerträglich heiß.

„Kann es nicht einfach mal wieder regnen“, murmelte sie leise und schaltete den kleinen Tischventilator ein, der auf der Kommode neben ihr stand. Wenn sie schon kein Yoga machen konnte, würde sie ihren ersten freien Tag seit drei Wochen nutzen, den Handwerkern, die ihr gesamtes Haus übernommen hatten, etwas auf die Finger zu sehen, überlegte Amaryllis. Wie lästige Insekten waren die Bauarbeiter überall und der Zustand der alten Villa war mit dem eines Feldes, über das eine

Heuschreckenplage hergefallen war, durchaus zu vergleichen. Es erstaunte Amaryllis immer wieder, in welch krassem Widerspruch der Fortschritt der Männer zu dem Lärm, den ihre Arbeit verursachte, stand. Sie strich mit einem Finger über den Spiegel vor sich und hinterließ dabei eine gut sichtbare Spur in dem Staub, der das Glas genau wie alles andere im Haus seit Wochen bedeckte.

„Reiß dich zusammen, du bist eine erfolgreiche Kommissarin bei der Berliner Mordkommission! Du hast keine Angst vor den brutalsten Mördern, aber traust dich nicht, ein paar Handwerkern zu sagen, dass sie gefälligst voranmachen sollen für das horrende Geld, das du ihnen zahlst!“, erklärte sie ihrem Spiegelbild energisch und band ihre langen, dichten schwarzen Haare zu einem strengen Pferdeschwanz zusammen.

Ihr größtes Problem, das sie mit den Handwerkern hatte, war, dass diese, sobald sie den Raum betrat, mehr auf das Aussehen ihrer Auftraggeberin als auf deren handwerklichen Anliegen achteten. Amaryllis war eine große, sehr schlanke Frau und ihre Hautfarbe erinnerte an die von Milchkaffee, ein Erbe, das sie ihrer indischen Mutter verdankte, ebenso wie ihre fast schwarzen Augen, die von dichten Wimpern eindrucksvoll umrahmt wurden.

Für gewöhnlich strahlte Amaryllis eine gewisse Kühle aus und wirkte auf ihre Mitmenschen fast abweisend. Doch seitdem einer der Handwerker bei der ersten Besprechung des Auftrages seinem Kollegen leise zugeraunt hatte: „Die sieht ja aus wie die Alte vom George Clooney“, war es um den Respekt der Bauarbeiter geschehen. Ein- oder zweimal hatte sie sogar gemeint, ein leises Pfeifen gehört zu haben, nachdem sie den Raum verlassen hatte. Die Tatsache, dass die Kommissarin alleinstehend war, machte die Dinge nicht besser.

Amaryllis hatte das weitläufige Haus im vornehmen Berliner Stadtteil Dahlem im vergangenen Jahr von ihrer Großmutter geerbt und sich nach langem Zögern entschieden, in Berlin zu bleiben und nicht nach New York, wo sie einen großen Teil ihres Lebens verbracht hatte, zurückzukehren. Sie war vor mehr als drei Jahren kurz entschlossen nach Berlin gekommen, um ihre Großmutter, die einen Schlaganfall gehabt hatte, zu pflegen. Die Tatsache, dass sie so eventuellen Begegnungen in New York mit ihrem Ex-Mann Max nach der Scheidung entgehen konnte, hatte ihr die Entscheidung erleichtert. Obwohl es nach dem Tod ihrer Großmutter wenig Grund gab, in Berlin zu bleiben, hatte sie sich für ein Leben in der deutschen Hauptstadt entschieden. Der Job bei der Berliner Mordkommission, den sie zwischenzeitlich angenommen hatte, erfüllte sie und Berlin war ihr trotz einiger Anfangsschwierigkeiten ans Herz gewachsen.

Nachdem der Entschluss gefasst war, hatte sie eine gefühlte Heerschar von Arbeitern engagiert, die das Haus umbauen sollten. Die alte Villa war für eine alleinstehende Frau zu groß und von ihrem Gehalt selbst nach einer Beförderung zur Hauptkommissarin nicht zu unterhalten. Entsprechend sollte das Haus in ein kleineres Haupthaus, das Amaryllis bewohnen würde, und zwei Anliegerwohnungen aufgeteilt werden. Die Wohnungen sollten vermietet werden und so zur Finanzierung des Hauses beitragen.

„Du weißt, dass wir Rücklagen haben und selbstverständlich das restliche Erbe deiner Großmutter nicht anrühren werden. Du wirst mit an Sicherheit grenzender Wahrscheinlichkeit niemals mittellos sein und wir würden dir gerne helfen“, hatten ihre Eltern, die weiterhin in New York lebten, eingewandt, als Amaryllis ihnen von den Umbauplänen für den Familienstammsitz erzählte.

„Ich bin eine erwachsene Frau mit einem guten Beruf, entweder schaffe ich es, das Haus alleine zu unterhalten, oder es wird verkauft“, hatte Amaryllis fast ein wenig störrisch geantwortet. „Es ist mir egal, ob ich irgendwann Geld von euch oder wem auch immer erbe, ich möchte mich selber finanzieren können und nicht auf das Ableben betuchter Verwandter zählen müssen!“

Damit wäre das Thema erledigt gewesen, ihr Vater hatte es sich jedoch trotz seiner Bedenken nicht nehmen lassen, einen Architekten aus seinem weitläufigen Netzwerk zu organisieren und mit der Planung für den Umbau des Hauses zu beauftragen. Amaryllis wusste, wenn es um ihre Eltern ging, zum einen, wann sie sich geschlagen geben musste, und zum anderen, wann es durchaus lohnte, Hilfe anzunehmen und den eigenen Stolz zu vergessen. Wenn sie ehrlich war, hatte sie sich in den vergangenen Wochen oft gewünscht, ihr Vater hätte ihr zusätzlich einen vernünftigen Bautrupp organisiert, denn es kam ihr vor, als würden die von ihr beauftragten Handwerker so ziemlich alles tun, außer das Haus nach den äußerst gelungenen Plänen des Architekten umzubauen.

Sie ging die Treppe von ihrem Schlafzimmer nach unten und überstieg dabei so vorsichtig wie möglich die Baumaterialien, die überall im Erdgeschoss verstreut herumlagen, als sie ihr Diensthandy in ihrer Hosentasche vibrieren spürte.

Der Mord an einer Rentnerin in Charlottenburg war mit ihrem Abschlussbericht, den sie am Vortag ihrem Chef Hubert Neustädt überreicht hatte, geklärt und Amaryllis hatte sich einen freien Tag mehr als verdient. Entsprechend musste es etwas sehr Wichtiges sein, wenn die Kollegen sie an diesem Freitag, den sie zu Hause verbringen wollte, anriefen.

„Winter“, meldete sie sich knapp, während sie einen Hammer, der mitten im Flur auf der Erde lag, aufhob und auf eine notdürftig mit Plastikfolie abgedeckte Kommode legte.

„Sorry, dass ich dich an deinem freien Tag störe, aber es wurde eine Frauenleiche im Grunewald gefunden. Ganz bei dir in der Nähe, zumindest wenn man es per Luftlinie betrachtet. Fremdeinwirkung wahrscheinlich. Neustädt lässt fragen, ob du das übernehmen kannst. Du weißt schon, es ist Ferienzeit und die Hälfte der Kollegen liegt irgendwo am Strand in der Sonne“, hörte sie Pamela Hellwig, die Sekretärin ihres Chefs, am anderen Ende der Leitung. „Als wäre man nicht schon genug gestraft, dass man nicht selber im Urlaub ist, muss man die Arbeit für die Faulenzer erledigen“, legte die junge Frau mit deutlicher Missbilligung in der Stimme nach. „Und das bei dem Wetter!“

Amaryllis sah sich in ihrem Flur, der fast komplett mit verstaubter Plastikfolie abgedeckt und mit Baumaterialien vollgestellt war, um und holte Luft. Sie würde es ihrem Chef Hubert Neustädt gegenüber natürlich nicht zugeben, aber sie war fast froh, dem Gespräch mit den Handwerkern ausweichen zu können, denn sie konnte keine Garantie mehr übernehmen, dass sie ihr gutes Benehmen nicht vergessen und die Männer anschreien würde. Dann doch lieber das Schicksal einer Frauenleiche klären.

„Gibt es schon Details?“, fragte sie nach, während sie überlegte, ob es sich trotz des Fundortes der Leiche im Wald um eine Obdachlose handeln könnte. Vielleicht hatte ihr Körper nach Jahren auf der Straße aufgegeben oder sie war in Streit mit einem anderen Obdachlosen geraten. In dem Fall war es gut möglich, dass sie am Nachmittag schon wieder zu Hause sein würde. Für ein ernstes Wort mit den Handwerkern, die bevorzugt um 6:30 Uhr anfingen, um in Ruhe zu frühstücken, dafür aber spätestens um 15 Uhr verschwanden, würde es dennoch zu spät sein.

„Nein, keine Details. Der Anruf vom Notarzt ist eben erst eingegangen. Wer auch immer die 112 gewählt hat, war nicht mehr vor Ort, als der Rettungswagen eintraf, die Kollegen der zuständigen Polizeiwache sind auf dem Weg“, erklärte Pamela Hellwig. „Ich sage dem Chef, du kümmerst dich. Den genauen Ort schicke ich dir per E-Mail.“ Mit diesen Worten legte sie auf.

Die Aussicht, bei fast 30 Grad durch den Wald laufen zu müssen, war nicht gerade angetan, Amaryllis' Laune zu heben. Sie zog ein Paar Sneakers an, die sie mit etwas Mühe aus dem abgedeckten Schuhschrank gezogen hatte, nahm ihren Schlüssel und machte sich auf den Weg.

*

Zehn Minuten später stand sie neben ihrem Wagen am Rande des Grunewalds und versuchte, aus der Wegbeschreibung, die Pamela Hellwig ihr wie versprochen per E-Mail auf ihr Smartphone geschickt hatte, schlau zu werden. Sie fragte sich, wer die Frauenleiche an dieser abgelegenen Stelle entdeckt hatte. Wahrscheinlich hatte ein Hund die Fährte aufgenommen und seinen Besitzer zu der Leiche geführt. Der Grunewald war bei Hundebesitzern besonders beliebt, da dieser als Auslaufgebiet gekennzeichnet war und eine der wenigen verbleibenden Möglichkeiten in Berlin bot, Hunde „offiziell“ ohne Leine laufen zu lassen. Doch hatte die Sekretärin nicht gesagt, wer immer den Notruf der Feuerwehr gewählt hatte, sei nicht mehr vor Ort gewesen, als der Notarzt eintraf? Dies war zumindest ungewöhnlich, normalerweise warteten die Anrufer, bis die Rettungskräfte eintrafen, und nicht selten mussten sie wegen eines Schocks selber behandelt werden.

Amaryllis blickte sich um und versuchte, sich die Umgebung einzuprägen. Wenn sie die Stelle, an der die Leiche gefunden worden war, auf der Karte richtig deutete, war es eher unwahrscheinlich, dass eine obdachlose Frau sich dorthin, weitab von Häusern, Unterkünften und der Möglichkeit, Speisereste zu finden oder Almosen zu erbetteln, verirrt hatte. Sie spürte ein leichtes Kribbeln im Bauch, vielleicht würde der Fall interessanter werden, als sie es zunächst angenommen hatte.

Nach einem kurzen Fußmarsch in den Wald hinein sah Amaryllis von Weitem ein paar Personen zwischen den dichten Bäumen stehen. Dank ihrer rot-weißen Uniformen waren sie als Rettungssanitäter gut erkennbar. Die blau-uniformierten Kollegen der Polizei waren ebenfalls bereits vor Ort.

„Hallo, Winter, Mordkommission“, stellte sie sich kurz vor, nachdem sie die kleine Gruppe erreicht hatte.

„Die Leiche liegt dort drüben“, ein junger Polizist deutete mit der Hand auf einen Baum, „direkt am Baumstamm.“

„Irgendetwas Auffälliges?“, fragte Amaryllis.

„Eine Obdachlose scheint es nicht zu sein, obwohl …“, der Polizist sprach nicht weiter und zuckte mit den Schultern.

„Sehen Sie es sich lieber selber an. Sieht sehr merkwürdig aus. Wir haben sie nur angefasst, um zu prüfen, ob sie vielleicht noch lebt, ansonsten ist alles genauso, wie wir es bei unserem Eintreffen vorgefunden haben“, erklärte einer der Rettungssanitäter.

Gespannt ging Amaryllis in die genannte Richtung. Die Frauenleiche lag gekrümmt neben dem Baumstamm, es wirkte fast, als hätte die Frau sich an den Baum gesetzt und wäre umgefallen. Die Hände und der sichtbare Teil der Arme der

Frau waren mit Kratzern und Blutergüssen übersät. Doch die Kommissarin sah sofort, dass es nicht die Verletzungen waren, die der Sanitäter mit „merkwürdig“ gemeint hatte.

Die Frau wirkte gepflegt und ungepflegt gleichzeitig. Ihre Kleidung war dreckig, wirkte aber nicht alt und abgetragen. Unter ihrem weißen T-Shirt trug sie keinen BH, die Umrisse ihrer Brüste waren deutlich durch den dünnen Stoff zu erkennen. Trotz der sengenden Hitze, die seit Wochen über Berlin lag, trug die Frau eine dicke Strickjacke, die an den Armen zerrissen war, und Wollsocken.

Die roten von grauen Strähnen durchzogenen Haare der Toten sahen aus, als wären sie mit einem Rasiermesser ungleichmäßig abgeschnitten worden. Ihr Gesicht war merkwürdig blass, die Haut fast durchscheinend, unter den Augen hatte die Frau dunkle Ringe, die in einem gespenstischen Gegensatz zur Haut standen. Ihr Körper wirkte extrem dünn, regelrecht ausgemergelt, ohne jedoch magersüchtig zu erscheinen.

Das Auffälligste war jedoch, dass die Frau keine Schuhe trug, und doch machten die Wollsocken nicht den Eindruck, als wäre sie mit ihnen ein ganzes Stück durch den Wald gelaufen. Entweder lagen ihre Schuhe irgendwo in der Nähe im Gebüsch oder die Frau war hergetragen worden, folgerte Amaryllis. Sollte Letzteres der Fall sein, musste sie bereits tot oder zumindest bewusstlos gewesen sein, als sie in den Wald gebracht wurde. Sie ging zurück zu der kleinen Gruppe, die unweit der Toten stand.

„Wir verständigen besser die Gerichtsmedizin, die sollen sich die Leiche hier am Fundort ansehen und nicht erst im Obduktionssaal“, erklärte sie und holte das Handy aus ihrer Tasche, da sie keine Einwände der anderen Beamten erwartete.

Nachdem sie das Telefonat beendet hatte, wandte sie sich an die Rettungssanitäter.

„Sie wissen nicht, wer Sie informiert hat“, stellte sie mehr fest, als dass sie fragte.

„Nein. Die Zentrale hat uns nur weitergegeben, dass ein lebloser Frauenkörper im Grunewald gefunden worden sei. Der Anrufer hat weder seinen Namen noch Details, wie er den Körper gefunden hat, angegeben. Die Telefonnummer war unterdrückt, das habe ich bereits bei der Zentrale nachgefragt“, antwortete der Mann, aus dessen Gelassenheit Amaryllis schloss, dass die Frau nicht das erste mutmaßliche Opfer eines Gewaltverbrechens war, zu dem er gerufen worden war.

„Wenn sie ermordet worden ist, dürfte ihr Mörder selber die Polizei gerufen haben“, vermutete einer der Polizisten. „Dieser Teil des Grunewalds ist nicht sehr belebt. Nicht mal Hundebesitzer verirren sich besonders oft hierher.“

Amaryllis ließ die Feststellung ihres Kollegen unkommentiert, obwohl sie das Gleiche dachte. Sie war in Gedanken bereits bei der Frage, wer die Frau sein könnte. Sie entschloss sich, das Eintreffen der Gerichtsmedizin nicht abzuwarten, sondern ins Büro zu fahren und die Vermisstendateien nach weiblichen Personen zu durchsuchen, deren Beschreibung auf den leblosen Körper, der wenige Meter von ihr entfernt lag, passte. Sie schätzte die Frau auf dreißig bis vierzig Jahre und ca. 1,60 groß. Diese Angaben würden die Suche im Berliner Raum und Umgebung eventuell bereits so einschränken können, dass eine überschaubare Anzahl an Treffern übrigblieb, mit der sie etwas anfangen konnte. Vielleicht konnte die Identität der Frau heute bereits geklärt werden. Wenn nicht, gab es nichts, was sie vor dem Wochenende in dem Fall tun konnte.

Tag 4

(Montag)

2.

„Ich habe das alles so satt!“

Mit diesen Worten ließ Falk von Heeren sich in den Stuhl gegenüber von Amaryllis’ Schreibtisch in ihrem Büro fallen. Es war kurz nach acht Uhr am Montagmorgen und die Sonne brannte für die Uhrzeit bereits ungewöhnlich heiß vom Himmel.

„Soll heißen?“, fragte Amaryllis leicht amüsiert nach, obwohl sie eine ziemlich genaue Vorstellung davon hatte, was ihr Partner sagen würde. Seitdem sie gemeinsam ihren ersten Fall, den des mysteriösen „Insulinkillers“, gelöst hatten, wurden sie von ihrem Chef Hubert Neustädt öfter zu einem Team vereint, so auch diesmal für den Fall der toten Frau aus dem Grunewald. Amaryllis war froh über die Zusammenarbeit, obwohl das Privatleben ihres Kollegen mehr Zeit in Anspruch nahm, als sie gutheißen konnte. Aber sie mochte Falks Humor und obwohl er gelegentlich unzuverlässig war, war er ein ausgezeichneter Kommissar.

„Erstens, das Wetter. Diese Hitze ist einfach zum Kotzen. Ich schwitze nonstop, morgens, mittags, abends, nachts. Und zwischendurch auch noch.“

„Danke, das ist mehr Info, als ich haben möchte", unterbrach sie ihren Kollegen, der allerdings ungerührt weiterredete.

„Zweitens, diese gottverfluchte Sommerfeier. Wer hat sich diesen Mist ausgedacht? Warum soll ich bei diesen Temperaturen einen Abend an einem von Mückenscharen belagerten Bootshaus verbringen, billigen Wein oder alternativ warmes Bier trinken und so tun, als würde ich meine Kollegen mögen?" Falk verzog das Gesicht, bevor er sich eines Besseren besann und anfügte: „Anwesende natürlich ausgenommen."

Amaryllis lächelte leicht gequält und sagte nichts, sie wusste, dass das große Finale – genau wie bei jedem ihrer Gespräche in den vergangenen zwei Wochen – kurz bevorstand.

„Und drittens: meine bescheuerte Ex-Frau. Diese grässliche Hyäne. Ich liebe meine Kinder über alles und hätte sie am liebsten immer bei mir, egal was das für mich, mein Privatleben oder meinen Job bedeutet. Mir die drei aber unangekündigt die gesamten Sommerferien zu ‚überlassen', obwohl nur drei Wochen vereinbart waren, das geht zu weit. Das alte Walross liegt mit ihrem Lover am Strand und ich kann sehen, wie ich die Kinder unterbringe, wenn ich zur Arbeit gehe! Für drei Mädchen gleichzeitig ein Sommercamp zu finden, das noch Plätze hat, bezahlbar ist und ihnen Spaß macht, ist genauso unwahrscheinlich wie die Eröffnung des Berliner Katastrophenflughafens BER in diesem Jahrhundert oder dass eine Frau in näherer Zukunft Papst wird", schimpfte ihr Kollege weiter.

Amaryllis fühlte mit Falk, wusste aber nicht, was sie zu dem Thema sagen sollte. Zum einen hatte sie keine eigenen Kinder, zum anderen war sie froh, dass sich in die Einsamkeit, die sie seit ihrer Scheidung und dem Umzug nach Berlin gelegentlich verspürte, wenn sie abends in das leere Haus zurückkehrte, nicht zusätzlich der Wunsch nach einem Kind mischte.

Das Klingeln des Telefons kam ihr zu Hilfe und ersparte ihr die Antwort. Ein Blick auf die Nummer zeigte ihr, dass es die Gerichtsmedizinerin Benita Hüther war.

„Hallo Benita", meldete sich Amaryllis, erfreut, dass der Kollegin, die immer mehr zu einer guten Freundin wurde, ganz offenbar der Fall der toten Frau aus dem Grunewald zugeteilt worden war.

„Au Mann", hörte sie die stets fröhlich klingende Stimme der Pathologin, die selten Zeit mit Begrüßungsformeln verschwendete. „Da ist euch aber ein ganz merkwürdiger Fang ins Netz gegangen. Ich würde vorschlagen, dass ihr, so bald ihr könnt, zu mir in die Gerichtsmedizin kommt. Es gibt einiges, was ich euch zeigen möchte."

Amaryllis, die das Telefon vorsorglich auf Lautsprecher gestellt hatte, sah Falk an, der sofort nickte. Außer einer nochmaligen Prüfung der Vermisstendateien gab es zu diesem Zeitpunkt nichts, was sie hätten tun können, um den Tod der Frau aufzuklären. Die erste Überprüfung, die Amaryllis am Freitagnachmittag gemacht hatte, war ergebnislos verlaufen.

„Wir fahren sofort los", sagte Amaryllis.

„Bringt mir bitte, bitte Kaffee mit. Ich könnte einen gebrauchen und die scheußliche Brühe aus unserer Kantine halte ich heute nicht aus. So viel Zeit muss sein. Dafür verspreche ich euch ein paar äußerst interessante Ergebnisse der Obduktion."

*

Eine halbe Stunde später standen Amaryllis und Falk mit drei Bechern Latte macchiato und mehreren Muffins vor dem Büro von Benita Hüther. Falk wollte gerade anklopfen, als die Tür sich bereits öffnete.

„Wusste ich doch, dass ich richtigen Kaffee gerochen habe, kommt rein."

Benita Hüther nahm einen der Kaffeebecher und die Tüte mit den Muffins und deutete den beiden Kommissaren an, ihr ins Zimmer zu folgen, in dem es dank einer im Hintergrund surrenden Klimaanlage angenehm kühl war. Die Gerichtsmedizinerin trug eine eng anliegende helle Jeans, ein weißes T-Shirt, auf dem vorne das Rolling-Stones-Logo abgebildet war, und Flipflops. Ihre langen blonden Haare hatte sie zu einem Pferdeschwanz zusammengebunden. Wenn Amaryllis es nicht besser gewusst hätte, hätte sie Benita für eine Sportstudentin oder für eine junge Frau gehalten, die sich unbekümmert durch den Tag treiben ließ.

„Habt ihr schon Infos, ob die Frau als vermisst gemeldet worden ist?", fragte Benita, nachdem sie einen der Muffins gegessen und ihren Kaffee in wenigen Zügen geleert hatte. Sie blickte entschuldigend auf den leeren Becher. „Ich habe nicht gefrühstückt und war schon um sechs Uhr hier, denn eure Leiche hatte wirklich einiges zu bieten, darüber habe ich glatt die Zeit vergessen."

„Spann uns nicht weiter auf die Folter", sagte Falk. „Was hast du so Großartiges herausgefunden? Und nein, wir haben bislang keine Idee, ob sie vermisst gemeldet wurde oder nicht."

„Das Alter der Toten ist schwer zu bestimmen, sie litt unter starker Osteoporose, im Volksmund Knochenschwund genannt. Zu den Gründen hierfür komme ich sofort, nur kurz vorweg, der allgemeine Gesundheitszustand der Frau war extrem schlecht. Die Ursache der meisten ihrer Probleme dürfte Mangelernährung gewesen sein. Wobei sie ausreichend Kalorien zu sich genommen hat, um nicht zu sterben, aber nicht eine Kalorie mehr. Nähr- oder Ballaststoffe, Vitamine, Mineralien – alles Fehlanzeige im Blutbild. Ich könnte euch jetzt die gesammelten Stoffe aufzählen, die ihr gefehlt haben, aber ich konzentriere mich auf den auffälligsten Befund: Der Vitamin-D-Wert im Körper der Toten ging gegen null."

Benita machte eine kurze Pause und sah Amaryllis und Falk an, die einen ungläubigen Blick wechselten. Dann sprach sie weiter: „Ganz genau, das heißt, dass die Frau keinerlei Sonneneinstrahlung ausgesetzt war und keine Vitamin-D-Präparate genommen hat. Sie dürfte zumindest in den vergangenen Wochen und Monaten nicht vor die Tür gegangen sein."

„Willst du damit sagen, dass die Frau eingesperrt gewesen ist?", fragte Falk nach.

„Nicht unbedingt", erwiderte Benita. „Aber die Vermutung liegt nahe. Solange der Körper UV-B-Strahlen ausgesetzt ist, produziert er Vitamin D, dafür reicht schon eine Viertelstunde Sonne am Tag. Wenn im Körper kein Vitamin D vorhanden ist, bedeutet dies zunächst, dass die Frau im Prinzip nicht mal 15 Minuten am Tag draußen gewesen sein dürfte. Natürlich könnte sie stets komplett verhüllt ins Freie gegangen sein. Sonnenstrahlen können nicht durch Kleidung dringen und es kann entsprechend kein Vitamin D gebildet werden, was in manchen arabischen Ländern, wo die Frauen nur in ihrer schwarzen Abaya vor die Tür gehen, ein Problem sein kann. Vielleicht hat unsere Tote es aber auch irgendwie geschafft, nur im Dunkeln oder bei extrem schlechtem Wetter vor die Tür zu gehen."

„Die Frau trug trotz der Höllenhitze eine dicke Wollstrickjacke, als wir sie gefunden haben“, überlegte Amaryllis laut.

„Stimmt, das spräche dafür, dass sie nur dick eingemummelt vor die Tür gegangen ist. Ich befürchte allerdings, dass die Tote wirklich nicht aus dem Haus gehen konnte oder wollte.“

Benita wollte einen Schluck aus ihrem Kaffeebecher nehmen, stellte jedoch fest, dass sie vergessen hatte, dass dieser bereits leer war.

„Warum sind da immer nur zwei Schlückchen drin?“, seufzte sie.

„Du willst es doch nur spannend machen“, rügte Falk sie freundlich. „Rück schon raus, was du herausgefunden hast.“

„Die Todesursache der Frau gibt zumindest in Zusammenhang mit ihren anderen Verletzungen Rätsel auf“, fuhr Benita fort. „Ihr Körper ist mit zahlreichen Kratzern und frischen blauen Flecken übersät. Man könnte auf die Idee kommen, dass sie verprügelt worden und an einer inneren Verletzung gestorben ist. Verprügelt worden ist sie, so viel steht fest, vielleicht hat sie sich auch mit jemandem geprügelt, da möchte ich mich nicht festlegen. Die Todesursache ist dennoch eine andere: Die Frau ist verblutet, und zwar nach einer Fehlgeburt.“

„Sie war schwanger?“, fragte Amaryllis entsetzt. „Wer verprügelt denn bitte eine Schwangere?“

„Da gibt es jede Menge Widerlinge, die so etwas tun, frag mal die Kollegen, die sich mit häuslicher Gewalt auseinandersetzen müssen“, antwortete ihr Falk.

„Allerdings“, pflichtete ihm Benita bei. „In diesem Fall stellt sich natürlich sofort die Frage, ob die Schläge, die sie bezogen hat, die Fehlgeburt ausgelöst haben, und die Frau damit indirekt an deren Folgen gestorben ist. Nach dem derzeitigen Erkenntnisstand halte ich das jedoch für unwahrscheinlich. Die Blutergüsse und die Wunden dürften erst nach Einsetzen der Fehlgeburt entstanden sein."

„Bitte?", fragte Falk entgeistert nach. „Du willst sagen, die Frau hatte eine Fehlgeburt und ist danach oder sogar während sie ihr Kind verloren hat, geschlagen worden? Warum? Weil sie es nicht geschafft hat, das Baby zu behalten? Das ist doch krank! Ich denke, ich kann sagen, dass ich viel gesehen und erlebt habe in dem Job, aber das ist außerhalb des Möglichen."

„Ich befürchte, dass es anders war", sagte Benita vorsichtig und fügte nachdenklich an: „Um nicht zu sagen, es war wahrscheinlich schlimmer."

Sowohl Amaryllis als auch Falk sahen die Gerichtsmedizinerin verständnislos an.

„Was kann bitte schlimmer sein, als eine Frau nach einer Fehlgeburt zu schlagen?", fragte Amaryllis schließlich leise.

„So wie ich es sehe, hatte die Frau einen ‚Abortus incompletus'. Darunter versteht man eine Fehlgeburt, bei der sich Teile des Schwangerschaftsgewebes nicht von alleine lösen, sondern in der Gebärmutter verbleiben. Normalerweise ist dies ein Teil der Plazenta und das Ganze löst mehr oder weniger starke Blutungen aus. So eine Fehlgeburt kann sich über einen längeren Zeitraum hinziehen, denn der Körper stößt das Gewebe normalerweise nicht sofort komplett ab, sondern nach und nach. In den meisten Fällen bemerkt die Schwangere an Blutungen und Krämpfen, dass etwas nicht stimmt. Als Konsequenz geht die Frau zu ihrem Gynäkologen, der macht einen Ultraschall und erkennt die Fehlgeburt. Wenn noch Restgewebe im Körper ist, wird normalerweise im Anschluss die Gebärmutter ‚gesäubert', es wird eine ‚Kürettage', auch

‚Ausschabung' genannt, gemacht. Verbleiben Teile der Plazenta oder der Embryo in der Gebärmutter, kann es zu lebensbedrohenden Infektionen oder Blutungen kommen. Und genau dies ist bei unserer Toten geschehen."

„Und welche Anzeichen hast du gefunden für diese Theorie?" Es war Amaryllis anzusehen, dass sie nicht glauben wollte, was die Pathologin ihnen gerade vortrug.

Benita schien sich einen Moment zu sammeln, bevor sie zu sprechen begann.

„Ich sehe ein, es klingt zunächst verrückt, aber wartet, bis ich euch alle Details erzählt und erklärt habe."

Die dank ihrer rosigen Wangen stets gesund aussehende junge Medizinerin wirkte ungewohnt berührt, was Amaryllis und Falk veranlasste, einen besorgten Blick zu wechseln, ob der Grauen, die sie gleich hören würden. Trotz ihres Alters und ihrer sonnigen Erscheinung galt Benita Hüther als erfahren und abgebrüht. Bislang hatte keiner der beiden die junge Frau jemals so mitgenommen gesehen.

„Also, fangen wir an", sagte Benita schlicht, obwohl klar war, dass sie Ungewöhnliches berichten würde. „Die mit bloßem Auge sichtbaren Blutergüsse und Schürf- bzw. Kratzwunden der Toten dürften zum Zeitpunkt ihres Todes nicht älter als 18 bis 24 Stunden gewesen sein." Benita Hüther zog ein Foto aus einem Aktenstapel auf ihrem Schreibtisch hervor.

„Hier", sie deutete auf einen Bluterguss. „Wichtig ist die Farbe. Ein Hämatom ist zunächst rot, dann blau und wird schließlich grün-gelb. Dieser Bluterguss ist rot, für gewöhnlich ein Zeichen für eine frische Verletzung. Der klassische ‚blaue Fleck' entsteht erst ein paar Tage nach der Verletzung. Und hier", sie deutete auf eine Schürfwunde. „Das Blut ist zwar nicht mehr hellrot, aber auch nicht von einem tiefen Rot-Schwarz wie bei einer fast verheilten alten Verletzung. Die Wunde dürfte daher ebenfalls nicht älter als 18 bis 24 Stunden sein."

Benita Hüther holte tief Luft, bevor sie fortfuhr.

„Die Überreste der Plazenta, die ich in der Gebärmutter gefunden habe, waren bei ihrem Tod aber mindestens schon 48 Stunden, ich vermute sogar deutlich länger, abgestorben. Das Gewebe, das ich entnommen habe, war extrem mit Keimen und Bakterien durchsetzt. Ich habe weitere Tests angeordnet, um das Zeitfenster genauer feststellen zu können, aber als Faustregel gilt, je länger Gewebe abgestorben ist, desto mehr ist es mit Keimen und Bakterien verseucht.

In welcher Schwangerschaftswoche die Frau war, kann ich nicht mit Sicherheit sagen. Aber der Menge der Plazenta nach, die ich in der Gebärmutter gefunden habe, dürfte die Schwangerschaft bereits fortgeschritten gewesen sein. Wahrscheinlich war sie in der 14. bis 18. Woche, bislang ist das aber nur eine Vermutung. Ich muss erst klären, welche Tests überhaupt zur Verfügung stehen, um das zu verifizieren."

Benita Hüther machte eine kurze Pause, während derer sie zu überlegen schien, was sie als Nächstes sagen sollte.

„Lange Rede, kurzer Sinn: Ich glaube, die Frau wusste, dass sie schwanger war. Wenn sie tatsächlich in der 14. bis 18. Woche war, dürfte sie die Anzeichen erkannt haben und sie hat anhand ihrer mit Sicherheit starken Blutungen und Schmerzen gemerkt, dass sie einen Abgang hat. Sie hat versucht, zu einem Arzt zu kommen, und wurde daran gehindert. Also hat sie schließlich in ihrer Not begonnen, sich gewaltsam gegen die Person, die sie aufhalten wollte, zu wehren, um irgendwie in ein Krankenhaus oder zu einem Arzt zu gelangen. Wahrscheinlich war sie aber bereits zu schwach, um etwas auszurichten. Unter ihren Fingernägeln habe ich Hautspuren gefunden, die von einer anderen Person stammen könnten, DNA-Analyse habe ich in Auftrag gegeben."

Die Gerichtsmedizinerin sah ihre beiden Kollegen an. „Das ist meine Theorie und leider befürchte ich, dass sie mit der Realität ziemlich genau übereinstimmen wird."

Es herrschte einen Moment betroffenes Schweigen. Falk begann, mit den Fingern auf den Schreibtisch zu klopfen.

„Warum bist du so sicher, dass die Frau wusste, dass sie schwanger war und dass sie eine Fehlgeburt hatte?", fragte er schließlich. „Und jetzt komm mir nicht damit, dass man so was als Frau eben spürt. Man hört doch immer wieder, dass es Frauen gibt, die, bis sie im Kreißsaal liegen, nicht mitkriegen, dass sie schwanger sind, so verrückt sich das anhört."

„Ganz einfach, weil es nicht ihre erste Schwangerschaft war", antwortete ihm Benita. „Die Frau hat schon mindestens ein Kind geboren. Und wenn ihr mich fragt, kam auch dieses Kind auf die Welt, während seine Mutter gegen ihren Willen festgehalten wurde und keinen Zugang zu einem Arzt hatte."

3.

Das Brummen der Klimaanlage schien plötzlich doppelt so laut zu sein wie vorher, so still war es nach der Aussage von Benita, dass die tote Frau aus dem Grunewald bereits ein Kind in Gefangenschaft geboren hatte. Es war an den Gesichtern der beiden Kommissare zu sehen, dass sie überlegten, welche Konsequenzen die Vermutung der Pathologin haben könnte.

„Und woher weißt du das?", fragte Amaryllis schließlich erstaunt nach. Sie erinnerte sich an einen Fall, den sie bei der New Yorker Polizei bearbeitet hatte. Die Mutter einer Toten hatte behauptet, ihre Tochter habe mehrere Kinder, die bei ihr gewohnt hätten, diese waren jedoch nicht auffindbar. Der New Yorker Gerichtsmediziner hatte ihr damals erklärt, dass es ausgesprochen schwer, teilweise sogar unmöglich sei, am Körper einer Toten festzustellen, ob und vor allem wie viele Kinder diese geboren habe. Zwar könne man an der Stellung des Beckens unter Umständen erkennen, ob die Frau auf natürliche Art ein Kind zur Welt gebracht habe, 100 Prozent sicher sei diese Methode jedoch nicht. Wenn eine Frau keine Kaiserschnittnarbe aufwies, war es zumindest ein äußerst schwieriger Prozess, herauszufinden, ob sie ein Baby geboren hatte.

„Hat die Tote eine Kaiserschnittnarbe?“, fragte die Kommissarin nach.

„Nein“, Benita schüttelte den Kopf. „Hat sie nicht. Ich konnte auch an ihren Beckenknochen keine sicheren Hinweise finden, dass sie bereits ein Kind geboren hat. Wie immer habe ich selbstverständlich sämtliche Tests zur Klärung angeordnet, bis wir Ergebnisse haben, wird es aber eine ganze Zeit dauern. Es gibt dennoch einen Hinweis in ihrem Körper, der mich mit an Sicherheit grenzender Wahrscheinlichkeit glauben lässt, dass die Frau bereits ein Kind zur Welt gebracht hat und dabei keinerlei medizinische Versorgung erhalten hat.“

„O. k., und der wäre?“ Falk war anzusehen, dass er ungeduldig wurde.

Benita lächelte ihn beruhigend an und sagte: „Ich mach ja schon, eine kleine Einweisung in Sachen Geburt kann ich euch allerdings nicht ersparen, damit ihr versteht, worum es geht. Also, viele Frauen, die ihr Kind auf natürliche Weise, sprich durch den Geburtskanal, zur Welt bringen, erleiden dabei einen Dammriss. Der Damm liegt zwischen Scheide und Darmausgang, Haut und Muskulatur in diesem Bereich werden bei der Geburt extrem beansprucht und, wie gesagt, bei einem nicht unerheblichen Prozentsatz der Geburten kommt es zu einem Riss.

Man unterscheidet vier Schweregrade eines solchen Risses: Eins und zwei verheilen für gewöhnlich von allein, bei drei und vor allem vier sollte der Damm genäht werden, um Spätfolgen zu vermeiden.“

Die Gerichtsmedizinerin zog mehrere Röntgenaufnahmen aus einem Stapel auf ihrem Schreibtisch hervor und hängte zwei davon an die Leuchttafel an der Wand. Nachdem sie das weiße LED-Licht angestellt hatte, deutete sie auf einen dunklen Fleck zwischen den gut erkennbaren Beckenknochen.

„Das hier ist der Damm der Toten und hier kann man deutlich sehr viel und sehr schlecht vernarbtes Gewebe sehen. Es ist davon auszugehen, dass diese Narben von einem schweren Dammriss stammen, der nicht genäht wurde. Außerdem sind hier mehrere Dammfisteln zu erkennen."

Sie zeigte auf eine Stelle auf dem zweiten Bild. „Diese Fisteln sind eine typische Spätfolge von Dammrissen. Die Tote dürfte unter Inkontinenz gegenüber Darmwinden und weichem Stuhl gelitten haben, normalerweise wird in einem solchen Fall eine OP am Schließmuskel durchgeführt. Bei unserer Toten hat eine derartige Operation ganz offensichtlich nicht stattgefunden."

Benita entfernte die beiden Bilder von der Leuchttafel und setzte sich wieder hinter ihren Schreibtisch.

„Ein nach der Geburt nicht genähter Dammriss mit höchst unangenehmen Spätfolgen, eine unbehandelte Fehlgeburt, Mangelernährung, kein Zugang zu Sonnenlicht. Deutlich sichtbare, frische Kampfspuren am ganzen Körper. Natürlich sind das bislang nur Indizien, aber wenn ihr mich fragt, wurde die Frau definitiv vor ihrem Tod irgendwo gegen ihren Willen festgehalten. Und zwar für längere Zeit."

Amaryllis sah sie zweifelnd an. „Das hört sich an wie die beiden Fälle in Österreich, wo junge Mädchen bzw. Frauen über viele Jahre gefangen gehalten wurden. Die eine sogar von ihrem eigenen Vater, wenn ich mich recht erinnere."

Benita nickte. „Ich gebe zu, dass ich den Gedanken ebenfalls sofort hatte und ihn seitdem nicht mehr losgeworden bin. Ich habe mich allerdings bewusst bei jeder meiner Vermutungen und Feststellungen, die ich während der Obduktion der Frau gemacht habe, ermahnt, sie nicht nur zu treffen, weil ich mich selber auf der richtigen Fährte wissen wollte.“

„Das glauben wir dir, keine Sorge. Ich habe nicht den geringsten Zweifel, dass du deine Vermutungen nicht leichtfertig anstellst“, sagte Amaryllis. „Aber solche Fälle sind so selten, ich weiß nicht. Und bei den beiden Fällen, an die wir denken, haben die Frauen überlebt. Soweit ich mich erinnere, haben ihre Peiniger nicht versucht, sie umzubringen.“

„Außerdem stellt sich die Frage, wie die Tote in den Wald gekommen ist. Hast du herausfinden können, ob sie dort oder woanders gestorben ist?“, fragte Falk nachdenklich.

„Es ist sicher, dass die Frau nicht im Wald gestorben ist“, erklärte Benita. „Am Fundort wurden keine Blutspuren sichergestellt und an der Kleidung, insbesondere an ihrer Hose und Unterhose, haben wir sehr wenig Blut gefunden. Ich gehe davon aus, dass der von mir vermutete Kampf woanders stattgefunden hat und die Frau schließlich vollkommen entkräftet an ihrem wahrscheinlich seit Stunden, vielleicht sogar Tagen anhaltenden Blutverlust durch die Fehlgeburt gestorben ist.

Möglich wäre, dass ihr Mörder die Tote umgezogen hat, bevor er sie in den Wald geschafft hat.“ Benita überlegte einen Moment. „Das heißt, wenn ich an die zerrissene Strickjacke denke, hat er ihr wahrscheinlich nur frische Unterwäsche und eine andere Hose angezogen.“

„Warum hätte er das tun sollen?“, fragte Amaryllis nach. „Und Mörder darfst du die Person nicht nennen, wenn er oder sie unser Opfer tatsächlich gegen ihren Willen festgehalten hat und sie an den Folgen verstorben ist, wird der Richter von Körperverletzung mit Todesfolge oder Freiheitsberaubung mit Todesfolge sprechen.“

Benita ignorierte die letzte Bemerkung und sagte: „Vielleicht hat der Täter gehofft, dass wir nicht feststellen, dass sie an einer Fehlgeburt gestorben ist, wenn sie die blutige Kleidung nicht mehr trägt. Warum er sie in den Wald geschafft hat, darüber kann man nur spekulieren."

„Na ja, der Grund dürfte so schwer nicht zu erraten sein", erklärte Falk düster. „Der Täter wollte die Leiche loswerden. Wer hat schon gerne eine Tote zu Hause rumliegen."

„Er hätte sie irgendwo verscharren können, wenn er sich schon die Mühe macht, die Tote durch die Gegend zu transportieren", wandte Benita ein. „Vielleicht wollte er, dass sie gefunden wird", vermutete sie.

„Ich habe am Freitag die Nachverfolgung der Telefonnummer des Notrufes beantragt", sagte Amaryllis und verzog ihr Gesicht missbilligend. „Bislang lässt die Antwort auf sich warten. Ich mache da sofort Druck. Es kann doch nicht sein, dass sogar so etwas in Berlin ewig dauert. Ich habe das ungute Gefühl, wir werden mit diesem Fall eine Menge Spaß haben."

„Das passt doch alles nicht zusammen!" Falk trommelte ungeduldig mit seinen Fingern auf die Tischplatte. „Gehen wir mal davon aus, der Täter ist ein Mann. Dieser Mann hält eine Frau über einen längeren Zeitraum gefangen, verwehrt ihr jegliche medizinische Versorgung und versorgt sie nur mangelhaft mit Essen. Außerdem dürfte es wohl so gut wie sicher sein, dass er sie mehrfach vergewaltigt hat. Dem Mann dürfte bewusst gewesen sein, dass er sich mit all dem strafbar macht. Nun stirbt die Frau und was macht unser Mann, anstatt die Leiche zu zerstückeln, zu vergraben, zu verbrennen oder was es sonst für Möglichkeiten gibt, um sie gründlich und unauffindbar loszuwerden? Er zieht sie hübsch an, vergisst aber die Schuhe und legt sie in ein vielleicht nicht gerade zugängliches, aber auch nicht absolut verlassenes Waldstück und alarmiert von seinem Handy aus den Notruf. Das glaubt ihr doch selber nicht!" Falk schüttelte zur Bestätigung seiner eigenen Worte den Kopf.

„Immerhin, die fehlenden Schuhe unterstützen meine Aussage, dass die Frau nicht im Wald gestorben ist. Ihre Socken waren zu sauber, als dass sie ohne Schuhe dort hätte hinlaufen können", erwiderte Benita leicht ironisch, was ihr einen bösen Blick von Falk einbrachte.

„Einigen wir uns darauf, dass nichts an diesem Fall auf den ersten Blick Sinn macht und ihr wie immer beide Recht habt", schlichtete Amaryllis.

An Benita gewandt fragte sie: „Wann rechnest du mit dem Ergebnis der DNA-Probe? Dann wissen wir wenigstens, ob die Frau als vermisst gemeldet worden ist."

„Muss ich dich daran erinnern, dass wir hier in Berlin sind?", fragte Benita zurück. „Hier geht nichts schnell, weil alle und jeder überlastet sind, hast du doch eben selber gesagt. Ich habe die DNA-Probe mit der höchsten Dringlichkeit angefordert, nur um den Standardvortrag von der Dame vom Labor zu bekommen, dass man keine Hexerei vollbringen, aber man tue, was man könne, das sei jedoch nicht viel und vor allem nicht schnell."

Falk schüttelte ärgerlich den Kopf. „Diese verfluchte Personalknappheit in Berlin! Seit Jahren wird immer nur wegrationalisiert und keiner scheint sich Gedanken zu machen, dass die Arbeit trotzdem gemacht werden muss. Manchmal frage ich mich wirklich, ob diese Stadt nicht besser regiert würde, wenn man die beiden Pandabären aus dem Zoo als Bürgermeister-Duo einsetzen würde. "

„Während wir auf die DNA-Auswertung warten, könnt ihr über eine andere Auffälligkeit nachdenken, die ich am Körper der Toten gefunden habe“, kam Benita auf die Ergebnisse der Obduktion zurück.

„Du hast noch mehr gefunden?“ Amaryllis’ Stimme war anzuhören, dass sie schockiert war. „Was hat diese Frau alles erleiden müssen?“

„Was diese Verletzung angeht, glaube ich, dass die Frau sie sich selber zugefügt hat. Was sie zu bedeuten hat, müsst allerdings ihr herausbekommen.“

Benita zog ein Foto aus dem Papierstapel vor sich hervor. Auf dem Bild war ein Unterarm zu sehen, der so hell war, dass man unzählige kleine Adern durch die Haut durchschimmern sehen konnte.

„Hier“, Benita deutete mit einem Stift auf eine Stelle am Arm. „Auf den ersten Blick sieht es aus wie ein zufälliger Kratzer, vielleicht von einer Katze. Doch wenn man genauer hinsieht, sind es zwei gerade Kratzer, die nicht von einem Kampf oder von einem Tier stammen, sondern ziemlich wahrscheinlich von einer Messerklinge oder einem anderen scharfen Gegenstand. Es sind die einzigen beiden Verletzungen dieser Art, die das Opfer aufweist.“

„Konntest du feststellen, ob diese Verletzungen jünger oder älter sind als die anderen?“, fragte Amaryllis.

„Leider nein. Man kann so viel sagen: Es sind ebenfalls keine alten mehr oder weniger verheilten Wunden. Ob sie aber vor oder nach dem vermeintlichen Kampf des Opfers mit ihrem Mörder, oh Entschuldigung, ihrem ‚Körperverletzer mit Todesfolge‘, entstanden sind, kann ich nicht sagen.“

Amaryllis seufzte. „So viel wissen wir: Wir haben eine Flut an Informationen und Vermutungen, aber keine Ahnung, was wirklich passiert ist. Hoffentlich kommt die DNA-Probe bald zurück, damit wir zumindest einen Ansatz haben, wo die Frau herkommen könnte. Ich bin die Berliner Vermisstenkartei der vergangenen fünf Jahre durchgegangen und habe nach Frauen gesucht, die dem ungefähren Alter und der Größe unseres Opfers entsprechen, bin aber nicht wirklich fündig geworden. Die bisherigen Angaben sind einfach zu vage."

„Vage hin oder her", sagte Falk. „Sollte Benita recht haben und die Frau tatsächlich gegen ihren Willen festgehalten worden sein und in dieser Zeit ein Kind zur Welt gebracht haben, gibt es ein ganz entscheidendes Detail, welches das Labor und uns dazu bringen sollte, so schnell wie möglich herauszufinden, wer sie war: Wo ist das Kind?"

4.

„Vielen Dank, ich habe mir die Adresse notiert."

Es war Nachmittag und Amaryllis Winter saß an ihrem Schreibtisch. Sie hatte den Tag seit ihrer Rückkehr aus der Gerichtsmedizin damit verbracht, die Informationen, die sie über die Tote aus dem Grunewald hatte, zusammenzustellen und die Vermutungen, die Benita Hüther nach der Obduktion angestellt hatte, in eine sinnvolle Reihenfolge zu bringen. Es hatte sich ein Bild des Grauens ergeben, das Amaryllis erschauern ließ, wenn wirklich alles so gewesen sein sollte, wie die Pathologin es annahm.

Amaryllis war seit etwas mehr als drei Jahren bei der Berliner Polizei beschäftigt, ihre Ausbildung hatte sie in New York gemacht, wo sie den größten Teil ihres Berufslebens gearbeitet hatte. Trotz ihrer Berufserfahrung in zwei Großstädten in unterschiedlichen Ländern war ihr ein solcher Fall bislang nicht untergekommen.

Sie war gerade dabei gewesen, im Internet die Berichte über zwei Fälle in Österreich zu lesen, bei denen junge Frauen ebenfalls gegen ihren Willen über Jahre hinweg festgehalten worden waren, als ihr Telefon geklingelt hatte. Eine Beamtin hatte sie informiert, dass man die Telefonnummer, von der aus der Notruf über den Leichenfund im Grunewald eingegangen war, nachverfolgt und den Besitzer der Nummer herausgefunden hatte.

„Das wird dir nicht gefallen, Benita“, murmelte sie und stand auf, um in Falks Büro zu gehen und zunächst ihm die Neuigkeiten mitzuteilen.

Falk telefonierte gerade, als sie ins Zimmer trat.

„Ich beeile mich, mein Schatz, aber ein wenig wird es noch dauern“, sagte er in den Hörer und legte auf.

„Da hast du am Ende zu früh zu viel versprochen. Ich habe den Namen, auf den die Handynummer registriert ist, mit welcher der Notarzt in den Grunewald gerufen wurde. Ich denke, wir sollten unbedingt heute noch hinfahren und sehen, was wir herausfinden können. Leider liegt die Adresse in Brandenburg, in der Nähe von Falkensee, nicht gerade um die Ecke.“

„Sag mir bitte, dass es sich wenigstens um einen mehrfachen Vergewaltiger mit Vorstrafen für Freiheitsberaubung handelt, der tatsächlich an seiner Meldeadresse anzutreffen ist“, sagte Falk müde. „Wenn sich unsere Tote aus dem Grunewald zu einem komplizierten Fall entwickelt, weiß ich nicht, was ich mit meinen Kindern machen soll. Ich habe bei sämtlichen Feriencamps der Stadt nachgefragt, es gibt keine freien Plätze mehr und meine Schwester hat keine Zeit, auf die Mädchen aufzupassen. Ich werde wahnsinnig.“

Falk von Heeren war Ende vierzig und seit mehreren Jahren geschieden, doch lebte er in ständigem Streit mit seiner Ex-Frau, wenn es um die Betreuung der gemeinsamen Kinder ging. Nachdem sie jahrelang die Besuchszeiten bei ihrem Vater so knapp und selten wie möglich zu halten versucht hatte, war sie seit ein paar Wochen oder genauer gesagt, seitdem sie einen neuen Freund hatte, dazu übergegangen, die drei gemeinsamen Kinder kurzfristig bei ihrem Vater abzuladen und zu verschwinden. Da die drei erst sieben, neun und zwölf Jahre alt waren, konnte der Hauptkommissar sie nicht über einen längeren Zeitraum allein zu Hause lassen.

Falk fuhr sich mit der Hand durch die bereits deutlich zerzausten braunen Haare und seufzte. Amaryllis bemerkte, wie erschöpft ihr Kollege aussah, doch sie konnte ihm keine Hoffnung machen, dass der Fall einer ihrer leichter zu lösenden werden würde.

„Ich befürchte, es ist nicht wirklich eine Frage des Wollens oder Sollens, wir müssen heute zu der angegebenen Adresse fahren. Ich kann das aber natürlich alleine machen“, bot sie an, ohne es wirklich zu meinen. Es war nie gut, einer Spur alleine nachzugehen, und die Spur, die sie hier verfolgen mussten, war mindestens so merkwürdig, wie alles andere an dem Fall bislang war.

Falk sah seine Kollegin kurz an und sagte resigniert: „Warum höre ich aus diesen Worten heraus, dass irgendetwas auffällig an der Adresse oder der Person ist, auf welche die Nummer zugelassen ist?“

„Die Rufnummer gehört Heidemarie Wittig, einer 90-jährigen Frau, die ihr Handy nicht als gestohlen gemeldet hat.“

Falk stand auf und ging Richtung Tür. „Wusste ich es doch. Heute ist nicht mein Tag. Genau wie gestern und wie morgen wahrscheinlich auch. Bringen wir es hinter uns.“

*

Die Fahrt in das westliche Hinterland von Berlin dauerte im Nachmittagsverkehr über eine Stunde und es war bereits nach 17 Uhr, als Amaryllis ihr Auto vor einer imposanten, aber erschreckend heruntergekommenen Villa in einer Sackgasse parkte.

„Hier liegt ja der Hund begraben", sagte Falk und stieg aus dem Auto aus. „Wenn ich es nicht besser wüsste, würde ich nicht vermuten, dass die deutsche Hauptstadt weniger als ein paar Kilometer entfernt ist."

Amaryllis, die ihr Handy in der Hand hielt und sich eine Karte der Umgebung anzeigen ließ, antwortete ihrem Kollegen nicht, sondern drehte sich langsam einmal um sich selber und studierte das Wohngebiet. Einige Einfamilienhäuser standen ein ganzes Stück weiter hinten auf der anderen Seite der Sackgasse, auf der Straßenseite der Villa befand sich lediglich ein kleineres Haus, das im Gegensatz zu seinem Nachbarn äußerst gepflegt wirkte.

„Ich frage mich, warum die den Schuppen direkt neben das große Haus gebaut haben, hier ist mehr als genug Platz", sagte Falk kopfschüttelnd, der Amaryllis' Blick gefolgt war.

Hinter den beiden Häusern erstreckte sich ein dichter Wald, der, obwohl die Sonne weiterhin unerbittlich vom Himmel brannte, düster und undurchdringlich wirkte.

„Wenn ich schon am Ende der Welt wohnen müsste, wollte ich wenigstens meinem Nachbarn nicht auf den Esstisch schauen", fuhr er fort.

„Merkwürdige Gegend", murmelte Amaryllis zustimmend und machte ein paar Fotos mit ihrer Handykamera.

„Auf der einen Seite nur zwei Häuser und Wald, auf der anderen Seite ein paar ältere Einfamilienhäuser und ein moderner Neubau, der hier so gut hinpasst wie ein Tutu-

Röckchen zu einem Sumo-Ringer", sagte Falk. „Typisch früheres Zonenrandgebiet. Lass uns mal in zehn Jahren hier vorbeifahren. Dann ist es mit Dornröschenschlaf vorbei."

Er deutete auf den schicken Neubau mit Säulen vor der Tür und riesigen Fensterfronten, der fast absonderlich neben den zum Teil heruntergekommenen Backsteinhäusern neben ihm wirkte. „Bald sieht das hier alles so aus! So wie die Preise zurzeit steigen, ziehen die Leute mit Kusshand in die abgelegensten Winkel rund um Berlin."

Er wandte sich der alten Villa zu, in der sie gleich Heidemarie Wittig treffen würden. „Und der marode Schuppen wird als Erstes abgerissen, das Gebälk ist bestimmt komplett vermodert, vielleicht pustet auch der nächste Sturm die Bude um."

„Ganz schön einsam für eine so alte Dame hier draußen. Immerhin gibt es ein Nachbarhaus, man kann für Frau Wittig nur hoffen, dass die Bewohner hilfsbereite Menschen sind", überlegte Amaryllis laut.

Sie folgte ihrem Kollegen über einen kleinen Weg durch den ungepflegten Vorgarten zur Haustür, an der Falk bereits geklingelt hatte. Nach einer Ewigkeit wurde die Tür geöffnet.

„Guten Tag. Von Heeren von der Berliner Mordkommission und dies ist meine Kollegin Kommissarin Winter, wir haben vorhin telefoniert, da wir ein paar Fragen zum Verbleib Ihres Mobiltelefons haben", stellte Falk sich und Amaryllis vor.

Heidemarie Wittig sah ihn einen Moment lang verwirrt an. Schließlich lächelte sie und sagte: „Oh ja, natürlich. Kommen Sie doch herein."

Amaryllis und Falk tauschten einen schnellen Blick. Trotz ihrer Worte wirkte es, als hätte die Frau keine Ahnung, wer sie waren und was sie von ihr wollten. Den ungewohnten Besuch begrüßte sie dennoch freundlich, vielleicht war die alte Dame froh über eine unerwartete Abwechslung.

Die beiden Kommissare folgten Heidemarie Wittig durch einen unaufgeräumten Flur in ein Wohnzimmer, das einstmals elegant eingerichtet gewesen zu sein schien, nun aber wirkte, als wäre es seit Jahren höchstens notdürftig gesäubert und aufgeräumt worden. Die Möbel waren verschlissen, fleckig und teilweise kaputt. An den großen Fenstern hingen gelbstichige Gardinen, die aussahen, als wären sie schon eine sehr lange Zeit nicht mehr gewaschen worden.

„Setzen Sie sich doch." Frau Wittig deutete auf zwei Sessel vor einem Couchtisch und ließ sich selber auf ein kleines Sofa fallen. „Was kann ich für Sie tun?"

„Besitzen Sie ein Handy?", fragte Amaryllis.

„Ein Handy?" Heidemarie Wittig sah einen kurzen Moment lang hilflos aus. Sie schloss die Augen und dachte nach.

„Natürlich", sagte sie plötzlich. „Natürlich habe ich ein Handy. Es geht heute kaum ohne, oder?"

„Nein, das geht es wohl nicht", sagte Falk freundlich und Amaryllis konnte sehen, dass ihm die alte Frau ebenso leidtat wie ihr.

Heidemarie Wittig wirkte auf den ersten Blick für ihr hohes Alter rüstig, da sie einen geraden Gang hatte und nicht wie viele andere Menschen ihres Alters gebückt lief. Sie war schlank und den recht verwahrlosten Zustand ihrer Kleidung bemerkte man erst, wenn man genauer hinsah. Der weinrote Pullover, den sie trug, war an den Ellenbogen fast durchgescheuert, ihre graue Hose mit merkwürdigen Flecken übersät. Ihre Füße steckten in Gesundheitsschuhen, die ihr zu klein waren, ihre Fersen ragten ein ganzes Stück über das Fußbett hinaus. Amaryllis überlegte, ob die verwirrt wirkende Frau die Schuhe wohl zu klein gekauft oder irgendwo gefunden hatte.

„Haben Sie jemanden, der sich um Sie kümmert? Kinder oder jemanden aus der Familie?“, fragte Falk besorgt.

„Mein Sohn wohnte in München, er wollte nichts mit der Familie zu tun haben. Er ist vor ein paar Jahren gestorben. Krebs“, sagte Frau Wittig und wirkte dabei merkwürdig ungerührt, ganz als wären ihr die Tragweite und Traurigkeit ihrer Worte nicht bewusst.

„Familie habe ich ansonsten keine“, redete sie weiter und lachte so plötzlich, dass Amaryllis sich fast erschreckte. „Alle tot, ich bin die Letzte meiner Art“, kicherte Frau Wittig, bevor sie etwas ernster sagte: „Aber mein Nachbar, der Herr Thomasson, der kümmert sich ganz lieb um mich.“

Falk von Heeren warf seiner Kollegin einen vielsagenden Blick zu. Auch Amaryllis konnte sich des Gefühls nicht erwehren, dass der Nachbar sich nicht wirklich „lieb“ um die betagte Dame kümmerte, aber andererseits war es wohl kaum seine Verpflichtung.

„Der Herr Thomasson, der hat mir das Handy und die Nummer besorgt“, erzählte Frau Wittig unterdessen weiter.

„Und wo ist Ihr Handy? Könnten wir es uns vielleicht mal ansehen?“, fragte Amaryllis vorsichtig.

Frau Wittig hielt kurz inne, machte ein erstauntes Gesicht und sprach weiter, als hätte sie die Frage der Kommissarin nicht gehört. „Wo ich gerade darüber nachdenke, ich weiß gar nicht, wann ich den Herrn Thomasson das letzte Mal gesehen habe. Eigentlich schaut er mindestens ein oder zwei Mal pro Woche bei mir vorbei. Wir trinken immer einen Tee und essen ein paar Kekse. Er geht für mich einkaufen, wissen Sie. So ein guter Mensch, der Herr Thomasson, immer zur Stelle, wenn man ihn braucht. Ein wahrer Schatz! Aber gestern und heute war er nicht hier. Davor die Tage ebenfalls nicht. Oder doch?“

Die alte Frau sah einen Moment lang vollkommen verloren aus, dann stand sie plötzlich auf und nahm ein paar alte Zeitungen und zwei schmutzige Teller von dem kleinen, verstaubten Couchtisch, der vor ihr stand.

„Ich bin so unhöflich! Möchten Sie etwas trinken? Einen Tee vielleicht. Kaffee habe ich auch.“ Sie zögerte einen Augenblick und schüttelte den Kopf. „Oder ist der alle? Kann sein, dass ich den letzten heute Morgen getrunken habe.“ Sie schüttelte erneut den Kopf. „Stimmt nicht, das war gestern, heute habe ich keinen Kaffee getrunken. Ich sehe mal nach.“

„Nein, nein, machen Sie sich keine Mühe“, sagte Falk schnell, es war ihm anzusehen, dass er weder die Zeit aufbringen wollte, die eine Tee- oder Kaffeezubereitung zweifelsohne erfordern würde, noch besonders angetan von der Idee war, ein Getränk aus einem mit hoher Wahrscheinlichkeit nicht ganz sauberen Gefäß zu sich zu nehmen.

Amaryllis fühlte mit der alten Frau, die mit ihrer Freundlichkeit ihre Verwirrung und die Tatsache, dass sie mit dem Leben alleine kaum mehr zurechtkam, nicht überspielen konnte.

„Wir waren bei Ihrem Handy“, brachte Amaryllis das Gespräch zurück auf das eigentliche Thema. „Könnten Sie uns das mal zeigen?“

Heidemarie Wittig ließ sich zurück auf das kleine Sofa fallen und es war einen Moment nicht klar, ob sie die Frage gehört hatte. Sie lächelte die beiden Kommissare freundlich an und schwieg.

„Nein, das geht leider nicht“, sagte sie schließlich. „Ich weiß gerade nicht, wo es ist.“

„Können Sie sich erinnern, wann Sie das Telefon das letzte Mal gesehen oder damit telefoniert haben?", fragte Amaryllis nach.

„Telefoniert habe ich damit nie, warum sollte ich? Ich habe schließlich ein Haustelefon!"

„Wo haben Sie Ihr Handy denn normalerweise aufbewahrt?" Es war Falk anzusehen, dass er trotz allen Mitleids für die alte Dame ein Seufzen nur schwer unterdrücken konnte.

„Ich habe Ihnen doch gesagt, dass mein Nachbar, Herr Thomasson, das Handy für mich besorgt hat und es für mich aufbewahrt, bis ich es brauche!"

Nun war es Frau Wittig, die leicht genervt klang. „Natürlich hat er das Handy! Darum weiß ich ja nicht, wo es ist."

Amaryllis spürte, wie sich ein mulmiges Gefühl in ihrer Magengegend breitmachte. Hatte die Frau nicht eben gesagt, dass ihr Nachbar normalerweise öfter bei ihr vorbeischaute, doch seit einigen Tagen nicht aufgetaucht war? Dazu war der Mann offenbar im Besitz ihres Handys und hatte womöglich der arglosen Frau das Mobiltelefon nur aufgeschwatzt, um selber damit unerkannt telefonieren zu können.

„Lassen Sie mich mal kurz zusammenfassen", sagte Falk. „Ihr Nachbar hat Ihnen ein Handy besorgt, das Sie aber nie gesehen oder benutzt haben. Ihr Nachbar bewahrt das Handy für Sie auf? Ist das richtig? Aber warum haben Sie überhaupt eins, wenn Sie es gar nicht benutzen wollen? Oder besser gesagt, gar nicht benutzen können?"

„Der Herr Thomasson hat gesagt, dass man heutzutage ein Handy braucht und dass so was nicht mehr so teuer ist wie früher. Also habe ich ihm eine Vollmacht gegeben und meinen Pass. Ich war schon so lange nicht mehr in der Stadt, ich kann mich gar nicht daran erinnern, wann das war. Ich will das nicht mehr. Ist mir viel zu voll und laut, die Stadt.

Herr Thomasson war so lieb und hat das Ding für mich besorgt und gesagt, er gibt es mir sofort, wenn ich es brauche. Das ist aber schon ewig her. Bestimmt hat er vergessen, dass er es gekauft hat. Oder er denkt, ich habe es vergessen, der Schlingel."

Heidemarie Wittig kicherte heftig über den Scherz, den sie auf ihre eigenen Kosten gemacht hatte. Im nächsten Moment wirkte sie plötzlich erschöpft und war förmlich in dem kleinen Sofa, auf dem sie saß, in sich zusammengefallen. Amaryllis sah Falk an und ließ ihn mit einem kaum merkbaren Kopfschütteln wissen, dass sie nicht glaubte, von Frau Wittig viel mehr erfahren zu können. Es gab lediglich eine Frage, welche die alte Frau ihnen mit Sicherheit beantworten konnte.

„In welchem Haus genau wohnt Herr Thomasson?"

5.

Heidemarie Wittig stand mühsam auf und deutete den beiden Kommissaren, ihr zur Haustür zu folgen. „Ich zeige Ihnen das Haus von Herrn Thomasson", sagte sie mit schwacher Stimme.

Amaryllis hatte kein gutes Gefühl, die 90-jährige Frau allein zu lassen, doch sie wusste, dass es nur wenig gab, was sie für sie tun konnte, außer am nächsten Tag den Sozialdienst zu informieren, dass die Frau verwirrt war und allein lebte, ohne Familie oder andere Hilfe. Alles Weitere würde im Ermessen der Sachbearbeiter des Sozialamtes liegen. Viel Hoffnung machte sie sich nicht, dass für Heidemarie Wittig schnell eine Lösung gefunden werden würde. Solange die Frau es irgendwie schaffte, allein über die Runden zu kommen, würde sich niemand darum reißen, für ihre Unterbringung und Betreuung zu sorgen und vor allem zu zahlen.

„Das Haus nebenan, das gehört Herrn Thomasson. Er ist mein nächster Nachbar, deswegen kümmert er sich um mich, sagt er. Wofür habe man sonst Nachbarn, meint er. Er ist wirklich ein Schatz."

Die alte Frau zeigte auf das deutlich kleinere Haus neben ihrer Villa, das die beiden Kommissare bei ihrem Eintreffen bereits gesehen hatten. Sie lächelte bei dem Gedanken an ihren Nachbarn, bevor sie weitersprach.

„Aber er ist nicht da. Sein Auto steht nicht vor der Tür", erklärte sie. „Er ist schon seit ein paar Tagen weg. Oder vielleicht erst seit gestern. Ich weiß es nicht genau. Ich wünsche Ihnen einen schönen Abend."

Mit diesen Worten ging sie zurück in ihr Haus und schloss die Tür hinter sich. Amaryllis betrachtete das Haus, das dem Nachbarn gehörte. Auch bei näherem Hinsehen wirkte es ausgesprochen gepflegt und doch irgendwie abweisend, obwohl die Sonne schien und die Natur in voller Blüte stand. Vor dem Haus standen mehrere riesige Fichten in einer Art Vorgarten, der mit einem weißen Zaun umgeben war. In ein paar Beeten blühten verschiedene Stauden. Es schien nach hinten hinaus keinen Garten zu geben, sondern wirkte, als wäre das Haus direkt in den dichten Wald dahinter gebaut worden. Rechts lag das Haus von Heidemarie Wittig, auf der linken Seite gab es keine weiteren Gebäude, auch hier begann direkt der Wald.

„Da ist eine Garage neben dem Haus, das Tor sieht aber aus, als wäre es seit Jahren nicht geöffnet worden. Unwahrscheinlich, dass er da drin geparkt hat. Ansonsten ist weit und breit kein Auto zu sehen. Denkst du, was ich denke?", fragte Falk, während sie auf das Haus zugingen. „Irgendetwas riecht hier ganz faul."

„Allerdings", stimmte Amaryllis ihm zu. „Ich gehe fest davon aus, dass unser Herr Thomasson nicht der nette Nachbar ist, für den Frau Wittig ihn hält. Allein die Sache mit dem Telefon, das er in ihrem Namen kauft, ihr aber nie gibt, stinkt gewaltig. Und sollte er tatsächlich nicht zu Hause sein und die

Nachbarn bestätigen, dass er seit mehreren Tagen nicht gesehen wurde, müssen wir ihn auf jeden Fall gründlich überprüfen und eventuell gleich einen Durchsuchungsbefehl für das Haus beantragen."

„Hört sich nicht an, als würde ich heute zeitig nach Hause kommen", sagte Falk resigniert.

„Doch, wirst du. Zumindest solange wir ihn nicht zu Hause antreffen und er gesteht, unser Opfer gefangen gehalten und gequält zu haben, und das dürfte sehr unwahrscheinlich sein. Ich wette, er ist nicht da. In dem Fall teilen wir uns auf und befragen die Nachbarn, ob sie etwas Ungewöhnliches bemerkt haben. Es sind nur vier weitere Häuser, mit Frau Wittig haben wir bereits gesprochen.

Wenn der Mann verschwunden ist, erledige ich den Rest, sprich, ich mache eine Personenüberprüfung und schaue, ob die Aussagen für einen Durchsuchungsbefehl ausreichen. Viel mehr können wir heute nicht ausrichten. Und vielleicht ist er wider Erwarten zu Hause und es klärt sich alles auf."

„Das glaubst du doch selber nicht", sagte Falk und wischte sich einen Schweißtropfen von der Stirn und fuhr sich durch die braunen lockigen Haare. Sein hellblaues Polohemd war an mehreren Stellen durchgeschwitzt. „Ich weiß, wir meckern immer über zu viel Regen und mieses Wetter, aber so viel Sonne und Hitze braucht kein Mensch. Es ist Abend und immer noch heiß wie in der Sauna!"

Die beiden Kommissare blieben vor dem weiß gestrichenen Gartentor stehen, an dem eine Klingel mit Namensschild und ein Briefkasten befestigt waren. Amaryllis bemerkte, dass im Vorgarten kein Unkraut zu sehen war, die weißen Fensterläden wirkten frisch gestrichen.

„Gunnar Thomasson“, las Amaryllis vor und drückte auf den Klingelknopf. „Mein Gefühl sagt mir, dass du nicht zu Hause bist oder wenn du es bist, uns nicht aufmachen wirst.“

„Hol doch schnell deine Glaskugel aus dem Auto und die Tarotkarten, beides unverzichtbare Hilfsmittel der Polizei, wenn es darum geht, Gangster und Entführer zu suchen“, kommentierte Falk ironisch, was ihm einen bösen Blick seiner Kollegin einbrachte.

„Wenn du weiter so frech bist, bekomme ich auf der Stelle eine gepflegte Migräne und du kannst nachher im Büro den Papierkram erledigen in deinem durchgeschwitzten Hemd! Mal sehen, ob die jungen Kolleginnen dich dann immer noch so attraktiv finden“, sagte Amaryllis gespielt verärgert und klingelte erneut.

„Bin ja schon ruhig! Außerdem lagst du mit deiner Prophezeiung auch ohne Glaskugel goldrichtig, Gunnar Thomasson scheint nicht zu Hause zu sein oder er will die Tür nicht öffnen. Ich schlage vor, ich befrage die zwei Nachbarn am Anfang der Straße und du die anderen beiden. Wenn man nach den Autos vor den Häusern gehen kann, müssten sie alle zu Hause sein und sind sicherlich hocherfreut, dass ihr gemütlicher Sommerabend im Garten von der Mordkommission ein wenig aufgemischt wird.“

Nachdem ihr drittes Klingeln unbeantwortet geblieben war, zuckte Amaryllis leicht mit den Schultern und sagte: „Gut, lass uns rübergehen und die Nachbarn befragen. Wäre auch zu schön, wenn ein Fall sich an einem Tag lösen ließe.“

*

Amaryllis blieb einen Moment vor dem roten Backsteinhaus stehen, das schon bessere Tage gesehen hatte. Die alten Holzrollläden des Hauses waren verwittert und überall blätterte die Farbe ab. Die Scheiben der Fenster waren so dreckig, dass man kaum mehr durchsehen konnte. Etliche der Steinplatten des kleinen Weges, der durch den Vorgarten führte und komplett mit Unkraut überwuchert schien, waren kaputt und Amaryllis musste sich vorsehen, nicht zu stolpern, als sie auf das Haus zuging.

Sie schritt gerade die vier Stufen der kleinen Treppe zu der ebenfalls stark verwitterten Haustür aus Holz hinauf, als diese sich bereits öffnete und eine Frau, die sie auf Mitte vierzig schätzte, heraustrat.

„Ich weiß, das wirkt jetzt neugierig und das ist es auch, aber so selten wie ein fremder Wagen in diese Straße fährt, habe ich mich schon gefragt, ob Sie bei uns auch klingeln, nachdem Sie bei Frau Wittig und Herrn Thomasson waren! Es wird doch nichts passiert sein, oder?“

Die Frau, deren Kleidung – ein extrem kurzer Minirock und ein dünnes Spaghetti-Trägerhemd – wenig der Fantasie überließ, zuckte entschuldigend mit den Schultern.

„Wissen Sie, mein Mann ist bei der Feuerwehr und hat mehrere Tage am Stück Dienst. Unsere Tochter ist vor Kurzem ausgezogen und seitdem ist mir fürchterlich fad. Natürlich könnte ich wieder arbeiten gehen, aber finden Sie mal einen Job, wenn Sie knapp 20 Jahre zu Hause waren und sich um das Kind gekümmert haben. Außerdem ist es weit bis in die Innenstadt und hier draußen liegen die Stellenangebote nicht gerade auf der Straße.“

Die Frau strich sich durch ihre blondierten, langen Haare und man konnte anhand der schwarzen Ansätze sehen, dass der letzte Friseurbesuch schon eine ganze Zeit zurückliegen musste.

Amaryllis fühlte sich von der Redeflut der Frau leicht erschlagen, zumal ihr die Schwüle des Sommerabends zusetzte.

„Guten Tag, Winter mein Name, von der Berliner Mordkommission", stellte sie sich vor und streckte der Frau, die bei der Erwähnung von Amaryllis' Arbeitgeber sichtbar zusammenzuckte, ihre Hand zur Begrüßung entgegen. „Und Sie sind?"

„Evelyn Raumann. Ich weiß, das Klingelschild. Wir müssten das dringend mal neu machen, aber Sie sehen ja selber", Frau Raumann deutete mit der Hand auf ihr heruntergekommenes Wohnhaus, „hier gibt es so viel zu tun, wir wissen gar nicht, wo wir anfangen sollen. Also lassen wir es einfach."

Sie trat ein Stück zurück in den Hausflur und deutete Amaryllis, ihr zu folgen. „Kommen Sie rein, draußen ist es kaum auszuhalten. Wir setzen uns ins Wohnzimmer, da haben wir eine mobile Klimaanlage."

Amaryllis folgte der Frau in das Innere des Hauses durch einen langen Flur in das Wohnzimmer, das tatsächlich angenehm kühl war. Ein beiger Kasten, durch sein Brummen eindeutig als die erwähnte mobile Klimaanlage zu erkennen, stand mitten im Raum und wirkte in einem wilden Durcheinander von Möbeln, Kleidung und Zeitschriften merkwürdig deplatziert.

„Was ist vorgefallen, wer ist ermordet worden?", fragte Evelyn Raumann, der man die Aufregung, dass in ihrer Nachbarschaft etwas passiert war, ansehen konnte. Sie nahm einen Stapel Zeitungen vom Sofa und machte Amaryllis ein Zeichen, sich zu setzen. Für sich selber zog sie einen Stuhl vom

Esstisch direkt neben das Sofa, wahrscheinlich, um so nahe wie möglich neben der Kommissarin zu sitzen, um nichts zu verpassen.

„Um wen geht es? Frau Wittig oder Herrn Thomasson? Ich kann mir gar nicht vorstellen, dass einer von den beiden in einen Mord verwickelt sein könnte. Also, die Frau Wittig, die ist 90! Da bringt man doch niemanden mehr um."

Amaryllis nutzte eine kurze Atempause ihres Gegenübers, um die Frau zu unterbrechen und ihre Frage zu stellen: „Wann haben Sie Herrn Thomasson das letzte Mal gesehen?"

„Also geht es um Herrn Thomasson!", folgerte Frau Raumann messerscharf und es war unschwer zu erkennen, dass sie ihre Begeisterung über ein mögliches Kapitalverbrechen in ihrer Straße nur mit Mühe unterdrücken konnte.

„Das letzte Mal, dass ich ihn gesehen habe, muss so vor zwei oder drei Tagen gewesen sein. Komisch eigentlich. Jetzt, wo Sie es sagen, fällt mir auf, dass sein Auto seit ein paar Tagen nicht vor der Tür steht. Er hat eine Garage, aber die benutzt er nie. Das Auto steht immer draußen. Sogar im Winter! So blöd wäre ich nicht. Ich kratze doch nicht freiwillig in der Eiseskälte die Autoscheiben frei, wenn ich eine Garage habe."

Diesmal fiel Amaryllis der Frau direkt ins Wort und wartete nicht, bis sie Luft holte: „Wieso ist es ungewöhnlich, dass Herr Thomasson mehrere Tage nicht da ist? Macht er nie Urlaub oder besucht seine Familie?"

„Nein. Nie!", erklärte Evelyn Raumann missbilligend. „Mein Mann und ich haben uns oft gefragt, wieso er sich keinen Urlaub gönnt. Geld genug scheint er zu haben, Zeit auch, der Typ ist schließlich Frührentner! Hängt immer nur zu Hause rum. Nein, er ist, solange ich mich erinnern kann, nie auch nur über Nacht nicht daheim gewesen. Mir würde das nicht passieren …"

„Wie lange wohnt Herr Thomasson schon hier in der Straße?“, unterbrach Amaryllis die Frau erneut, die diese Unhöflichkeit nicht weiter zu stören schien, wahrscheinlich war sie daran gewöhnt, dass andere Menschen ihr einfach ins Wort fielen, um überhaupt Gelegenheit zu haben, in ihrer Gegenwart etwas zu sagen.

„Das Haus gehörte seinen Eltern, war ziemlich heruntergekommen und stand eine Zeit lang leer, nachdem erst der Vater und kurz danach die Mutter gestorben sind. Der Vater kam aus Schweden, daher der komische Name. Irgendwann, ich würde sagen so vor acht oder neun Jahren, ist der Thomasson eingezogen und hat begonnen, das Haus zu renovieren, er hat alles selber gemacht. Nicht einen Handwerker hat er beschäftigt! Monatelang hat er von morgens bis abends gearbeitet, aber das Resultat kann sich sehen lassen, oder? Sieht aus wie neu die Hütte. Natürlich nicht so schick wie der noble Neubau auf der anderen Seite, aber viel gemütlicher.

Ich weiß nicht, warum die Leute sich diese sterilen Klötze als Häuser in die Gegend stellen. Sieht doch furchtbar aus, aber wahrscheinlich ist das moderne Architektur, und da stehen diese reichen Schnösel drauf.“

Sie schnaubte verächtlich und sah Amaryllis erwartungsvoll an, die nicht auf eine Pause im Redefluss von Frau Raumann vorbereitet gewesen war und kurz über ihre nächste Frage nachdenken musste.

„Lebt Herr Thomasson allein in dem Haus? Hat er keine Familie? Kinder? Bekam er viel Besuch?“, wollte sie schließlich wissen.

Frau Raumann musste nicht lange überlegen, die Antworten auf die Fragen platzten direkt aus ihr heraus: „Er hat da allein gelebt, keine Ahnung, warum er ein ganzes Haus für sich allein braucht. Ich würde in die Stadt ziehen, wenn es meinen Mann nicht gäbe. Schickes Appartement irgendwo zentral, das wäre genau meins. Keine Ahnung, ob der Thomasson jemals eine Frau hatte oder nicht. Er hat nie etwas darüber gesagt, aber einen erwachsenen Sohn hatte er, das weiß ich genau. Vielleicht war er mal verheiratet, vielleicht war der Sohn das Ergebnis einer Affäre. Ich habe nicht den blassesten Schimmer und glauben Sie mir, ich habe versucht, es herauszubekommen!"

"Es scheint Evelyn Raumann nicht aufzufallen, dass ihre Neugierde auf andere Menschen merkwürdig oder sogar abstoßend wirken könnte", *dachte Amaryllis, während die Frau weiterplapperte.*

„Eine ganz schlimme Geschichte war das mit dem Sohn, soweit ich es mitbekommen habe. Der Herr Thomasson ist immer so freundlich und hilfsbereit, aber viel von sich selber erzählt er nicht. Nur das Nötigste. Stattdessen fragt er ständig, wie es uns geht, ob er uns etwas helfen könne. So ein netter Mann. Das hat er wirklich nicht verdient. So ein Schicksal. Furchtbar."

Nur mit Mühe konnte Amaryllis sich zurückhalten, die Frau nicht an den Schultern zu packen und sie zu schütteln, damit sie sich endlich auf die Beantwortung der Fragen konzentrierte.

„Was ist mit dem Sohn passiert?", fragte sie schließlich in den Redefluss von Frau Raumann hinein, um die Befragung schnellstmöglich zu Ende zu bringen.

„Gestorben ist er! Bei einem Unfall! Und sein Vater war dabei, wenn ich es richtig verstanden habe. Aber diese Information stammt von Frau Wittig. Na ja, Sie haben sie kennengelernt und erlebt. Wirklich sicher sein, ob sie weiß, was sie erzählt, kann man sich bei ihr nicht. Früher war sie anders, ziemlich clever waren die Alte und ihr Mann, lang ist es her.

Aber ich denke, dass es stimmt. Der Thomasson ist so oft bei der alten Schachtel und hilft ihr oder kauft für sie ein. Da wird sie sich die Geschichte schon irgendwie haben merken können."

Evelyn Raumann senkte plötzlich ihre Stimme und sagte verschwörerisch: „Am Anfang habe ich gedacht, dass der Typ die alte Frau nur ausnutzen will. So eine Art Erbschleicher, Sie wissen schon. Aber ganz ehrlich, der Thomasson ist einer von diesen Gutmenschen, die Freude daran haben, allen immer zu helfen. Und so eine alte, senile Oma wie die Wittig ist natürlich ein gefundenes Fressen für jemanden mit Helfer-Syndrom. Aber ich will nicht meckern, uns hat er auch ein, zwei Mal aus der Patsche geholfen, der Mann ist einfach ein Schatz. Obwohl er nicht viel redet."

Erneut unterbrach Amaryllis die Frau: „Sie haben also Herrn Thomasson seit mehreren Tagen nicht gesehen, was ungewöhnlich ist, da er in den acht bis neun Jahren, die er hier in der Straße wohnt, nie Urlaub gemacht hat oder über Nacht außer Haus geblieben ist?"

„Genauso ist es! Tagsüber war er natürlich immer mal wieder weg oder besser gesagt, sein Auto war nicht da, aber das ist normal, man muss schließlich einkaufen oder etwas erledigen. So richtig kennengelernt haben wir den Mann in der ganzen Zeit aber nicht. Komisch, oder? Da wohnt man so viele Jahre in der gleichen Straße, der Nachbar hilft, wann immer Not am Mann ist, aber wissen tut man über ihn fast nichts. Die anderen Nachbarn kennen ihn ebenfalls nicht besser, wir haben uns oft darüber unterhalten, was für ein feiner Mensch der Thomasson ist, aber verschlossen wie eine Auster."

Amaryllis stand auf und zog eine Visitenkarte aus ihrer Handtasche. „Würden Sie mich bitte sofort anrufen, wenn Herr

Thomasson auftaucht. Wir müssen ihm dringend ein paar Fragen stellen.“

„Natürlich! Gerne!“, rief Frau Raumann begeistert. „Ich melde mich auf der Stelle bei Ihnen, wenn ich ihn sehe. Sagen Sie mal“, sie musterte ungeniert Amaryllis’ hellgraue Stoffhose und die weiße Leinenbluse, „wo kaufen Sie Ihre Klamotten? Das sieht wahnsinnig gut aus, was Sie da anhaben!“

Amaryllis konnte sich nicht erinnern, dass jemals zuvor ein Zeuge oder eine Person, die sie befragt hatte, sich nach ihrer Kleidung erkundigt hatte, und wusste einen Moment lang nicht, was sie antworten sollte. Das Letzte, was sie wollte, war, ein Gespräch über Mode mit der redseligen Nachbarin von Gunnar Thomasson beginnen.

„Das hat meine Mutter mir mitgebracht, sie wohnt nicht in Berlin“, log sie schließlich und ging Richtung Haustür, wo sie sich zügig verabschiedete, um sich nicht der Gefahr eines weiteren Redeschwalls auszusetzen.

Falk von Heeren wartete bereits am Auto auf sie und machte eine ungeduldige Handbewegung, sie solle sich beeilen. Wahrscheinlich hatte eins seiner Kinder ihn angerufen und gefragt, wann er endlich nach Hause käme. Amaryllis musste lächeln, dass ihr Kollege, der für seinen Sarkasmus gefürchtet war und nach außen lässig, abgebrüht und cool wirkte, wenn es um seine Kinder ging, wie Butter in der Sonne zerschmolz.

„Hast du etwas herausgefunden?“, fragte Falk, kaum war sie in Hörweite. „Bei mir war es überall das Gleiche: Gunnar Thomasson ist eine Art Engel auf Erden, hat sich rührend um die alte Frau Wittig und überhaupt jedes Problemchen der Nachbarschaft gekümmert.“

„Ja, so auch die Aussage von Frau Evelyn Raumann. Allerdings ist Herr Thomasson ihrer Beobachtung nach – und der vertraue ich voll und ganz, in dieser Straße geschieht nichts ohne das Wissen von Frau Raumann – seit einigen Tagen nicht zu Hause gewesen, was ungewöhnlich ist, da er sonst immer zu Hause ist.“

Amaryllis konnte sich ein Lachen nicht verkneifen, als sie an die redselige Nachbarin dachte.

„Und was ist daran so komisch?“, fragte Falk irritiert nach.

„Gar nichts“, sagte Amaryllis. „Mir ist nur gerade eingefallen, dass Frau Raumann über ihre ganzen Ausführungen über ihren Nachbarn nicht bemerkt hat, dass ich ihr den genauen Grund für meinen Besuch nicht gesagt habe.“

Falk verdrehte die Augen. „Da hattest du Glück. Ich musste den Nachbarn die Informationen förmlich aus der Nase popeln, und dass Gunnar Thomasson seit mehreren Tagen nicht zu Hause ist, war ihnen nicht aufgefallen, oder sie haben es mir nicht gesagt. Allerdings arbeiten sowohl Ehefrau als auch Ehemann bei beiden Familien Vollzeit und die Kinder sind im Teenageralter, da hat man weniger Zeit für ausführliche Nachbarschaftsstudien.“

„Frau Wittig hat ebenfalls gesagt, dass sie Gunnar Thomasson seit mehreren Tagen nicht gesehen hat“, überlegte Amaryllis. „Interessant wäre zu wissen, seit wie vielen Tagen der Mann genau nicht mehr zu Hause war und ob die Zahl dieser Tage mit dem Todeszeitpunkt unserer Frauenleiche übereinstimmt.“

„Ja, das wäre nett, wenn wir das wüssten und wenn der freundliche Nachbar Thomasson uns im Anschluss mit dem Telefon von Frau Wittig kurz anrufen würde, hätten wir ihn ja quasi überführt. Das wäre echt Spitze. Nur, wie hoch schätzt du die Wahrscheinlichkeit ein, dass sich dieser Fall für uns von selber löst?“, fragte Falk seine Kollegin ironisch.

„Wie gesagt, ich kann jederzeit Migräne bekommen“, antwortete Amaryllis ihm betont kühl, wurde dann aber versöhnlicher. „Wir haben die Nachbarn in dem Neubau noch nicht befragt, lass uns schnell gemeinsam hingehen, die Chance, dass wir dort etwas anderes hören, als was für ein fantastischer Nachbar Herr Thomasson ist, schätze ich in der Tat äußerst gering ein. Danach fahren wir zurück ins Büro, ich erledige den Papierkram und du siehst zu, dass du zu deinen Mädchen kommst.“

Wenige Minuten später standen die beiden Kommissare wieder auf der Straße vor dem Neubau und schauten sich an. Sie hatten nur den Hausherrn, Herrn Heimlich, angetroffen, der allerdings in großer Eile war und ihnen zwischen Tür und Angel lediglich mitgeteilt hatte, dass er Gunnar Thomasson kaum kenne, aber nur Gutes über ihn gehört habe.

„Ich bin versucht zu sagen, dass ich gerne so einen Nachbarn hätte“, meinte Falk. „Nur irgendwie werde ich das Gefühl nicht los, dass der Mann gar nicht so nett ist, wie alle sagen.“

6.

Es war immer noch drückend warm, als Amaryllis an diesem Abend das Gebäude, in dem die Mordkommission der Berliner Polizei untergebracht war, verließ. Sie war genervt, wie so oft zu Beginn einer Ermittlung, wenn es schwierig war, die notwendigen Informationen schnell zu bekommen.

Im Fall von Gunnar Thomasson hatten ihre Nachforschungen nichts ergeben, ausser dass der Mann 64 Jahre alt, sein Vater schwedischer Abstammung und seine Mutter Deutsche war. Gunnar Thomasson hatte sein gesamtes Berufsleben als Ingenieur bei einem Großkonzern in Berlin gearbeitet und war mit 55 Jahren in den vorzeitigen Ruhestand gegangen, was zu der Aussage von Frau Raumann passte, dass er im Anschluss das verlassene Haus seiner Eltern übernommen und die neu gewonnene Freizeit genutzt hatte, um das Anwesen zu renovieren. Der Mann war nie verheiratet gewesen, hatte aber einen unehelichen Sohn, der vor drei Jahren bei einem Unfall ums Leben gekommen war.

Ob es einen polizeilichen Eintrag über die Angaben im gewöhnlichen Führungszeugnis hinaus über Gunnar

Thomasson gab, hatte Amaryllis nicht herausfinden können, die zuständige Abteilung war aufgrund einer unglücklichen Kombination von urlaubs- und krankheitsbedingten Engpässen am Abend nicht mehr besetzt gewesen und sie selber hatte keinen Zugriff auf die Daten. Entsprechend hatte sie sich gar nicht erst die Mühe gemacht, die Staatsanwaltschaft wegen eines Durchsuchungsbefehls anzurufen, sie wusste, dass ihr Anliegen bei einer derartig dünnen Beweislage schon von der Sekretärin des zuständigen Staatsanwaltes abgeschmettert werden würde. Sie würde sich bis zum nächsten Morgen gedulden müssen.

Ihre Laune verschlechterte sich weiter, als sie zu Hause ankam und feststellen musste, dass die Handwerker ihre Abwesenheit offenbar genutzt hatten, ihre Arbeit noch früher als sonst einzustellen und nach Hause zu gehen. Sie fand ihr Haus in dem gleichen Zustand absoluten Chaos vor, in dem sie es am Morgen verlassen hatte.

Amaryllis zog sich kurz entschlossen eine kurze schwarze Hose und ein frisches weißes T-Shirt an, band ihre langen schwarzen Haare zu einem losen Pferdeschwanz zusammen und verließ ihr Haus wieder. Sie würde einen Spaziergang zum nahe gelegenen Grunewaldsee machen und dort etwas in einem fast direkt am See befindlichen Restaurant zu Abend essen.

Das Anwesen der Familie Winter, das Amaryllis im vergangenen Jahr von ihrer Großmutter geerbt hatte, lag im eleganten Berliner Stadtteil Dahlem, einer Villengegend, die teilweise direkt an das Waldgebiet rund um den Grunewaldsee grenzte. Amaryllis hatte erst in diesem Sommer, als sie begonnen hatte, am frühen Morgen zu joggen, entdeckt, dass sie nur wenige Minuten durch den Wald laufen musste, um an den See zu kommen. Der See war Teil des Hundeauslaufgebiets und besonders bei schönem Wetter tummelten sich dort zahllose Hunde und ihre Besitzer.

Amaryllis war mit Hunden aufgewachsen und hatte sich immer vorgestellt, dass zu ihrem Leben als Erwachsene ebenfalls ein Hund gehören würde, doch verlief dieses Leben bislang in jedem Bereich anders, als sie es erwartet hatte.

Sie war davon ausgegangen, dass sie irgendwann eine Familie mit Kindern, Haus und eben einem Hund haben würde. Und eigentlich hatte sie sich dieses Leben in New York zusammen mit ihrem Ex-Ehemann Max vorgestellt, doch es war anders gekommen. Max hatte sie mit ihrer besten Freundin Edith betrogen und war mittlerweile mit ihr verheiratet, während sie selber dabei war, sich ein neues Leben in Deutschland aufzubauen. Es war genug Zeit vergangen, dass Amaryllis klar geworden war, dass sie nicht ganz unschuldig an der Trennung von ihrem Ehemann gewesen war. Sie hatte sich voll auf ihre Karriere bei der New Yorker Polizei konzentriert und ihre Ehe dabei vernachlässigt. Die Tatsache, dass Max einige Jahre älter als sie war und sich Kinder gewünscht hatte, für die Amaryllis sich nicht bereit gefühlt hatte, war ein weiterer Grund für seinen Seitensprung und das daraus resultierende Ende ihrer Ehe gewesen.

Es war bereits von Weitem Hundegebell zu hören, während sie langsam durch den Wald spazierte, in dem die hohen Bäume zumindest für ein wenig Schatten sorgten. Im vergangenen Jahr hatte ihre gescheiterte Ehe sie sehr beschäftigt, mittlerweile spürte Amaryllis, dass sie in ihrem neuen Leben in Berlin angekommen war, daher war sie erstaunt, dass sie plötzlich wieder vermehrt an die Vergangenheit dachte. Vielleicht waren es die familiären Probleme ihres Kollegen Falk von Heeren, den sie immer besser kennen- und vor allem schätzen lernte, die ihr bewusst gemacht hatten, dass sie selber vielleicht niemals eine Familie haben würde. Im nächsten Jahr würde sie 40 werden und wenn damit die Zeit, einen passenden Mann zu finden und mit ihm Kinder zu bekommen, lange nicht abgelaufen war, so wurde sie knapper.

Allerdings fragte Amaryllis sich immer öfter, wie sehr sie sich wirklich Kinder wünschte. Manchmal war sie sich unsicher, ob ihre Gedanken an die perfekte Familie nicht einfach nur der Tatsache entsprangen, dass diese in einen „normalen" Lebenslauf zu gehören schien.

Amaryllis lief durch den Sand zum Strand des Sees, der trotz der Abendstunde gut besucht war. Hunde tollten im Wasser herum, während ihre Besitzer danebenstanden und sich unterhielten, Stöcke warfen oder einfach im Sand saßen oder lagen und den Sommerabend genossen.

Sie setzte sich auf einen umgefallenen Baumstamm und betrachtete das Treiben um sich herum. Amaryllis fühlte sich plötzlich sehr einsam. Sie hatte zwar Freunde in Berlin gefunden, aber sie war oft allein. Der Umbau des Hauses nahm ihre gesamte Freizeit in Anspruch und das Wort Langeweile kannte sie nicht, trotzdem spürte sie, dass es schön gewesen wäre, mit jemandem am Abend über ihre Arbeit zu sprechen.

Amaryllis holte tief Luft und sagte sich, was sie sich in letzter Zeit immer in diesen Momenten gesagt hatte, dass das Schicksal mache, was es wolle, und die Dinge passierten oder eben nicht. Es nutzte weder, in Torschlusspanik zu verfallen, noch sich einzureden, dass sie am liebsten allein war.

„Man kann eben nicht alles haben", murmelte sie gedankenverloren.

Ein großer brauner Hund, der gerade aus dem See gekommen war, schüttelte sich direkt neben ihr und ein warmer Regen ergoss sich über die Kommissarin.

„Entschuldigen Sie!“, sagte die Besitzerin mit einem Lächeln, während sie den Hund an seinem Halsband ein Stück zur Seite zog. „Mein Hund meint, dass wir Menschen nichts mehr lieben, als ein bisschen mit dreckigem Seewasser besprüht zu werden.“

„Kein Problem“, erklärte Amaryllis und lächelte zurück. „Bei dem Wetter muss man seine Kleidung sowieso alle paar Stunden wechseln, da macht das bisschen Wasser nichts aus.“

Die Frau lächelte sie nochmals an und wandte sich wieder ihrem Bekannten zu, mit dem sie sich ein paar Meter weiter unterhalten hatte, während der Hund zurück ins Wasser lief.

Die mysteriöse Tote, die hier im Wald nur wenige Hundert Meter Luftlinie entfernt gefunden worden war, fiel Amaryllis beim Anblick des Wassers wieder ein. Konnte es wirklich sein, dass die Frau, wie die Gerichtsmedizinerin Benita Hüther annahm, über einen längeren Zeitraum gegen ihren Willen gefangen gehalten worden war? Wie stellte man so etwas an, ohne dass es jemand mitbekam? Sie dachte an die beiden Fälle in Österreich, wo junge Frauen jahrelang eingesperrt gewesen waren und eine von ihnen sogar mehrere Kinder in der Gefangenschaft geboren hatte. Wie hatten ihre Peiniger sie mit Nahrung, Wasser und Kleidung versorgt? Was hatten sie getan, wenn ihre Opfer krank wurden? Hatten die Frauen geschrien, um auf ihre Lage aufmerksam zu machen? Sich gewehrt?

Die dicke Wollstrickjacke, welche die Tote getragen hatte, tauchte vor Amaryllis innerem Auge auf und setzte in ihrem Kopf eine Kette neuer Überlegungen in Gang. Wie hatten die Opfer ihre Wäsche gewaschen? Hatten sie überhaupt eine

Möglichkeit, ihre dreckige Kleidung zu waschen? Gab es in ihren Verstecken eine Dusche, eine normale Toilette?

Diese simplen Dinge des Alltags waren eine Sache, aber wie verheimlichte man vor seinen Nachbarn und Freunden, dass man einen Menschen gefangen hielt? Der Gedanke ließ Amaryllis nicht mehr los. Wie einfach war es, einen lebendigen Menschen vor der Umwelt zu verstecken? Dass der Täter mit einer Familie zusammenwohnte, erschien ausgeschlossen, außer seine Frau war in das schreckliche Geheimnis nicht nur eingeweiht, sondern daran beteiligt. Und was für ein Haus musste man haben, um so etwas überhaupt bewerkstelligen zu können? Oder war es möglich, sein Opfer abseits der Gesellschaft an einem verlassenen Ort zu verstecken? Amaryllis schüttelte den Kopf. So unmöglich das Ganze erschien, es war passiert. Sogar mehrfach.

Bislang hatten sie gegen Gunnar Thomasson nur einen Anfangsverdacht, der sich darauf begründete, dass von einem Telefon, welches seiner ältlichen Nachbarin gehörte, ein Notruf bei der Feuerwehr eingegangen war und er wahrscheinlich im Besitz dieses Telefons war. Dazu kam die Tatsache, dass der Mann, der angeblich nie in den Urlaub fuhr, seit Tagen nicht gesehen worden und sein Pkw ebenfalls verschwunden war. Für all dies konnte es einfache Erklärungen geben.

Gunnar Thomasson konnte das Handy von Frau Wittig schon seit Längerem verloren oder irgendwo vergessen haben. Vielleicht hatte er es der alten Dame ausgehändigt und sie selber hatte es verschusselt und konnte sich nicht mehr daran erinnern. Und warum sollte jemand, der immer zu Hause blieb, nicht doch einmal in den Urlaub fahren – ganz ohne seine Nachbarn darüber zu informieren. *Selbst wenn Frau Raumann eine derartige*

Frivolität sicher nicht gutheißen würde, dachte die Kommissarin lächelnd.

Und doch, irgendetwas stimmte mit dem Mann nicht. Amaryllis war eine rationale Person und zu klug, um sich bei Ermittlungen zu sehr von ihren Gefühlen leiten zu lassen, auch wenn ihr dies gelegentlich schwerfiel. Allerdings hatte ihre Intuition sie im Laufe ihrer Karriere selten getäuscht. Sie beschloss, die Nachforschungen über Gunnar Thomasson am nächsten Tag zu intensivieren. Solange sie keine falsche Anklage gegen den Mann vorbrachte, konnte sie damit kaum Schaden anrichten. Ein untrügliches Gefühl sagte ihr allerdings, dass es nicht lange dauern würde, bis sie fündig werden würde.

Amaryllis stand auf und lief am Ufer des Sees entlang in Richtung des Restaurants, um dort etwas zu Abend zu essen. Sie spürte plötzlich, wie hungrig sie war, da sie seit dem Mittag nichts mehr gegessen hatte.

Im idyllischen Biergarten des Restaurants herrschte, wie es an einem solchen Sommerabend nicht anders zu erwarten war, Hochbetrieb und Amaryllis fand nur mit Mühe einen kleinen Tisch. Sie bestellte einen Salat mit Hühnerfleisch und ein Glas Rotwein bei einer unfreundlichen Bedienung, die sie in bester Berliner Tradition erst einmal mit knurriger Miene informierte, dass das Essen länger dauern könne bei dem Betrieb, der herrsche.

Amaryllis sparte sich einen Kommentar, dass das Sommerwetter bereits seit Wochen anhalte und es für die Restaurantbetreiber kaum überraschend kommen könne, dass ihr Biergarten voll sei, lächelte die Frau stattdessen freundlich an und sagte: „Natürlich, kein Problem, bei dem schönen Wetter warte ich gerne."

Die Bedienung musterte sie kurz irritiert und ging, um Amaryllis' Bestellung in der Küche aufzugeben.

Wenige Minuten später stand immerhin ein großes Glas Rotwein vor Amaryllis, die einen Schluck nahm und sich zurücklehnte. Die gewünschte Entspannung trat jedoch nicht ein und mit einem Seufzen holte sie ihr Handy aus ihrer Tasche. Es gab eine Sache, die sie an diesem Abend noch herausfinden wollte.

„Ha!“, meldete sich Benita Hüther nach dem zweiten Klingeln. „Ich wusste, dass du heute Abend anrufst! Ich war nur nicht ganz sicher, welcher Teil meiner Vermutungen über die Frauenleiche im Grunewald dir keine Ruhe lässt.“

„Schön, dass du mich so gut kennst“, lachte Amaryllis. „Dafür weiß ich, dass du gerade vor deinem Computer sitzt und überlegst, welche deiner zahllosen Internetbekanntschaften du als nächste treffen sollst.“

Im Gegensatz zu Amaryllis war Benita Hüther ganz offen auf der Suche nach einem Mann. Die hübsche Gerichtsmedizinerin, die einige Jahre jünger als Amaryllis war, hätte eigentlich keinen Mangel an Kandidaten, die sie in der „Realität“ traf, gehabt, doch bevorzugte sie nach einigen Missgriffen die Partnersuche im Internet.

„Das Problem ist, dass die Männer mit meinem Beruf nicht klarkommen. Man sagt ihnen, dass man Pathologin bei der Gerichtsmedizin ist, aber ganz ehrlich, die denken sich nichts dabei. Und dann kommt es, wie es kommen muss: Man sitzt gemütlich bei einem Date, der Rest des Abends liegt verheißungsvoll vor einem, plötzlich klingelt das Telefon, ich werde zu einer Leiche gerufen – und den Herren wird schlecht. Ich bereite mögliche Partner lieber im Internet-Chat auf alle Facetten meines Berufes vor, dann fallen sie wenigstens nicht bei der Erwähnung eines Toten in Ohnmacht", hatte sie Amaryllis halb lachend, halb ernsthaft erklärt.

„Da liegst du vollkommen falsch", konterte Benita die Vermutung ihrer Kollegin. „Ich sitze auf meinem Balkon und erhole mich von meinem gestrigen Date mit einem Mann, der zur Abwechslung überhaupt und gar nichts gegen meinen Job, Leichen oder Blut hatte. Im Gegenteil, er war fasziniert von meiner Tätigkeit und hat mich den ganzen Abend mit irgendwelchem Halbwissen, das er im Fernsehen oder wer weiß wo aufgeschnappt hat, genervt. Dass er mir nicht noch ein paar Tipps für die nächste Obduktion gegeben hat, war alles, was gefehlt hat! Aber genug von meiner deprimierenden Männersuche. Was möchtest du wissen?"

„Gibt es irgendeine Möglichkeit festzustellen, ob das erste Baby der Frau lebend zur Welt gekommen ist? Ich komme einfach nicht von dem Gedanken los, wie man es bewerkstelligen könnte, ein Kind irgendwo großzuziehen, ohne dass es jemand mitbekommt. Ich meine, ein Kind muss mal zum Arzt, Kinder werden krank, oder nicht?"

Amaryllis kam ihre eigene Frage plötzlich sehr dumm vor, sie hatte keine Ahnung, was Kinder brauchten oder nicht und ob sie wirklich zum Arzt „mussten". Sie hatte keine Kinder und keinerlei Erfahrungen mit ihnen, vielleicht war es problemlos möglich, ein Kind großzuziehen, ohne dass es jemals eine Arztpraxis von innen gesehen hatte.

„Zu deiner Frage: Nein, ich wüsste nicht, wie man feststellen sollte, ob eine Frau eine Stillgeburt hatte oder ob das Kind zumindest bei der Geburt gelebt hat." Benita machte eine kurze Pause. „Und ein Kind in Gefangenschaft großzuziehen, dürfte nicht leichter oder schwerer sein, als einen erwachsenen Menschen für längere Zeit ohne Spuren wegzusperren."

Tag 5
(Dienstag)

7.

Amaryllis saß an ihrem Schreibtisch und fächerte sich mit einem Aktenordner Luft zu, während sie auf Falk wartete. Ihr Kollege hatte kurz zuvor angerufen, dass er endlich ein Tagescamp für seine Töchter gefunden habe, sie aber dort erst absetzen müsse, bevor er zur Arbeit kommen könne. Dabei hatte er so erleichtert geklungen, die Mädchen vernünftig untergebracht zu haben, dass Amaryllis es nicht übers Herz gebracht hatte, ihm zu sagen, dass sie mehr als bereit war, im Fall der mysteriösen Toten aus dem Grunewald weiter zu ermitteln.

Sie hatte an diesem Morgen bereits mit Benita telefoniert, die noch keine Ergebnisse der DNA-Analyse vorliegen hatte, aber spätestens bis zum Mittag damit rechnete. Außerdem hatte sie die Adresse der Witwe von Gunnar Thomassons Sohn herausgefunden, mit der Frau telefoniert und ausgemacht, dass man sie am Vormittag bei ihrer Arbeit aufsuchen werde, um ein paar dringende Fragen über den Verbleib ihres Schwiegervaters zu klären.

Amaryllis hatte die Vermisstendatei nochmals mit den Angaben, die sie bislang zu der Toten hatten, verglichen und anhand möglicher Übereinstimmungen eine Reihe von Frauen herauskristallisiert, die infrage kommen könnten. Eine Arbeit, die vor allem dem Warten auf Falk geschuldet war. Am Mittag, wenn das Ergebnis der DNA-Analyse zurückkam, würden sie Gewissheit haben, ob die Frau als vermisst gemeldet worden war, die Suche in der Vermisstendatei war ein reiner Zeitvertreib gewesen.

Sie wollte sich gerade einen weiteren Kaffee aus der Küche holen, die am Ende des langen Gangs lag, als ihr Telefon klingelte.

„Ich sitze hier unten im Auto und warte mir ’nen Wolf. Wo bleibst du denn?“, hörte sie ihren Kollegen gut gelaunt fragen.

„Ich eile“, erklärte Amaryllis, „schlimm, wie ich immer die Ermittlungen aufhalte! Wo genau fahren wir denn hin, um zu ermitteln?“

„Haha, das wollte ich dir überlassen, damit du auch mal etwas tust!“, konterte Falk die kleine Spitze seiner Kollegin.

Wenige Minuten später saß Amaryllis neben ihrem Kollegen im Auto und berichtete ihm von den Ergebnissen ihrer frühmorgendlichen Arbeit.

„Meinst du wirklich, dass es Sinn macht, die Witwe von Thomassons Sohn zu befragen? Machen wir nicht die Pferde scheu, bevor wir überhaupt wissen, ob der Mann etwas mit der ganzen Sache zu tun hat?“

„Mag sein, aber wir befragen Frau Baumeister nur, weil wir ihren Schwiegervater nicht angetroffen und die Nachbarn uns gesagt haben, dass er seit ein paar Tagen nicht zu Hause gewesen ist. Da er wissen könnte, was es mit dem Mobiltelefon auf sich hat, mit dem der Notruf über die Tote abgesetzt wurde, ist es wichtig, ihn schnellstmöglich zu finden. Bislang suchen wir den Mann lediglich als Zeugen, nicht als Verdächtigen. Außerdem haben wir sonst nichts, was wir tun könnten, solange der DNA-Abgleich nicht vorliegt", rechtfertigte sich Amaryllis, worüber sie sich sofort ärgerte, da es nichts gab, wofür sie sich rechtfertigen musste.

„Ich habe nur gefragt und ich stimme dir vollkommen zu", beruhigte Falk sie. „Schlecht geschlafen?"

„Das nicht, aber mir ist beim morgendlichen Gang in meine Ex-Küche, die mittlerweile der stark frequentierte Aufenthaltsraum der Handwerker ist, ganz anders geworden. Mein Haus sieht aus, als hätte eine Bombe eingeschlagen. Ich glaube, diese Handwerker werden nie fertig. Ich kann es nicht beweisen, da ich meine Oliven für gewöhnlich nicht abzähle, aber ich könnte schwören, dass die sich sogar im Kühlschrank bedienen", klagte Amaryllis ihr Leid.

„Ich würde dir das Gästezimmer anbieten, das müsstest du allerdings mit drei halbwüchsigen Mädchen teilen und ich weiß nicht, ob du neben dem ganzen Dusch-, Bade- und Cremeschaumfläschchen Platz hättest", lachte Falk.

Mittlerweile waren sie fast an ihrem Ziel angekommen und Falk bog in eine Seitenstraße des Ku'Damms ab.

„Und wo genau sollen wir hier parken?", fragte er und deutete auf die Straße, in der zahllose Lieferwagen und Kleintransporter die Parkbuchten auf den Seiten blockierten.

„Ich frage mich, warum Leute hier wohnen? Mich würden die Hektik, die vielen Geschäfte und die damit verbundenen Anlieferungen verrückt machen. Von den Touristen ganz zu schweigen", murmelte Amaryllis, während sie nach einem Parkplatz Ausschau hielt.

„Zentraler kannst du in Berlin kaum wohnen und schau dir mal die alten Häuser an, da drin gibt es bestimmt ein paar richtig abgefahrene Altbauwohnungen", sagte Falk. „Wenn ich nicht meinen Drei-Mädels-Anhang hätte und das Doppelte verdienen würde, ich würde sofort herziehen."

„Da vorne ist ein Parkhaus", sagte Amaryllis schließlich, nachdem sie einige Minuten vergeblich nach einer Parkbucht gesucht hatten. „Fahr da rein, das gibt zwar wieder Ärger bei der Spesenabrechnung, aber hier finden wir in näherer Zukunft nicht mal einen illegalen Parkplatz."

Falk tat, wie ihm geheißen, und kurz darauf klingelten sie an einem prachtvollen Jugendstil-Altbau, in dem die Privatbank, bei der Lara Baumeister arbeitete, untergebracht war.

Frau Baumeister wartete bereits an der Tür einer eleganten und ganz offensichtlich weitläufigen Altbauwohnung, die in ein modernes Büro umgewandelt worden war, auf die beiden Kommissare.

„Guten Tag", sagte sie höflich. „Kommen Sie rein. Jacken, die ich Ihnen abnehmen könnte, haben Sie bei der Hitze wohl nicht dabei."

„Nein, ganz sicher nicht", sagte Falk. „So einen Sommer haben wir in Berlin lange nicht mehr gehabt."

Die Frau, die Ende dreißig war, wie Amaryllis aus ihren Unterlagen wusste, ging auf den Small Talk über das Wetter nicht ein, sondern winkte sie leicht hektisch in einen kleinen Besprechungsraum.

„Kann ich Ihnen etwas zu trinken anbieten? Einen Kaffee vielleicht oder bei der Hitze lieber ein kaltes Wasser oder eine Cola?", fragte sie und zupfte sich nervös an ihren langen blonden Haaren.

Frau Baumeister war eine hübsche, zierliche Frau, deren große braune Augen in einem interessanten Kontrast zu ihren hellen Haaren standen. Amaryllis überlegte, ob sie bei der Haarfarbe wohl nachhalf. Lara Baumeister trug trotz der

Schwüle, die in den Büroräumen fast unerträglich war, ein elegantes, eng anliegendes dunkelgraues Kostüm mit einer hellgrauen Bluse darunter und hohe schwarze Pumps. Wahrscheinlich waren die Angestellten der kleinen Privatbank, deren Anlageangebot auf eine sehr reiche Klientel zugeschnitten sein musste, selbst im Hochsommer einem strikten Dresscode unterworfen. Zumindest konnte Amaryllis sich nicht vorstellen, dass ein Mensch freiwillig bei dem Wetter in einem Kostüm und High Heels herumlief.

„Nein danke", lehnte Falk für sich und seine Partnerin ab und setzte sich auf einen der Stühle, die um einen runden Besprechungstisch standen. „Wir wollen Sie nicht lange aufhalten. Wir haben nur ein paar kurze Fragen."

„Das ist gut", sagte Lara Baumeister und ihr war eine deutliche Erleichterung anzumerken. „Der Chef aus der Hauptniederlassung ist heute hier. Wir stehen ziemlich unter Druck, da macht es keinen besonders guten Eindruck, wenn man von der Polizei verhört wird."

„Wir benötigen nur ein paar Informationen über Ihren Schwiegervater, Gunnar Thomasson. Das hat mit einem Verhör nichts zu tun", versuchte Amaryllis, die Frau zu beruhigen.

„Das wird meinem Chef egal sein. Der hat mich seit geraumer Zeit auf dem Kieker, weil ich häufiger fehle. Aber ich bin seit dem Tod meines Mannes alleinerziehend und meine Kinder sind mit vier und sechs Jahren viel zu jung, um allein zu Hause zu bleiben, wenn sie krank sind. Dazu haben wir, kurz bevor Lars gestorben ist, ein Haus gekauft, das viel Arbeit macht, ich weiß manchmal nicht, wo mir der Kopf steht. Meinen Chef interessiert das nicht, der verlangt Leistung. Das ist natürlich sein gutes Recht, aber ich versuche alles, was ich kann, trotzdem reicht meine Zeit meistens nicht, um meinen Kindern und meinem Job gerecht zu werden."

Amaryllis glaubte, eine Träne in den Augen der Frau zu sehen, war sich aber nicht sicher.

„Glauben Sie mir, ich kann Sie gut verstehen", sagte Falk mitfühlend, was ihm einen erstaunten Blick von Frau Baumeister einbrachte, die nicht wissen konnte, dass ihr ein zumindest zeitweise alleinerziehender Vater gegenübersaß.

„Ich weiß gar nicht, warum ich Ihnen das alles erzähle. Ich bin sonst nicht so ein Jammerlappen. Aber heute ist alles ein bisschen viel gewesen. Und der Tag hat erst angefangen. Man plant ein Leben und auf einmal führt man ein ganz anderes, in dem man neben den neuen Anforderungen die Überbleibsel aus dem alten Leben abarbeiten muss", sagte Lara Baumeister entschuldigend und rang sich ein mühevolles Lächeln ab. „Aber Sie wollten von mir Informationen über meinen Schwiegervater. Ich befürchte, dass ich Ihnen nicht weiterhelfen kann. Ich habe Gunnar Thomasson seit mehreren Jahren nicht gesehen."

„Sie wissen also nicht, wo er sich zurzeit aufhält?", fragte Falk nach.

„Nein, wir hatten nie viel Kontakt. Lars ist bei seiner Mutter aufgewachsen und hat seinen Vater nur sporadisch gesehen, als er ein Kind war. Er hat mir erzählt, seine Mutter habe den Kontakt zwar nie verhindert, sei aber immer froh gewesen, wenn sie nichts von seinem Vater gehört hätten. ‚Er ist kein guter Mann', hat sie stets gesagt, wenn Lars nach seinem Vater gefragt hat. Ich habe sie nie kennengelernt, sie ist verstorben, bevor ich mit Lars zusammenkam."

Lara Baumeister machte eine kurze Pause und schaute aus dem Fenster, es schien als brauche sie einen kurzen Moment, um sich zu sammeln. Schließlich sprach sie weiter: „Wir haben seinen Vater vielleicht ein- oder zweimal im Jahr gesehen. Ich muss sagen, er war bei unseren wenigen Treffen immer unheimlich freundlich und hilfsbereit, eigentlich das Gegenteil von dem, was die Mutter gesagt hat. Richtig eng war der Kontakt aber nie. Gunnar hatte immer wahnsinnig viel zu tun an dem Haus seiner Eltern, das er geerbt und allein renoviert hat. Lars hat ihm öfter angeboten, er könne ihm helfen, aber das wollte sein Vater nicht. Wenn es um das Haus ging, hat er niemand anders herangelassen, wollte sich nicht helfen lassen. Umgekehrt hat das bedeutet, dass er keine oder kaum Zeit für uns, seine Familie, hatte."

„Wann haben Sie Ihren Mann kennengelernt", fragte Amaryllis nach und machte sich ein paar Notizen in ihrem kleinen Buch.

„Vor fast genau neun Jahren. Wir waren uns sehr schnell sicher, dass wir füreinander bestimmt sind."

„Und wann haben Sie Gunnar Thomasson das erste Mal getroffen?"

„Das müsste so vor acht Jahren gewesen sein. Er hatte das Haus seiner Eltern geerbt und war dabei einzuziehen, obwohl es damals eine echte Bruchbude gewesen sein muss. Aber wie gesagt, er hat alles selber renoviert und am Ende muss es ein echtes Schmuckstück geworden sein."

„Das hört sich an, als wären Sie nie in dem Haus gewesen?", fragte Falk nach.

„Nein. Ich fand das sehr komisch, aber er hat uns nie zu sich eingeladen. Wenn wir uns getroffen haben, war es bei uns zu Hause. Lars ist ein einziges Mal alleine zu seinem Vater rausgefahren. Das war ein paar Monate vor seinem Tod. Er wollte seinen Vater überraschen. Gunnar hatte gesagt, er habe Probleme mit einer Wand und Lars wollte ihm seine Hilfe anbieten. Immerhin ist sein Vater über 60 Jahre alt. Es muss ein sehr merkwürdiges Treffen gewesen sein. Sein Vater hat ihn zwar nach einigem Hin und Her in das Haus hineingelassen, aber er war, so hat Lars es zumindest empfunden, regelrecht feindselig. Gunnar hat Lars weder etwas zu trinken oder zu essen angeboten, geschweige denn seine Hilfe beim Ausbessern der Wand angenommen. Nach einer Viertelstunde hat er seinen eigenen Sohn aufgefordert zu gehen, da er so viel zu tun habe. Lars war ziemlich vor den Kopf gestoßen und hat sich geschworen, seinem Vater nicht mehr hinterherzulaufen."

Die Frau seufzte und man konnte aufrechte Trauer in ihrem Gesicht erkennen. „Viel Gelegenheit gab es danach sowieso nicht mehr."

„Wann haben Sie Herrn Thomasson zuletzt gesehen?"

Amaryllis überlegte bereits, während sie diese Frage stellte, ob die merkwürdige Familiensituation in irgendeinem Zusammenhang mit der toten Frau im Grunewald stehen konnte. Wollte der von den Nachbarn so gelobte Mann seinen Sohn und dessen Familie nicht in seinem Haus haben, weil er dort eine junge Frau gegen ihren Willen festhielt? Konnte die Lösung wirklich so einfach sein?

„Ich selber habe ihn das letzte Mal direkt nach der Geburt von Pauline, unserer Jüngsten, vor knapp vier Jahren gesehen. Er hat mich und die Kleine im Krankenhaus besucht. Danach war eine ganze Zeit Funkstille, irgendwann hat Lars mit seinem Vater telefoniert. Bei dem Gespräch hat Gunnar die marode Wand erwähnt und Lars ist spontan zu seinem Vater gefahren, um ihn zu unterstützen. Was bei dem Besuch geschehen ist, habe ich Ihnen bereits erzählt. Kurz darauf hat Gunnar uns zum Essen eingeladen. Ich konnte nicht mit, weil ich gestillt habe und uns ehrlicherweise das Geld für einen Babysitter gefehlt hat.

Das Treffen war wohl nicht sehr, ich will mal sagen, angenehm. Jedenfalls kam Lars nach etwas mehr als einer Stunde schon zurück und hatte schlechte Laune. Er hat an dem Abend etwas in der Richtung gesagt, seine Mutter habe wohl doch recht gehabt, was seinen Vater angehe. Ich war so sehr mit den beiden kleinen Kindern beschäftigt, dass ich nicht weiter nachgefragt habe, obwohl ich das Gefühl hatte, dass etwas vorgefallen war. Von sich aus hat Lars nichts erzählt, aber man hat gemerkt, dass ihn etwas beschäftigt hat."

Lara Baumeister machte eine Pause und diesmal war Amaryllis sich sicher, dass sie Tränen in den Augen der Frau sah.

„Was ist dann passiert?", fragte sie vorsichtig nach.

„Ungefähr eine Woche nach dem Abendessen hat Gunnar bei uns angerufen und Lars zu einem Ausflug eingeladen. Er wollte wandern gehen. Das war sehr ungewöhnlich, wenn wir uns überhaupt getroffen haben, ist sein Vater, wie schon gesagt, zu uns gekommen, oder wir haben uns in einem Restaurant verabredet. Außerdem lagen sonst für gewöhnlich Monate zwischen den Treffen.

‚Wieso will er auf einmal einen Ausflug mit dir machen?', habe ich Lars gefragt, der hat aber nur mit dem Kopf geschüttelt und gesagt, er habe keine Ahnung. In den Tagen vor dem Ausflug war er sehr angespannt und ungewöhnlich schweigsam. Als ich wissen wollte, was mit ihm los sei, hat er gesagt, ich würde Gespenster sehen, er sei wie immer.

An dem Abend vor dem Ausflug, wir wollten gerade ins Bett gehen, hat er mich plötzlich wie aus dem Nichts gefragt, ob ich seinen Vater mögen würde. Und ob ich mir vorstellen könne, dass sein Vater ein anderer Mensch sei als der, den er vorgebe zu sein."

Lara Baumeister holte tief Luft, bevor sie weitersprach. „Ich wünschte, ich wäre damals mehr auf diese Fragen eingegangen. Zum einen waren es bis auf ein paar Sätze am Frühstückstisch die letzten Worte, die ich mit meinem Mann gewechselt habe. Zum anderen hätte ich vielleicht das Schlimmste verhindern können und er wäre nie zu diesem Ausflug gegangen.“

Die Frau zupfte wieder nervös an ihren Haaren und Amaryllis hatte das Gefühl, dass sie etwas beschäftigte, über das sie nicht sprechen wollte.

„Wie meinen Sie das?“, fragte sie schließlich nach, da Lara Baumeister nun stumm in ihrem Stuhl saß und den Blickkontakt mit den beiden Kommissaren mied.

Die blonde Frau schaute auf und es lag plötzlich eine Entschlossenheit in ihrem Blick, die zuvor nicht da gewesen war.

„Ich habe der Polizei damals nichts gesagt und ich weiß nicht, ob ich Ihnen wirklich von meinem Verdacht berichten soll, am Ende klage ich einen unschuldigen Menschen an. Es gibt auch keinerlei Beweise für meine Behauptung. Aber ich glaube, dass Gunnar Thomasson meinen Mann, seinen Sohn, umgebracht hat.“

8.

Amaryllis hatte in ihrer Karriere bei der amerikanischen und bei der deutschen Mordkommission viel erlebt und war oft überrascht worden, aber nie war eine Anschuldigung wie die gegen Gunnar Thomasson so aus dem Nichts gekommen wie an diesem Tag die Worte seiner Schwiegertochter.

Sie sah unauffällig zu Falk von Heeren hinüber, der Hauptkommissar schien ebenso perplex wie sie über die plötzliche Wendung in den Ausführungen von Lara Baumeister zu sein.

„Können Sie das etwas genauer erklären?", fragte Falk nach, dem es nicht gelang, seine Irritation zu verbergen.

Lara Baumeister sah nachdenklich aus dem Fenster. Es war ihr anzumerken, dass sie nicht wusste, ob sie das Richtige getan hatte.

„Wissen Sie, ich habe monatelang mit unserem Schicksal gehadert: Warum musste ausgerechnet mein Mann sterben? Er war doch erst 36 Jahre alt und topfit. Wie kann es sein, dass so ein Mann bei einem gewöhnlichen Ausflug in den Wald so schwer stürzt, dass er stirbt? Ich habe verzweifelt nach einer

Antwort gesucht und suche sie bis heute. Ich bin die letzten Tage mit Lars im Kopf immer wieder durchgegangen, jedes Wort, das er gesagt hat, jede Geste, jede Kleinigkeit. Ich habe nach irgendetwas gesucht, was erklären könnte, warum er gestürzt ist. Das Einzige, was mir immer wieder eingefallen ist, war sein Vater.

Die merkwürdige Anspannung zwischen den beiden in den letzten Wochen vor Lars' Tod, die Tatsache, dass wir niemals zu ihm eingeladen worden sind, dass er seinen eigenen Sohn quasi nicht in sein Haus, das er mit so viel Liebe und Mühen renoviert hat, gelassen hat. Und natürlich die Frage von Lars am Abend vor seinem Tod: Ob ich mir vorstellen könne, dass sein Vater ein anderer Mensch sei, als der, den er vorgibt zu sein. Dazu die Aussage seiner Mutter, dass sein Vater ein schlechter Mensch sei."

Lara Baumeister sah die beiden Kommissare nun mit einem herausfordernden Blick an. „Wissen Sie, dass der Mann sich nach der Beerdigung nie wieder bei mir gemeldet hat? Er hat sich weder die Mühe gemacht zu fragen, ob ich zurechtkomme oder was mit seinen Enkeln ist. Nichts. Irgendwann bin ich zu dem Entschluss gekommen, dass Gunnar Thomasson etwas mit Lars' Tod zu tun hat. Haben muss."

Amaryllis betrachtete die Frau einen Moment lang. Sie wirkte abgekämpft, erschöpft, gestresst, aber nicht wie jemand, der sich mit ein paar einfach dahingesagten Behauptungen in den Mittelpunkt drängen wollte.

„Warum haben Sie Ihre Vermutung nie jemanden mitgeteilt?", stellte Falk die Frage, die auch Amaryllis auf der Zunge lag.

Lara Baumeister sah ihn verächtlich an. „Ich bin doch kein Idiot. Ich weiß selber, dass es keinerlei Beweise für meine

Theorie gibt. Die Leiche von Lars ist nicht einmal vernünftig obduziert worden, es gab irgendwelche Probleme mit der Kühlung und damals, direkt nach seinem Tod, habe ich nicht darauf bestanden, weil ich seinen Vater zunächst nicht verdächtigt habe. Ich hatte in dem Moment weiß Gott andere Sorgen. Als ich zum ersten Mal die Vermutung hatte, dass Gunnar etwas mit dem Tod seines Sohnes zu tun haben könnte, war die Leiche meines Mannes längst verbrannt worden.

Stellen Sie sich vor, ich wäre mit meinen Anschuldigungen zur Polizei gegangen, man hätte mich für eine verzweifelte Witwe gehalten, die mit dem Tod ihres Mannes nicht fertigwird und einen Schuldigen braucht, um ihr Schicksal zu akzeptieren. Man hätte sich im besten Fall über mich lustig gemacht!"

„Haben Sie Ihren Schwiegervater mit Ihrem Verdacht konfrontiert?", fragte Falk die Frau, deren Gesichtsausdruck von verächtlich zu verbittert gewechselt war.

„Nein. Ich habe lange darüber nachgedacht, ob ich zu ihm fahren soll, um mit ihm zu sprechen. Oder ob ich ihm einen Brief schreiben sollte oder ihn anrufen. Am Ende habe ich mich dagegen entschieden, überhaupt jemals wieder Kontakt zu ihm aufzunehmen. Er selber hat offensichtlich auch kein Interesse daran."

Lara Baumeister schwieg plötzlich und schien in Gedanken verloren zu sein.

„Warum haben Sie sich entschieden, den Kontakt zu Ihrem Schwiegervater abzubrechen?", fragte Amaryllis vorsichtig, da sie das Gefühl hatte, dass die Frau ihr gegenüber dabei war, sich zu verschließen und den Rest ihrer Geschichte lieber für sich behalten könnte.

„Es gibt nur zwei Möglichkeiten, was damals wirklich geschehen sein kann", sagte die Frau ihr gegenüber leise.

„Entweder mein Schwiegervater ist unschuldig und sofern er mir dies hätte beweisen können, hätte ich den Rest meines Lebens damit fertigwerden müssen, dass ich ihn eines derartig abscheulichen Verbrechens beschuldigt hätte."

Sie machte einen trotzigen Gesichtsausdruck und schüttelte den Kopf. „Aber ehrlicherweise halte ich das für ausgeschlossen. Ich gehe davon aus, dass die zweite Möglichkeit zutrifft: Der Mann hat seinen eigenen Sohn kaltblütig umgebracht, weil der etwas über ihn herausgefunden hatte, was niemand wissen darf. Was denken Sie, was ein Mensch, der zu so etwas fähig ist, mit mir gemacht hätte, wenn ich ihn mit meinem Verdacht konfrontiert hätte?"

Sie sah die beiden Kommissare provokativ an, bevor sie weitersprach: „Ganz genau, er hätte mich auch umgebracht! Davon bin ich überzeugt und darum habe ich nicht mit ihm gesprochen. Ich kann nicht riskieren, dass meine Kinder als Vollwaisen aufwachsen, weil ich Gerechtigkeit suche. Eine Gerechtigkeit, die ich nicht bekommen werde, egal wie oft ich nachts in meinem Bett liege und mit dem Schicksal hadere."

Lara Baumeister machte eine weitere Pause und es war ihr anzusehen, dass sie ihre nächsten Worte sorgfältig überdachte, bevor sie weitersprach.

„Ich nehme an, dass es Ihre Pflicht sein wird, mir jetzt zu sagen, dass ich auf jeden Fall hätte zur Polizei gehen sollen, und ich sage Ihnen nochmals: Niemand hätte mich ernst genommen und wenn Sie ehrlich sind, wissen Sie das auch. Wahrscheinlich nehmen Sie mich ebenfalls nicht ernst. Mein Schwiegervater ist von Grund auf böse, aber er hat es geschafft, dass die Welt ihn als einen freundlichen, hilfsbereiten, netten, etwas verschlossenen Mann sieht, gegen so ein Bild kommt man nur schwer an, wenn man keinen handfesten Beweis hat."

Amaryllis nickte leicht mit dem Kopf. Die Frau hatte absolut recht. Niemand hätte ihr geglaubt und ihre Anschuldigungen wären mit hoher Wahrscheinlichkeit als lächerlich eingestuft worden.

„Warum haben Sie sich entschlossen, heute etwas zu sagen?"

„Weil Sie wegen Gunnar Thomasson hier sind. Ich vermute, er hat wieder etwas verbrochen, nur diesmal hat er seine Spuren nicht so gut verwischt."

9.

Kurze Zeit später stiegen Amaryllis und Falk die Stufen der Eingangstreppe des Altbaus, in dem das Büro von Lara Baumeister untergebracht war, hinunter und sahen sich an.

„Das lief ein bisschen anders, als erwartet", erklärte Falk trocken. „Ich habe keine Ahnung, was ich aus der Nummer machen soll. Hat die Frau einen Knall und ist genau das, was sie befürchtet zu sein, eine Witwe, die mit dem Tod ihres Mannes nicht klarkommt, oder könnte sie tatsächlich recht haben? Gehen wir mal davon aus, dass ihr Verdacht berechtigt ist, warum hätte Gunnar Thomasson seinen eigenen Sohn umbringen sollen?"

„Das dürfte wohl klar sein! Lars Baumeister hat etwas über das Doppelleben seines Vaters herausgefunden", beantwortete Amaryllis die Frage.

„Wenn Gunnar Thomasson eine Frau jahrelang gefangen gehalten und zusätzlich seinen eigenen Sohn umgebracht hat, bekäme dieser Fall ein Ausmaß, wie es nur wenige Fälle haben. Dann hätten wir einen ganz dicken Fisch noch nicht am Haken, aber zumindest die Angel nach ihm ausgeworfen."

Amaryllis antwortete ihrem Kollegen nicht, sondern betrachtete gedankenverloren das rege Treiben auf der Nebenstraße des Ku'Damms. Das heiße Sommerwetter hatte unzählige Menschen nach draußen gelockt und die Tische der Restaurants am Straßenrand waren voll besetzt. Sie blickte einer japanischen Touristengruppe nach, die gerade an ihnen vorbeilief und deren Ziel nur das nahe gelegene Hard Rock Cafe sein konnte.

„Kannst du dir vorstellen, jahrelang gegen deinen Willen eingesperrt zu sein? Irgendjemand reißt dich aus deinem Leben, vielleicht während du gerade durch Berlin läufst, sperrt dich ein und du hast keine Ahnung, ob du jemals wieder das Licht der Sonne siehst?"

„Noch wissen wir nicht, ob es wirklich so war", gab Falk zu bedenken. „Bislang haben wir eine Theorie von Benita, was passiert sein könnte, und die Behauptungen von Lara Baumeister, aber nicht einen einzigen stichhaltigen Beweis. Noch vermuten wir nur."

„Ich weiß", sagte Amaryllis. „Aber überleg mal, die Aussage von Frau Baumeister passt haargenau zu den Vermutungen von Benita. Der Mann hat niemanden, weder Nachbarn noch Familie, in sein Haus gelassen. Ein Haus, das er mit großen Mühen renoviert hat, jedes kleine Detail hat er selber geplant und ausgeführt. Wäre es nicht normal, sehr stolz auf so ein Projekt zu sein und das Bedürfnis zu haben, vielleicht nicht der Welt, aber zumindest der eigenen Familie oder den Nachbarn das vollendete Werk zu präsentieren? Aber Gunnar Thomasson hat niemandem sein Haus gezeigt. Warum?", fragte Amaryllis und wich einer fülligen Frau aus, die auf den Bildschirm ihres Handys starrend fast in die Kommissarin hineingelaufen wäre.

„Weil er in dem Haus irgendwo eine Frau versteckt, von deren Existenz niemand wissen darf, da sie gegen ihren Willen von ihm festgehalten wird und er seine sexuellen Gelüste an ihr befriedigt. Er geht sogar so weit, seinen eigenen Sohn zu töten, weil der ihm auf die Schliche gekommen ist“, führte Falk die Überlegung seiner Kollegin zu Ende.

„Nicht zu vergessen, dass er mit seinem Opfer weitere Kinder gezeugt und vielleicht ebenfalls umgebracht hat“, ergänzte Amaryllis.

Sie fühlte sich trotz der Sommerhitze und des aufgeregten Treibens um sich herum plötzlich merkwürdig kalt und unbehaglich.

„Ich denke, wir sollten, neben der Suche nach Gunnar Thomasson, den Verbleib dieser möglichen Kinder in den Mittelpunkt unserer Ermittlungen stellen. Egal ob der vermeintlich so hilfsbereite Nachbar der Täter und damit ihr Vater ist oder es einen anderen Täter gibt, von dem wir nichts wissen. Wenn ein oder mehrere Kinder der Toten überlebt haben, müssen sie irgendwo sein. Wir können nur hoffen, dass der Täter sich um sie kümmert“, überlegte Amaryllis.

„Warum habe ich gerade das Gefühl, dass es für das Kind oder die Kinder unserer Toten ein Segen wäre, wenn sie die eigene Geburt nicht überlebt hätten“, sagte Falk nachdenklich.

Der Kommissar holte tief Luft und drehte sich einmal suchend um sich selber.

„Ich weiß, es ist absolut unpassend, aber ich habe einen Mordshunger. Wollen wir unseren Ausflug zum Ku’Damm nutzen, um eine Currywurst zu essen? So richtig berlinerisch, du hast deinen Aufnahmetest für unsere schöne ‚Arm, aber sexy‘-Stadt schließlich noch vor dir und Currywurst mit Pommes ist Prüfungsbestandteil“, fragte er seine Kollegin.

Amaryllis warf ihm einen ungläubigen Blick zu. „Wie kannst du in so einer Situation nur an Essen denken?"

Falk zuckte mit den Schultern. „Ganz einfach. Erstens habe ich heute Morgen vor dem Dienst bereits die Wäsche aufgehängt, die Spülmaschine leer geräumt und drei Mädchen gegen ihren Willen um sieben Uhr aus dem Bett geschmissen, damit sie rechtzeitig zu ihrem Feriencamp kommen. Das ist wie ein Arbeitstag vor dem Arbeitstag und ich hatte keine Zeit, selber zu frühstücken. Und zweitens esse ich in meiner Vorbildfunktion als Vater, seit die Mädchen bei mir sind, so gut wie ausschließlich Obst, Gemüse, Körner und andere vollkommen geschmacksbefreite gesunde Lebensmittel. Du kannst dir nicht vorstellen, was für einen Heißhunger auf etwas Fettiges, Salziges, durch und durch Ungesundes ich habe!"

10.

Am frühen Nachmittag saß Amaryllis wieder an ihrem Schreibtisch und betrachtete nachdenklich das Ergebnis der Personenüberprüfung von Lara Baumeister und die sehr dünne Akte zum Tode von Lars Baumeister.

Der Mann war, wie seine Frau gesagt hatte, bei einem Wanderausflug in Brandenburg zu Tode gestürzt. Offenbar war er an einem kleinen Hang ausgerutscht und mit dem Kopf auf einen Stein geschlagen, was zu einer massiven Blutung im Gehirn geführt hatte. Lars Baumeister war noch am Unfallort seinen schweren Verletzungen erlegen. Mit hoher Wahrscheinlichkeit hätte er im Falle seines Überlebens einen irreparablen Hirnschaden davongetragen. Sein Vater war bei dem Unfall zugegen gewesen und hatte den Notruf alarmiert. Er hatte als einziger Zeuge auch den Unfallhergang geschildert. Da es keinen Grund gab, an den Worten von Gunnar Thomasson zu zweifeln, war auf eine weitere Untersuchung verzichtet worden. Die Obduktion der Leiche von Lars Baumeister war nicht angeordnet worden, da die Todesursache klar war. Ein kurzer Eintrag am Ende der Akte bestätigte die Angabe seiner

Ehefrau, dass eine Obduktion sowieso nicht möglich gewesen wäre, da die Kühlung im Leichenschauhaus ausgefallen war und sämtliche Leichen, die sich zu dem Zeitpunkt dort befanden, zu warm gelagert worden waren. Der Verwesungsgrad des Körpers von Lars Baumeister hätte eine Untersuchung extrem schwierig oder vielleicht sogar unmöglich gemacht.

Amaryllis seufzte resigniert. „Typisch Berlin", murmelte sie zu sich selber.

Die Personenüberprüfung von Lara Baumeister hatte nichts ergeben, die Frau hatte nicht mal ein Ticket wegen ordnungswidrigem Parken in den vergangenen Jahren erhalten.

„Bist du eine Spinnerin?", fragte die Kommissarin leise, während sie die Akte betrachtete. „Oder ist Gunnar Thomasson wirklich von Grund auf schlecht?"

Sie war so in Gedanken versunken, dass sie zusammenzuckte, als ihr Handy, das auf ihrem Schreibtisch lag, zu klingeln begann. Es war Benita Hüther.

„Latte macchiato oder Cappuccino? Zitronen-Mohn-Muffin oder Karamellbrownie?", hörte sie Benitas Stimme, kaum hatte sie das Gespräch angenommen.

„Cappuccino, weder Muffin noch Brownie, ich habe vorhin, von Falk überredet, eine Currywurst mit Pommes frites gegessen, die Kalorien reichen bis Weihnachten. Ein bisschen schlecht ist mir auch."

„O. k., ich bin, so schnell ich kann, bei dir im Büro", sagte Benita fröhlich und hatte das Gespräch bereits beendet, bevor Amaryllis fragen konnte, welche Nachrichten die Gerichtsmedizinerin für sie hatte. Dass sie welche hatte, war klar, sonst würde sie Amaryllis kaum einen Besuch im Büro abstatten.

Es dauerte fast eine Stunde, bis Benita an die Tür von Amaryllis' Büro klopfte, in dem mittlerweile auch Falk von Heeren auf die Kollegin wartete.

„Tut mir leid", sagte Benita, die leicht außer Atem war. „Bei dem Wetter will jeder so einen merkwürdigen Kaffee-Eis-Schaum aus dem Mixer, es hat ewig gedauert, bis ich im Coffeeshop an der Reihe war."

Sie stellte ein Papptablett mit Kaffeebechern auf den Tisch und legte eine Tüte, in der Muffins waren, daneben.

„Wie ich sehe, ist unser kleines Kaffeekränzchen vollständig, habe dir ungefragt einen Cappuccino mitgebracht", erklärte sie an Falk gewandt und ließ sich in den zweiten Besucherstuhl vor dem Schreibtisch fallen.

Amaryllis war immer wieder erstaunt, wie frisch und strahlend Benita Hüther zu jeder Tages- und Nachtzeit wirkte. Die Gerichtsmedizinerin trug eine ausgewaschene Jeans, ein eng anliegendes blaues T-Shirt und weiße Sneakers. Ihre Haut war leicht gebräunt und die Wangen rosig. Die langen blonden Haare hatte sie zu einem lockeren Zopf geflochten und man hätte sie sich eher am Strand mit einem Surfbrett als in einem Obduktionssaal vorstellen können.

„Ich habe einen weiteren Beweis dafür gefunden, dass die Tote mindestens ein Kind zur Welt gebracht hat", sagte Benita, nachdem sie mit großem Genuss zwei Zitronenmuffins gegessen und mit Cappuccino hinuntergespült hatte.

„Ich habe einen alten Studienkollegen, Sven Rötger", begann sie, um plötzlich innezuhalten, „na ja, so alt ist er gar nicht und vor allem, wenn ich mich recht erinnere, war er damals ein ganz schönes Schnittchen und hat die weiblichen Teilnehmer, was nicht viele waren, in der einen oder anderen Pathologiesitzung mehr interessiert als die ebenfalls anwesenden Leichen, aber egal."

Sie lächelte fröhlich in die Runde. „Also, ich habe Sven angerufen, weil mir eingefallen ist, dass man an den inneren Beckenknochen unter Umständen winzige Narben finden kann, die aus der Dehnung der Gelenkbänder während der Geburt resultieren. Er war damals ein Ass in weiblicher Anatomie und hat mir das bestätigt. Er hat sich mittlerweile von der Pathologie verabschiedet und ist Frauenarzt mit Schwerpunkt Geschlechtsumwandlungen geworden. Bestimmt will er sicherstellen, dass ihm der Nachschub an Frauen nicht ausgeht."

Die Gerichtsmedizinerin lachte über ihren eigenen Witz, erhielt von Amaryllis und Falk jedoch keinerlei Reaktion.

„Gott, seid ihr humorlos", sagte sie, bevor sie wieder ernst wurde. „Um eure ganz offensichtlich drängende Frage zu beantworten: Ja, am Becken der Toten konnte ich mehrere dieser Narben finden, nachdem ich ein Spezial-MRT veranlasst habe. Wir können also sicher sein, dass die Frau ein Kind geboren hat. Interessant wäre es in Bezug auf meine Theorie natürlich zu wissen, wann sie das Kind geboren hat. Und auch da habe ich einen entscheidenden Hinweis gefunden."

Nun sahen die beiden Kommissare ihre Kollegin von der Gerichtsmedizin aufmerksam an.

„Die DNA-Analyse ist da."

„Das ist nicht dein Ernst", stöhnte Falk auf. „Du erzählst uns hier was von Narben am Becken und Geburten und dabei weißt du die ganze Zeit, wer die Frau ist?"

„Und?", fragte Amaryllis nervös, die sich besser als ihr Kollege an die Eigenart von Benita gewöhnt hatte, zunächst etwas Zweitrangiges zu berichten, bevor sie mit den tatsächlichen Neuigkeiten herausrückte.

„Ist das nicht eure Aufgabe, anhand der DNA herauszufinden, wer die Frau war und ob sie vermisst wurde?“, fragte Benita unschuldig.

„Tu nicht so“, sagte Falk ungeduldig. „Als hättest du nicht längst, obwohl es in der Tat unsere Aufgabe ist, den DNA-Abgleich angefordert!“

„Das könnte sein. Aber lasst mir doch das kleine bisschen Freude. Immerhin stehe ich mir den ganzen Tag in einem Kellerraum die Füße platt und schnippel Leichen auf, damit ihr was zu ermitteln habt.“

„Wer ist die Tote?“, unterbrach Amaryllis die Rechtsmedizinerin ungehalten.

„Sofia Richert. 32 Jahre alt, aus Potsdam. Sie wird seit sechseinhalb Jahren vermisst, als sie von einem Weihnachtsmarktbesuch in Berlin nicht nach Hause zurückgekehrt ist. Frau Richert war verheiratet und hatte keine Kinder. Zumindest nicht, bis sie als vermisst gemeldet wurde.“

Einen Augenblick lang war es absolut still im Raum, dann begannen Amaryllis und Falk gleichzeitig zu sprechen.

„Ich beantrage sofort den Durchsuchungsbefehl für das Haus von Gunnar Thomasson. Wenn der Staatsanwalt sich querstellt, kann er mich kennenlernen! Und ich fordere die Akte von Sofia Richert von den Potsdamer Kollegen an“, sagte Amaryllis.

„Wir müssen nach Potsdam zur Familie der Toten fahren“, erklärte Falk, stand auf und ging zur Zimmertür. „Du hast genau 15 Minuten für den Durchsuchungsbefehl und die Akte, dann fahren wir los. Mit etwas Glück können wir mit dem Ehemann in Potsdam sprechen und im Anschluss sofort das Haus von dem ach so netten Herrn Thomasson auf den Kopf stellen.“

11.

Sie schlug langsam die Augen auf. Sie hatte sich angewöhnt, alles so langsam wie möglich zu tun, seitdem sie Zeit im Überfluss hatte. Auch dieser Tag würde sich für sie so endlos wie die Warteschleife eines überlasteten Callcenters hinziehen. Nur dass sie nirgendwo anrufen konnte. Und wahrscheinlich auch niemals wieder können würde.

Sie hob ihre Beine an, schwang sie im Zeitlupentempo über den Rand des klapperigen Metallgestelles, auf dem sie lag, und setzte ihre Füße langsam auf dem kalten Boden ab. Durch die dünne Matratze konnte sie jede einzelne Stahlfeder spüren. Manchmal war sie erstaunt, dass ihr gequälter Körper derartige Dinge noch wahrnehmen konnte.

Als Nächstes schaute sie wie jeden Morgen auf die Erde neben ihrer Schlafstelle, die den Namen Bett nicht verdiente, und zählte die Taschenlampen, die dort lagen. Es waren drei Stück und ein kurzer Check bestätigte ihr, dass sich in allen Batterien befanden. Schließlich griff sie unter die dünne Matratze am Fußende des Metallgestells und erfühlte die vier dort gelagerten Ersatzbatterien.

So weit, so gut, dachte sie beruhigt.

Zu oft schon hatte er ihr die Taschenlampen weggenommen, um sie noch mehr zu quälen, ihren Gesichtsausdruck der Angst zu genießen, bevor er das Licht abstellte. Noch war es zwar nicht vorgekommen, aber sie lebte in einer geradezu paranoiden Panik, dass er irgendwann, während sie schlief, in ihrem Verlies auftauchen und ihre Taschenlampen stehlen würde, ohne dass sie es merkte. Er würde es allerdings nicht stehlen nennen, denn alles in diesem Raum gehörte ihm, einschließlich Sarah.

Es war ihm ebenfalls eine große Freude, in ihre geweiteten Pupillen zu sehen, wenn er durch die dicke Stahltür in ihren Kerker kam und sie mit dem Akku-Baustrahler, den er stets dabeihatte, blendete.

„Nichts zu tun, Täubchen?", fragte er sie höhnisch, bevor er mit dem Baustrahler so nah an Sarahs lichtentwöhnte Augen kam, dass sie es vor Schmerz kaum mehr aushalten konnte.

Es war eines der vielen Paradoxen ihres Gefangenendaseins, dass sie trotz dieser Qualen panische Angst davor hatte, kein Licht zu haben. Zu oft war sie an den Tagen, die sie ohne Licht verbringen musste, in der absoluten Dunkelheit des Raumes gestürzt und hatte sich verletzt. Hatte sich fast in die Hose gemacht, um nicht in der totalen Finsternis um sie herum nach der Toilette tasten zu müssen.

Natürlich war ihm das alles egal. Sie vermutete, dass sogar sie ihm mittlerweile egal war und er einfach zu bequem war, sie zu töten. Sein ganzes Interesse galt der anderen. Etwas, worüber sie froh war, auch wenn es die Qualität ihres Lebens verringert hatte. Zumindest teilweise. Teilweise war das, was sie Leben nennen musste, mit der Ankunft der anderen deutlich besser geworden.

Früher, als sie ihn noch interessiert hatte und er mehrmals in der Woche, meist sogar täglich, über sie hergefallen war, hatte er sie besser mit Nahrung, Wasser und Kleidung versorgt. Jetzt ließ er sie in Ruhe, befriedigte seine Gier nur noch selten an ihr. Im Gegenzug waren ihre Essensrationen spärlicher geworden.

Schreie. Es waren die dumpfen, so leisen, dass man sie kaum wirklich hören konnte, Schreie, die sie manchmal zu hören glaubte, die sie vermuten ließen, dass er sich ein weiteres Opfer „besorgt“ hatte. Sicher wissen konnte sie es nicht. Er sprach schon lange nur noch das Allernötigste mit ihr. Aber warum sonst hätte er von ihr ablassen sollen, wenn er nicht einen Ersatz gefunden hatte? Einen Ersatz, der ihn offenbar mehr erregte, als sie es je getan hatte.

„Wehr dich, du Miststück“, hatte er sie früher oft angeschrien, während er ihr die Kleidung vom Leibe gerissen hatte. Wahrscheinlich wehrte die andere sich. Die Schreie, wenn es denn welche waren, sprachen dafür.

Sie selber hatte ihre nackten Brüste mit den Händen bedeckt und sich so ruhig wie möglich verhalten, wenn er sie vergewaltigte. Die Gegenwehr, die ihn erregte, hatte sie ihm verweigert. Vielleicht hatte er geglaubt, sie würde sich immer wehren, weil sie es das eine Mal getan hatte, damals als sie noch frei war. Vielleicht hatte er sie deswegen ausgewählt. Und als ihm klar wurde, dass sie sich nie mehr wehren würde, hatte er sich ein neues Opfer gesucht.

12.

Das Haus von Thomas Wolfert, dem Ehemann von Sofia Richert, lag etwas versetzt hinter den anderen Einfamilienhäusern der Straße. Die Neubausiedlung am Rande von Potsdam strahlte wenig Charme aus. Es war klar, dass hier junge Familien mit überschaubarem Geldeinsatz gebaut hatten. Dennoch wirkte die Umgebung freundlich und gepflegt.

Thomas Wolfert stand bereits vor der Haustür und wartete auf die beiden Kommissare. Er war ein gut aussehender großer Mann mit dichten dunklen Haaren und dunkelbraunen Augen. Sein Gesichtsausdruck war angespannt und stand im Gegensatz zu seiner sommerlichen Kleidung bestehend aus grünen Shorts, einem hellblauen T-Shirt und Flipflops.

Er fuhr sich mehrmals nervös mit der Hand durch die Haare und führte Falk und Amaryllis, nachdem sie sich vorgestellt hatten, am Haus vorbei in den Garten.

„Ich kann nicht glauben, dass Sie Sofia gefunden haben. Sie ist tot, oder? Sie können ruhig offen sein", sagte er mit brüchiger Stimme, kaum hatten sie sich an einen kleinen Gartentisch auf der Terrasse gesetzt.

„Ich befürchte, wir haben keine guten Nachrichten für Sie“, begann Amaryllis vorsichtig. Sie war froh, dass der Mann offenbar nicht davon ausging, dass seine Ehefrau nach der langen Zeit noch lebte.

Thomas Wolfert schloss einen Moment lang die Augen und atmete hörbar ein. „Ich habe mich lange auf diesen Moment vorbereitet und doch …“, er ließ den Satz unbeendet, um sich zu sammeln, bevor er weitersprach.

„Tief im Innersten habe ich immer gehofft, dass sie lebt, auch wenn ich wusste, dass die Chancen mit jedem Tag kleiner wurden. Wissen Sie, ich habe mir heute ganz spontan freigenommen. Fragen Sie mich nicht warum, ich hatte einfach das Gefühl, dass ich den Tag zu Hause verbringen will und ich habe so viel Urlaub angesammelt in den letzten Jahren …“, wieder ließ er den Satz einen Moment in der Luft hängen, bevor er weitersprach.

„Aber wenn Sie mich heute Morgen gefragt hätten, ob ich wegen Sofia zu Hause geblieben bin, hätte ich Sie wohl ausgelacht“, sagte er schließlich.

Amaryllis sah Falk einen Moment an und holte ebenfalls Luft. Sie war dafür ausgebildet worden, den Tod eines geliebten Menschen zu übermitteln, und doch konnte sie sich nicht vorstellen, wie sie dem Mann das Grauen, das seine Frau hatte erleiden müssen, mitteilen sollte und weitaus schlimmer, dass sie bis vor wenigen Tagen gelebt hatte. Das war mehr als ein Mensch ertragen konnte, der über Jahre nicht gewusst hatte, was aus seiner Frau geworden war.

„Am vergangenen Freitag wurde im Berliner Grunewald die Leiche einer jungen Frau gefunden“, begann sie mit sachlicher Stimme. Sie durfte auf keinen Fall ihre eigenen Emotionen zeigen. „Eine DNA-Analyse hat das eindeutige Ergebnis geliefert, dass es sich bei der Toten um die als vermisst gemeldete Sofia Richert handelt."

Tränen rannen über das Gesicht von Thomas Wolfert. Amaryllis gab ihm einen Moment Zeit, sich zu sammeln, bevor sie weitersprach.

„Ihre Frau ist erst, kurz bevor sie gefunden wurde, an einer inneren Blutung gestorben. Was genau in der Zeit zwischen ihrem Verschwinden und ihrem Tod geschehen ist, können wir zu diesem Zeitpunkt nur vermuten, aber unsere Theorie ist, dass sie gegen ihren Willen gefangen gehalten wurde."

Der Ehemann der Toten sah sie entsetzt an. „Sie hat die ganze Zeit gelebt?", fragte er fast unhörbar. „Mein Gott. Wie ist das möglich, dass sie nicht gefunden wurde? All die Jahre. Die Polizei hat sie zu früh aufgegeben! Und ich habe mich von den Beamten einlullen lassen, hätte ich doch selber weiter nach Sofia gesucht."

Amaryllis bemühte sich, ihre Emotionen weiter zu verbergen, was ihr nur mit größter Mühe gelang. Sie konnte dem Mann nicht verdenken, dass er damit haderte, dass die Polizei seine Frau nicht hatte finden können.

„Herr Wolfert", sagte Falk mit beruhigender Stimme „Wir können momentan nur vermuten, was mit Ihrer Frau in den vergangenen Jahren geschehen ist. Es ist viel zu früh zu sagen, dass die Polizei vorzeitig aufgegeben hat, sie zu suchen, genauso wie es viel zu früh ist zu sagen, dass die Polizei alles getan hat, um sie zu finden.

Es wäre sehr wichtig, dass Sie uns ein paar Fragen zum Verschwinden Ihrer Frau beantworten, die Sie vielleicht früher schon beantwortet haben, aber selbstverständlich wird der Fall nach dem Auffinden Ihrer Frau neu aufgerollt. Ich verspreche Ihnen, dass wir alles tun werden, was in unserer Macht steht, um vollständig aufzuklären, was mit ihr passiert ist. Meine Kollegin und ich haben bewusst die Akte Ihrer Frau nicht gelesen, bevor wir Sie aufgesucht haben. Wir möchten uns zunächst ein eigenes Bild machen können. Wir bitten also zu entschuldigen, wenn es so wirkt, als wären wir unvorbereitet."

Thomas Wolfert sammelte sich einen Moment und holte Luft. „Meine Frau war eine sehr starke Persönlichkeit, wenn sie etwas wollte, dann hat sie es durchgezogen. Aufgeben war für sie keine Option. Sie war eine Kämpferin. All die Jahre war sie irgendwo eingesperrt und ich bin sicher, sie hat alles getan, um sich selber zu befreien. Und ich? Ich habe hier gegessen, ihren Garten in Ordnung gehalten und der Polizei geglaubt, dass man mit Hochdruck arbeitete, um sie zu finden. Ich habe meine Frau im Stich gelassen."

Der Ehemann von Sofia Richert stand auf und machte sich auf den Weg in das Innere des Hauses. „Geben Sie mir ein paar Minuten, dann beantworte ich Ihre Fragen", sagte er mit zitternder Stimme.

Amaryllis und Falk saßen schweigend auf der Terrasse des Einfamilienhauses, während sie auf die Rückkehr von Thomas Wolfert warteten. Amaryllis fiel auf, dass der Garten sehr gepflegt war. Überall blühten Hortensien und Rosen in diversen Farbschattierungen, in den Beeten war nirgends Unkraut zu entdecken, der Rasen strahlte in einem perfekten satten Grün. Der Duft von frisch geschnittenem Gras lag in der Luft. Ein Rasenmäher stand im hinteren Teil des Gartens, wo eine weiße Holzbank malerisch unter zwei großen Kletterrosen, deren Blüten von einem Rankgitter herabhingen, stand.

„Meine Frau war eine begeisterte Gärtnerin", sagte Thomas Wolfert, der nach einigen Minuten unbemerkt auf die Terrasse zurückgekehrt war und ihren Blick in den Garten bemerkt haben musste. „Wir haben das Haus neu gebaut und es ist erst kurz vor ihrem Verschwinden fertig geworden. Sie hat damals den ganzen Herbst damit verbracht, den Garten anzulegen. Ich habe ihn seitdem gepflegt, so gut ich konnte. Ich dachte, es würde sie glücklich machen, wenn sie zurückkommt, zu sehen, wie schön alles geworden ist.“

„Wie lange kannten Sie Ihre Frau?“, fragte Falk behutsam.

„Wir sind zusammen eingeschult worden. Als Teenager haben wir uns verliebt und das war es. Für uns beide. Sie war meine große Liebe und ich ihre. Es war furchtbar, als die Polizei vermutete, Sofia sei mit einem anderen Mann durchgebrannt. Wir waren glücklich, mehr als glücklich. Das konnte die Polizei natürlich nicht wissen, aber sie kannten Sofia nicht.

Es wäre nicht ihre Art gewesen, einfach zu verschwinden. Sofia war ein sehr geradliniger Mensch. Wenn sie sich in einen anderen Mann verliebt hätte, hätte sie es mir gesagt. Aber da war nichts. Im Gegenteil, wir wollten eine Familie gründen. Sofia hat sich immer drei Kinder gewünscht, einen Jungen und zwei Mädchen.“

„Wäre es möglich, dass Ihre Frau schwanger war, als sie verschwunden ist?“, fragte Amaryllis nach, an die Ergebnisse der Obduktion von Sofia Richert denkend.

„Nein, auf keinen Fall. Sie hat die Pille genommen und wie gesagt, wir waren gerade erst hier eingezogen. Das war im Herbst, Kinder waren für das nächste oder übernächste Jahr angedacht, wenn wir das Haus komplett fertig haben würden.“

„Was können Sie uns zu dem Tag sagen, an dem Ihre Frau verschwunden ist? Ist Ihnen etwas an Ihrem Benehmen aufgefallen? Hatte sie Sorgen? Wirkte sie aufgeregt?“

„Es war alles normal. Sofia wollte mit ein paar Kolleginnen nach Berlin auf den Weihnachtsmarkt am Gendarmenmarkt, das haben sie jedes Jahr gemacht. Sie sind extra mit den öffentlichen Verkehrsmitteln gefahren, damit sie ordentlich Glühwein trinken können."

„Dann hat Ihre Frau sich mit ihren Kolleginnen gut verstanden?", fragte Amaryllis.

„Ja, unbedingt. Mit einigen war sie privat gut befreundet. Meine Frau hat in einer Online-Redaktion gearbeitet. Sie war Journalistin. Die Mädels im Büro waren alle relativ jung, die meisten hatten damals noch keine Kinder."

„Wenn die Gruppe die öffentlichen Verkehrsmittel genutzt hat, warum sind dann nicht alle zusammen zurück nach Potsdam gefahren?"

Amaryllis wusste, warum ihr Kollege diese Zwischenfrage gestellt hatte. Wenn Sofia Richert die ganze Zeit mit ihren Kolleginnen unterwegs gewesen war, wann und wie war sie dann verschwunden?

„Sofia hat mich vom Weihnachtsmarkt aus angerufen und gesagt, dass sie sich nicht wohlfühle, sie habe plötzlich furchtbare Migräne bekommen, das hatte sie leider öfter. Sie wollte den anderen den Ausflug nicht kaputt machen, aber an Glühwein und Spaß war für sie nicht mehr zu denken. Ihr Plan war, den anderen etwas von einem Notfall zu Hause zu erzählen und zurückzufahren. Sie hatte Angst, dass ihre Kolleginnen sie allein nicht fahren lassen würden, daher die Lüge. Ich habe ihr angeboten, sie abzuholen, aber das wollte sie auf keinen Fall. Nach Hause werde sie es schaffen, hat sie gesagt.

Ihre Kolleginnen haben der Polizei gesagt, sie habe ihnen erzählt, bei uns im Neubau sei eine Leitung geplatzt und sie könne mich unmöglich allein mit der Sauerei lassen. Sie hat sich verabschiedet und ist in Richtung U-Bahn aufgebrochen. Sie wurde noch zwei Mal von Zeugen gesehen, danach hat sich ihre Spur verloren."

Thomas Wolferts Gesicht hatte eine fahle Farbe angenommen. Der Mann saß zusammengesunken in seinem Gartenstuhl und schien plötzlich mit seinen Gedanken weit weg zu sein. Wahrscheinlich machte er sich Vorwürfe, dass er seine Frau an diesem schicksalhaften Abend nicht gegen ihren Willen abgeholt hatte, vermutete Amaryllis. Sie gab Falk ein Zeichen, dass es Zeit war zu gehen. Sie würden die weiteren Details aus der Vermissten-Akte von Sofia Richert erfahren, es machte keinen Sinn, den Mann weiter zu quälen.

„Haben Sie jemanden, den Sie anrufen können, der sich heute um Sie kümmert?", fragte sie.

„Ja, meine Eltern, ich habe Ihnen vorhin Bescheid gesagt, dass die Polizei mich wegen Sofia kontaktiert hat. Sie wohnen hier ganz in der Nähe, ich werde sie gleich anrufen und herbitten."

Thomas Wolfert wirkte trotz seiner Worte wie jemand, der an diesem Tag lieber allein mit seinem Schicksal war. Amaryllis wusste, dass sie den Mann nicht zwingen konnte, aber es würde ihm helfen, Gesellschaft zu haben und zu reden.

„Wenn Sie möchten, kann ich Ihre Eltern anrufen und Ihnen die Nachricht überbringen", sagte sie mitfühlend. „Vielleicht ist das einfacher für Sie alle."

Thomas Wolfert zuckte gleichgültig mit den Schultern und Amaryllis nahm dies als Zeichen, dass er ihren Vorschlag angenommen hatte. Sie würde die traurige Aufgabe, die Eltern von Sofia Richert von dem furchtbaren Schicksal ihrer Tochter zu unterrichten, ebenfalls übernehmen, beschloss sie stillschweigend.

13.

Es war erst kurz nach 17 Uhr, als Amaryllis Winter die Tür zu ihrer Villa an diesem Tag aufschloss. Die Aussage des Staatsanwalts, es gebe nicht ausreichend Beweise für einen Durchsuchungsbefehl des Anwesens von Gunnar Thomasson, hatte sie veranlasst, ihr Büro vorzeitig zu verlassen. Ohne den dringend benötigten Durchsuchungsbefehl würden sie an diesem Tag nicht mehr viel ausrichten können. Falk von Heeren hatte versprochen, auf seinem Weg nach Hause bei Gunnar Thomasson vorbeizufahren, um festzustellen, ob der Mann vielleicht in der Zwischenzeit nach Hause gekommen war.

„Das bedeutet zwar eine Stunde Umweg und ist vollkommen sinnlos, der ist eh nicht da, aber besser im Auto mit Klimaanlage sitzen, als sich hier im Präsidium zu Tode zu schwitzen, weil die Kühlung mal wieder ausgefallen ist“, hatte ihr Partner erklärt.

Seine Vermutung, dass ihr bislang einziger Verdächtiger nicht zu Hause sein würde, hatte sich als korrekt erwiesen, er hatte seine Kollegin vor wenigen Minuten vom Auto aus angerufen und ihr mitgeteilt, dass der Mann nicht zu Hause war, was die wenigen Nachbarn, die er angetroffen hatte, bestätigt hatten.

Amaryllis beschloss, den auf den ersten Blick unveränderten Zustand ihres Hauses zu ignorieren, eine Dusche zu nehmen und sich im Anschluss in den Garten zu setzen, etwas, das sie in diesem herrlichen Sommer bislang kaum getan hatte. Sie überlegte gerade, ob das indische Curry, das sie vor zwei Tagen nach einem alten Familienrezept ihrer Mutter gekocht hatte, noch für diesen Abend ausreichen würde, als ihr Handy klingelte.

„Dass in diesem Laden immer alles auf den letzten Drücker kommen muss, wie ich das hasse! Ich war schon fast aus der Tür, jetzt habe ich den Mist am Hals“, hörte sie die Stimme der Sekretärin Pamela Hellwig am anderen Ende der Leitung.

„Unser lieber Chef Neustädt hat gesagt, dass ich dir trotz Feierabend Bescheid geben soll, dass die Akte über das Verschwinden von Sofia Richert aus Potsdam eingetroffen ist.“

Die Sekretärin machte eine kurze Pause und holte Luft, bevor sie mit nörgelnder Stimme sagte: „Ja, ich weiß, du willst die Akte noch heute Abend haben. Ich organisiere also einen Boten und warte, bis der kommt, bevor ich nach Hause gehe, wo mein Freund schon auf heißen Kohlen sitzt, weil wir heute Abend eigentlich ins Freibad wollten. Warum dieser Mist nicht digital abgespeichert ist, weiß der Teufel!“

Mit diesen Worten legte sie auf, ohne dass Amaryllis überhaupt die Gelegenheit gehabt hätte, etwas zu sagen.

Die unbedacht dahingesagten Sätze von Pamela Hellwig lösten in Amaryllis ein unangenehmes Gefühl aus. Sie seufzte. Die Kollegen kannten sie besser als sie sich selber. Sowohl ihr Chef als auch die Sekretärin lagen goldrichtig, wenn sie annahmen, dass Amaryllis jeden Plan, den sie für diesen Abend gehabt haben könnte – und wie so oft hatte sie keinen gehabt, außer auf der Terrasse zu sitzen und aufgewärmtes Curry zu essen – sofort umstoßen würde, wenn sie hörte, dass die Akte von Sofia Richert eingetroffen war. Während Amaryllis glaubte oder zumindest hoffte, dass ihr Privatleben irgendwann so ereignisreich sein würde, dass sie es über ihre Arbeit stellen würde, schienen alle anderen zu wissen, dass dieser Tag niemals kommen würde.

„Egal", murmelte Amaryllis. „Ich liebe meine Arbeit. Na und. Vielleicht sollte ich endlich einsehen, dass es eben nichts Wichtigeres für mich gibt."

Die Tatsache, dass sie diese Worte zu sich selber sagte, nahm sie resigniert als Beweis für ihre Richtigkeit.

Eine Stunde später saß sie frisch geduscht, das aufgewärmte Curry und die Akte von Sofia Richert vor sich an dem Terrassentisch im Garten und überlegte, ob sie sich die Akte, während sie aß, ansehen sollte. Sie entschied sich dagegen. Was vor allem daran lag, dass sie die Grundlagen des Benehmens, das ihre Eltern ihr während der Kindheit mit großer Strenge vermittelt hatten, nicht ablegen konnte.

Während des Essens las man nicht, man hörte keine Musik und man schaute kein Fernsehen. Unterhaltung am Essenstisch war als einzige Beschäftigung neben dem Einnehmen der Mahlzeit im Hause Winter geduldet worden. Und wenn man wie Amaryllis meist alleine aß, dann hing man wortlos seinen eigenen Gedanken nach. Ihre indische Mutter und ihr deutscher Vater, die als Persönlichkeiten nicht hätten unterschiedlicher sein können und die dazu noch aus verschiedenen Kulturkreisen stammten, waren nur in einem Punkt stets einig gewesen: bei der strengen Erziehung ihrer einzigen Tochter.

Einen Augenblick lang vermisste Amaryllis ihre Eltern schmerzhaft. Sie telefonierte alle paar Tage mit ihnen oder besser gesagt ihrem Vater, einem Diplomaten im Ruhestand, der seine Tage mit Lesen und Spaziergängen verbrachte, während ihre Mutter, eine Mode-Designerin, die vor Kurzem ihren zweiten Laden in New York eröffnet hatte, so gut wie nie zu Hause war. Amaryllis schloss für einen Moment ihre Augen und sah ihre Mutter durch das elegant eingerichtete Geschäft wirbeln und ihren Kundinnen die prachtvollen, von ihrer indischen Heimat inspirierten bunten Abendkleider präsentieren. Wie weit entfernt das Leben hier in Berlin von ihrem früheren doch war.

Wenige Minuten später allerdings verwünschte Amaryllis die Erziehung, die sie dank ihrer Eltern genossen hatte oder besser gesagt die Tatsache, dass sie sich auch als erwachsene Frau nicht darüber hinwegsetzen konnte. Während die Akte von Sofia Richert geschlossen auf dem Tisch gelegen und sie ihr Curry gegessen hatte, war ihr Blick in Ermangelung einer anderen während des Essen geduldeten Beschäftigung durch den großzügigen Garten, den ihre Großmutter vor vielen Jahren hatte anlegen lassen, gewandert. Im Großen und Ganzen wirkte der Garten gepflegt, doch sobald man etwas genauer hinsah, konnte man erkennen, dass das Unkraut auf dem Vormarsch war und androhte, die Herrschaft zu übernehmen. Den durchaus prächtigen Hortensien, die wie im Garten des Ehepaares Wolfert-Richert blühten, war der ausgebliebene Schnitt im Frühjahr anzusehen, den Rosen und anderen Stauden ebenso.

Amaryllis hatte noch nie in ihrem Leben Gartenarbeiten verrichtet, sie hatte tatsächlich, bevor sie nach Berlin gekommen war, noch nie in einem Haus mit Garten gewohnt. Und jetzt sollte sie sich gleich um ein ganzes Anwesen kümmern. Einmal mehr wurde Amaryllis bewusst, dass sie bei ihrem Entschluss im vergangenen Jahr, nicht nur in Berlin, sondern auch im Haus ihrer Großmutter zu bleiben, einige Konsequenzen dieser Entscheidung nicht bedacht hatte. Zum Beispiel, dass ein Garten Pflege brauchte. Pflege, für die man Zeit oder Geld brauchte. Beides war Mangelware in ihrem Leben.

Amaryllis atmete tief durch, beendete ihr Essen und brachte das Geschirr zurück in die Küche, wo sie es im Geschirrspüler verstaute, diesen anstellte und sich wieder in den Garten begab. Dabei konzentrierte sie sich fast schmerzhaft auf das, was sie gerade tat, um die unvermeidlichen Gedanken, dass sie sich mit der Übernahme und dem Umbau der riesigen Villa übernommen und vor allem, dass sie niemanden hatte, mit dem sie ihre Sorgen teilen konnte, nicht in ihren Kopf schleichen zu lassen.

Sie öffnete entschlossen die Akte von Sofia Richert und begann zu lesen, was die Kollegen der Potsdamer Polizei über die Stunden vor dem Verschwinden der jungen Frau und ihr vorheriges Leben herausgefunden hatten.

Der zuständige Kommissar hatte den Ehemann der Toten, Thomas Wolfert, schnell als Verdächtigen ausgeschlossen, obwohl sich das Bild der immerwährenden, unerschütterlichen Jugendliebe, welches der Mann auch gegenüber Amaryllis und Falk gezeichnet hatte, als nicht ganz der Wahrheit entsprechend erwiesen hatte. Sofia Richert hatte vor der Hochzeit mehrere Affären gehabt, von denen ihr späterer Ehemann gewusst hatte.

„Sie wollte einfach wissen, wie es ist, mit einem anderen Mann zusammen zu sein, bevor sie mich heiratet. Die Affären hatten nichts zu bedeuten!“, wurde Thomas Wolfert in der Akte zitiert.

Amaryllis legte die Papiere einen Moment auf den Tisch vor sich. Ohne es zu wollen, fiel ihr Blick erneut auf die blühenden Hortensien. Thomas Wolfert hatte einen Garten über Jahre gepflegt und gehegt, damit seine Ehefrau sich freuen würde, wenn sie zurückkam. War dies der verzweifelte Versuch eines Mannes, der seine über alles geliebte Partnerin verloren hatte, sich irgendwie an das frühere Glück zu klammern? Die Hoffnung nicht aufzugeben? Oder war es die zynische Vorspiegelung falscher Tatsachen eines berechnenden Killers, der seine eigene Frau über Jahre als Gefangene gehalten und sie schließlich gnadenlos getötet hatte, als sie drohte, sich zu befreien und sein wahres Ich der Welt zu zeigen?

Die Kommissarin schüttelte unweigerlich den Kopf. Sie konnte sich Thomas Wolfert beim besten Willen nicht als kaltblütigen Entführer und Mörder vorstellen, ebenso wenig wie es ganz offenbar die Kollegen aus Potsdam gekonnt hatten. Natürlich wusste sie, dass nichts gefährlicher für einen Polizisten war, als sich auf seine Gefühle zu verlassen. Zu viele vermeintlich harmlose Betrüger, Ganoven und Mörder hatten sich auf ihre Intuition verlassende Polizisten schon getäuscht.

Sie selber war gelegentlich der Versuchung erlegen, allein ihrer Eingebung zu folgen – bislang zum Glück stets mit Erfolg. Sich bewusst zu machen, dass dies nicht immer so sein würde, war die große Schwierigkeit. Amaryllis machte sich eine Notiz, Thomas Wolfert in den kommenden Tagen und Wochen der Ermittlungen immer wieder zu überprüfen.

Die restlichen Ausführungen des Ehemannes über das Leben von Sofia Richert stimmten mit den Ermittlungsergebnissen der Potsdamer Polizei überein. Die Frau hatte in einer Online-Redaktion gearbeitet, war bei ihren Kolleginnen beliebt und mit einigen von ihnen privat befreundet gewesen. Sie war regelmäßig ins Fitnessstudio gegangen, hatte gerne im Garten gearbeitet und als Jugendliche mit Begeisterung gefochten. Ein Hobby, das sie als Erwachsene allerdings aufgegeben hatte. Ein Leben so normal wie Millionen andere Leben auch.

Das Haus, das sie gemeinsam mit ihrem Mann erst ein Jahr vor ihrem Verschwinden gekauft hatte, war dank der Unterstützung der jeweiligen Eltern so gut wie abgezahlt, auch hier gab es keine Auffälligkeiten oder Unstimmigkeiten in der Aussage ihres Mannes. Die Angabe, dass die Redaktion jedes Jahr zu Weihnachten einen Ausflug zum Gendarmenmarkt machte, wurde von den Kolleginnen von Sofia Richert ebenfalls bestätigt, genau wie die Aussage, dass die Frau sich unter einem Vorwand früh von ihren Freundinnen verabschiedet hatte und allein nach Hause aufgebrochen war.

Es gab nur eine Frage, welche in der Akte der Potsdamer Polizei über Sofia Richert unbeantwortet geblieben war: Wie hatte die Frau von einer Minute auf die andere spurlos verschwinden können? Als Amaryllis die letzte Seite des Ordners vor sich aufschlug, kannte sie die Antwort.

14.

Die Nachbarn von Gunnar Thomasson waren an diesem lauen Sommerabend zu Hause oder zumindest standen in allen Einfahrten der wenigen Häuser in der kleinen Sackgasse am Rande von Berlin ein oder zwei Autos. Lediglich die Einfahrt von Heidemarie Wittig, die zu alt zum Autofahren war, und die Einfahrt des Hauptverdächtigen im Falle der verstorbenen Sofia Richert waren leer.

Amaryllis atmete tief durch und sah auf ihre Uhr. Sie verspürte die unbehagliche Aufregung, die sich immer in ihrer Magengegend breitmachte, wenn sie ein Haus durchsuchten und keine Vorstellung hatten, was, wer und welche Grauen sich hinter den Mauern verbergen würden.

Unter das Gefühl der Aufregung mischte sich schnell Ungeduld, da Falk von Heeren immer noch nicht aufgetaucht war. Amaryllis wusste, dass ihr Anruf für ihren Kollegen einen weiteren Abend bedeutete, an dem er verzweifelt eine Unterbringung für seine Kinder finden musste oder zumindest jemanden, der für einige Stunden auf sie aufpassen konnte. Keine einfache Aufgabe zur Haupturlaubszeit und an einem so schönen Sommerabend, den die meisten Menschen im Biergarten oder irgendwo sonst im Freien verbrachten. Sie wünschte, sie hätte ihren Kollegen nicht anrufen müssen, aber dies hätte gegen alle Vorschriften verstoßen und sie wusste, dass Falk es ihr niemals verziehen hätte.

Endlich sah sie den alten, mit zahllosen Kratzern und Beulen versehenen Audi ihres Kollegen in die Straße einbiegen. Falk hielt direkt neben ihr an und stieg mit einem bedrückten Gesichtsausdruck aus dem Wagen.

„Es tut mir leid", sagte er schlicht.

„Kein Problem." Amaryllis lächelte. „Du hast nichts verpasst, die Kollegen der Spurensicherung und die Spezialeinheit, die das Haus durchsuchen wird, sind gerade erst gekommen."

Dies war eine glatte Lüge, die versammelte Mannschaft hatte eine gute halbe Stunde an einer Stelle, die vom Thomasson-Haus nicht einsehbar war, gewartet.

„Egal was hier heute passiert und womit oder mit wem wir es zu tun haben werden, wir suchen dir morgen eine Betreuungsmöglichkeit für die Kinder, die kurzfristig einspringen kann. Irgendetwas in der Richtung muss es geben", erklärte Amaryllis entschieden, denn am Gesichtsausdruck ihres Partners war unschwer zu erkennen, dass er ihre Lüge durchschaut hatte und sich noch schlechter fühlte.

Falk seufzte. „Ja, ich muss mich wohl endgültig damit auseinandersetzen, dass ich die Betreuung der Kinder anders organisieren muss. Aber für heute Abend konzentrieren wir uns lieber auf unseren netten Herrn Thomasson."

Er warf seiner Kollegin einen schnellen Seitenblick zu. „Und danke, dass du dir die Akte heute Abend noch angesehen hast, sonst hätten wir kostbare Zeit verschwendet. Unfassbar, wie dreist der Typ ist: Meldet sich als Zeuge, der Sofia Richert angeblich kurz vor der U-Bahn-Station gesehen hat, und dabei hat er sie mit großer Wahrscheinlichkeit selber entführt. Die Kollegen aus Potsdam hoffen besser, dass sie bei ihrer damaligen Befragung dieses Schweins keinen Fehler gemacht haben, sonst können sie sich auf ihre Polizeikappe schreiben, dass eine junge Frau wegen ihnen jahrelang gefangen gehalten und gequält worden ist!"

Die beiden Kommissare besprachen sich kurz mit dem Leiter der Spezialeinheit, die das scheinbar verlassene Haus von Gunnar Thomasson als Erste betreten würde, für den Fall, dass der Hausbesitzer sich in seinem Anwesen verschanzt hatte und bereits auf die Polizei wartete.

„Ich gehe davon aus, dass der Mann nicht im Haus sein wird", sagte Amaryllis. „Aber sicher ist sicher. Wir warten auf Ihr Zeichen, dass Sie alle Räume überprüft haben, erst dann betreten wir das Haus, gemeinsam mit den Kollegen der Spurensicherung. Bitte, versuchen Sie so wenig wie möglich anzufassen und zu verändern, es ist möglich, dass Gunnar Thomasson eine Frau gegen ihren Willen über Jahre in dem Haus gefangen gehalten hat, und wir können nicht riskieren, dass er damit davonkommt, weil die Spuren für den Gerichtsprozess unbrauchbar sind."

*

„Nichts", Falk sah seine Kollegin fassungslos an. „Keine Spur, kein Hinweis, nicht mal ein verdächtiges Staubkorn. Es deutet nichts im Entferntesten darauf hin, dass Gunnar Thomasson hier eine Frau gefangen gehalten hat. Keine geheime Kammer, keine Vorräte, keine Sachen der Frau. Und noch schlimmer, es gibt kein Anzeichen, dass der Mann Sofia Richert oder überhaupt irgendeine Frau gekannt hätte. Und dafür haben wir uns zwei Stunden um die Ohren geschlagen."

Amaryllis sah sich in dem Haus, das sie gerade durchsucht hatten, um. Tatsächlich sah es nicht danach aus, als wäre hier irgendetwas geschehen außer dem Leben eines ältlichen, einsamen Rentners.

Das Haus war so aufgeräumt, dass es fast steril wirkte. Es gab keinerlei Schnickschnack, wenige Bücher, keine Bilder und lediglich eine spärliche Möblierung. Alles war funktional, weder schön noch hässlich, die wenigen Möbel, die es gab, strahlten die Gemütlichkeit eines Büros aus. Im Erdgeschoss befand sich eine große Küche, die mit schlichten, billig wirkenden weißen Einbauschränken ausgestattet war. Herd samt integriertem Ofen und Kühlschrank muteten seltsam alt an, obwohl sie kaum Gebrauchsspuren aufwiesen, ganz als wäre in der Küche nie gekocht worden, und es hätte daher keine Notwendigkeit gegeben, die mit überholter Technologie ausgestatteten Geräte auszutauschen.

„Mit der Zeit gehen sieht anders aus", kommentierte Falk.

Das angrenzende Wohnzimmer war genau wie der davor liegende Flur spartanisch eingerichtet. Neben einem unbequem aussehenden hellgrauen Sofa ohne Armlehnen standen zwei Sessel der gleichen Farbe, davor ein Couchtisch. Auf einem kleinen Abstelltisch stand ein uralter Fernseher, der noch mit einer „Braunschen Röhre" ausgestattet war. Daneben befanden sich ein Telefon, das immerhin keine Drehscheibe mehr hatte, und ein antiquiert wirkender Anrufbeantworter. Ein kleiner Esstisch mit zwei Stühlen stand neben der Sofa-Kombination. Der Boden war gefliest, wobei die hellbeigen Kacheln dem Raum etwas Ungemütliches, Krankenhausähnliches gaben.

Im ersten Stock befanden sich drei kleine Zimmer, von denen Gunnar Thomasson eines als Schlafzimmer nutzte, wie ein fein säuberlich gemachtes Bett mit akkurat gefaltetem Bettzeug wissen ließ. Das angrenzende Bad war mit den gleichen beigen Kacheln wie der Boden im Wohnzimmer gefliest und vermittelte so den Eindruck einer Jugendherberge. In der Dusche stand eine einsame Shampoo-Flasche eines Discounters, am Waschbecken eine abgenutzte Zahnbürste und ein winziges Stück Seife lag in einer Plastikschale. Die zwei anderen Zimmer waren leer, es waren nicht einmal Kisten oder Ähnliches darin abgestellt.

„Wie kann man hier nur wohnen?“, fragte Amaryllis und schaute sich um. „Ich habe noch nie etwas so Ungemütliches, Kaltes gesehen. Immerhin, die Kollegen der Spurensicherung haben hier leichtes Spiel und wir können mit zügigen Ergebnissen rechnen.“

„Das stimmt wohl“, sagte Falk nachdenklich. „Aber ich habe eine Ahnung, dass sie nicht viele Spuren finden werden.“

Er machte mit seinem Arm eine Geste durch das Wohnzimmer, in dem sie standen. „Wenn ich es nicht besser wüsste, würde ich sagen, hier wohnt niemand. Hast du dir den Kühlschrank genauer angesehen? Darin liegen ein Paket Toast, ein Stück Butter, eine abgepackte Fleischwurst und ein Glas Erdbeermarmelade. Sonst nichts! Wovon hat der Mann gelebt?“

„Eine gute Frage. Immerhin passt der Inhalt des Kühlschranks zu der Mangelernährung, die Benita bei dem Opfer festgestellt hat“, antwortete Amaryllis. „Ich wäre ebenfalls versucht zu sagen, dass dies hier nur eine Zweitwohnung oder so etwas ist, aber nach Aussagen der Nachbarn war unser derzeitiger Hauptverdächtiger so gut wie immer zu Hause.“

„Tja, dann hat er wohl einen gut ausgestatteten Keller, wo er sich gerne aufhält", sagte Falk ironisch. „Zu dumm nur, dass wir auch im Keller nichts gefunden haben, womit unser lieber Herr Thomasson an seinen langen, einsamen Tagen hätte spielen können. Keine Tischtennisplatte, keinen Skatraum, keine Fitnessgeräte, kein Sado-Maso-Studio. Ach ja, ein Raum, in dem er eine Frau gefangen halten hat, war auch nicht dabei. Kein Schrank mit dahinter verborgenen Türen oder wenigstens ein Hohlraum irgendwo. Dieses gottverfluchte Haus hat ja nicht mal eine Rigipswand irgendwo."

Falk schlug frustriert mit der flachen Hand gegen eine Tür. „Ich hasse es, wenn man schon am Anfang einer Durchsuchung weiß, dass man nichts finden wird! Wir können die Jungs von der Spurensicherung genauso gut nach Hause schicken, dann verbringen wenigstens die ein paar nette Stunden mit ihren Familien!"

„Wir können heute nichts mehr ausrichten", stellte Amaryllis resigniert, aber bedeutend ruhiger als ihr Kollege fest. „Wir kommen morgen wieder und bringen einen Polizeihund mit, der nach Spuren von Sofia Richert sucht, einen Experten für verborgene Räume, falls wir bei der Berliner Polizei so etwas auftreiben können und wir forschen nach den Bauplänen für das Haus. Irgendwo hier muss Sofia Richert gefangen gehalten worden sein und wenn ihr Versteck in diesem Haus oder in der Nähe ist, dann werden wir es finden!"

Falk schüttelte den Kopf. „Wer weiß, ob Gunnar Thomasson seinen Nachbarn nicht nur etwas vorgespielt und so getan hat, als wäre er immer zu Hause. Was ist, wenn seine kleine Folterkammer für entführte Frauen meilenweit von hier entfernt ist und wir sie nie finden?", brachte er eine neue Möglichkeit ins Spiel.

„Daran will ich gar nicht denken", antwortete Amaryllis ihm ruhig und meinte jedes ihrer Worte so, wie sie es gesagt hatte.

Wenn das Versteck nicht in der Nähe des Hauses war, konnte es praktisch überall in und um Berlin herum sein. Sie würden eine Nadel im Heuhaufen suchen und ihr Hauptverdächtiger hatte sich jede Mühe gegeben, ihnen keinerlei Spuren zu hinterlassen, so viel stand fest.

„Wir sollten das Haus überwachen lassen, für den Fall, dass Gunnar Thomasson zurückkehrt, um etwas zu holen", sagte sie.

Falks Blick sprach derartig Bände, dass er sich einen Kommentar verkniff.

„Ich denke auch nicht, dass er zurückkommt", antwortete Amaryllis auf das Schweigen ihres Partners. „Aber die Überwachung des Hauses ist Protokoll und gerade bei solchen Fällen darf man die Routineprotokolle nicht außer Acht lassen, wie sagt unser Chef Neustädt immer so schön? Er ‚hat schon Pferde vor der Apotheke kotzen sehen'".

Tag 6

(Mittwoch)

15.

Es war kurz vor 8 Uhr, als Amaryllis am nächsten Morgen ihren Wagen vor dem Haus von Gunnar Thomasson parkte, das im strahlenden Sonnenschein lag und deutlich freundlicher wirkte als zuvor. Es war trotz der frühen Uhrzeit bereits drückend heiß und Amaryllis ärgerte sich, dass sie sich keine Ersatzbluse ins Auto gelegt hatte. Obwohl sie sich am Morgen mit einer dünnen grünen Stoffhose und einer weißen Leinenbluse bewusst leicht gekleidet hatte, würde sie bei diesen Temperaturen ihre Kleidung bald durchgeschwitzt haben.

Sie hatte Falks verbeulten Audi bereits aus der Entfernung ausmachen können, ebenso einen blauen Kombi, der dem angeforderten Diensthundeführer gehören musste.

„Haben die alle kein Zuhause, oder warum sind die schon hier?“, sagte sie leise zu sich selber, bevor sie ausstieg. Immerhin würde es an diesem Tag keine Verzögerungen durch Falk geben, der erst die Unterbringung seiner Kinder regeln musste.

Die beiden Männer standen mit dem Rücken zu Amaryllis und unterhielten sich. Die Kommissarin konnte erkennen, dass der Diensthundeführer ein großer, schlanker Mann mit kurzen, dunkelblonden Locken war. Er trug eine zerschlissene Jeans, ein dunkelblaues T-Shirt und Sneakers. Sein Hund, ein schwarzer Belgischer Schäferhund, saß neben ihm auf der Erde und blickte gelangweilt in Amaryllis' Richtung. Von Weitem hätte man annehmen können, dass die beiden Männer in Freizeitkleidung sich vor dem Haus verabredet hatten, um einen ausgiebigen Waldspaziergang zu machen, und nicht, um nach einem Beweis zu suchen, dass hier bis vor Kurzem eine junge Frau unvorstellbare Qualen hatte erleiden müssen.

„Guten Morgen, Winter", stellte sich Amaryllis knapp vor und streckte dem Diensthundeführer ihre Hand entgegen, nachdem sie ihr Auto abgeschlossen und zu den beiden Polizisten getreten war.

„Nicolas Kretschmann", antwortete der Diensthundeführer. Er hatte einen festen Händedruck und ein charmantes Lächeln. „Die berühmte Amaryllis Winter auch ‚CSI New York' genannt, ich muss sagen, die Kollegen haben nicht übertrieben."

Amaryllis verspürte sofort einen tiefen Widerwillen gegen den Mann, der sie freundlich anlächelte. Sie wusste, dass sie sich ihre zahlreichen Spitznamen, die alle in irgendeiner Verbindung zu ihrer früheren Heimatstadt oder diversen amerikanischen Polizeiserien standen, zumindest zum Teil selber zuzuschreiben hatte. Sie war noch nie besonders offen gewesen, wenn es darum ging, neue Menschen kennenzulernen, während der ersten Jahre bei der Berliner Polizei war ihr Auftreten gegenüber ihren neuen Kollegen jedoch regelrecht abweisend gewesen.

Sie hatte Zeit gebraucht, die Wunden ihrer ungewollten Scheidung zu lecken, doch das hatte niemand wissen können und so hatten die meisten die neue Kollegin als arrogant und überheblich eingestuft. Die Tatsache, dass Amaryllis dazu noch eine ausgesprochen attraktive Frau mit einem eleganten

Kleidungsstil war, hatte ein Übriges getan. Amaryllis war sich bewusst, dass die Spitznamen sie noch eine lange Zeit, wenn nicht gar für immer verfolgen würden, doch musste ein ihr vollkommen fremder Kollege gleich zur Begrüßung damit anfangen?

Falk, der seine Kollegin mittlerweile gut kannte und wusste, wie sehr ihr die Spitznamen unrecht taten und sie ärgerten, konnte sich ein Grinsen nicht verkneifen, während er auf Amaryllis' Reaktion wartete.

Diese war einen kurzen Moment lang versucht, mit „Und wen haben wir hier, Kommissar Rex und sein Herrchen?" zu kontern, widerstand der Versuchung aber. Es nutzte nichts, sich mit dem Kollegen vor Beginn der Suche anzulegen und Zeit mit dummen Sprüchen zu vergeuden. Sie beugte sich zu dem Hund, der sie mittlerweile interessiert beobachtete, hinunter und streichelte seinen Kopf.

„Bei CSI New York sind nur die tollsten und coolsten Kommissare", sagte sie zu dem Tier, das ihr vertrauensvoll die Hand ableckte.

Nicolas Kretschmann lachte und sagte: „Der Hund ist absolut unbestechlich und sieht nur selten fern."

„Ich glaube, das ist der Beginn einer wunderbaren Freundschaft – zumindest mit dem Hund", zitierte Falk aus dem Film Casablanca. „Wir sollten uns aber vielleicht lieber um unsere echten Probleme kümmern, ich habe schlechte Neuigkeiten", fuhr er an Amaryllis gerichtet fort.

Amaryllis sah ihren Kollegen erstaunt an. „Habt ihr schon mit der Suche angefangen?"

„Nein, aber es sieht ganz so aus, als könnte die Suche überflüssig sein, denn unser vierbeiniger Freund hier wird wahrscheinlich nicht viel finden."

Nicolas Kretschmann nickte zustimmend mit dem Kopf und zuckte leicht mit den Schultern.

„Sagen wir mal so“, begann er bedächtig, „das Problem ist, dass wir über keine frische ‚Duftprobe‘ von Sofia Richert verfügen. Der Ehemann und die Eltern der Frau haben zwar ein paar Sachen von ihr aufgehoben, aber diese in Kisten im Keller oder auf dem Dachboden gelagert, wo es zugig, feucht oder sogar schimmelig ist. Man kann es ihnen nicht verdenken, dass sie nicht jeden Tag an das Verschwinden ihrer Tochter bzw. Ehefrau erinnert werden wollten. So gut Otto auch ist, aber sie hätten mindestens einen Schrank oder ein Zimmer der Toten im Ursprungszustand belassen müssen, damit Otto überhaupt eine Chance gehabt hätte, an über sechs Jahre alten Gegenständen oder Anziehsachen den Geruch der Frau aufzunehmen.“

Der Diensthundeführer sah seinen Hund an und deutete dann auf das Haus. „Und selbst wenn die Familie gut erhaltene Dinge aufbewahrt hätte, es hätte wenig genützt, denn wir wissen nicht, was alles mit der Frau passiert ist. Der Geruch eines Menschen kann sich durch verschiedene Einflüsse im Verlaufe der Jahre verändern. Da wäre einmal der typische 'Alte Leute'-Geruch, kennen wir alle von unserer eigenen Oma. Bei jüngeren Menschen wie der Toten kann sich der Körpergeruch verändern, zum Beispiel durch eine umgestellte Ernährung. Wenn ich die Akte richtig gelesen habe, litt die Frau unter Mangelernährung, wahrscheinlich als Resultat ihrer Gefangenschaft, wenn sie vorher besser bzw. nährstoffreicher gegessen hat, dürfte das ihren Körpergeruch auf jeden Fall beeinflusst haben. Lange Rede, kurzer Sinn: Eventuell kann Otto anhand der wenigen Dinge, die noch von der Toten existieren, die richtige Fährte aufnehmen, garantieren kann ich es nicht.“

Der Hundeführer zuckte nochmals mit den Schultern. „Wenn Sie meine ehrliche Meinung hören wollen, denke ich, wir verschwenden hier unsere Zeit."

„Was ist mit dem Körper der Toten? Kein schöner Gedanke, aber könnte der Hund nicht daran schnüffeln? Oder besser gesagt an einer Geruchsprobe des Körpers", fragte Amaryllis ungläubig nach.

Es konnte einfach nicht sein, dass sie keine Spur des Opfers in diesem Haus nachweisen konnten. Die Ergebnisse der Spurensicherung vom Vorabend lagen noch nicht komplett vor, aber es sah nicht so aus, als hätten die Kollegen eine DNA-Spur oder überhaupt etwas gefunden, das eventuell von Sofia Richert stammen könnte.

„Eine Geruchsprobe der Toten wird nicht funktionieren, leider", erklärte Nicolas Kretschmann. „Mit dem Eintritt des Todes verändert der menschliche Körper seinen Geruch. Daher gibt es spezielle Leichenspürhunde. Für die Hundenase macht es einen großen Unterschied, ob ein Mensch lebt oder tot ist. Diese Hunde sind darauf trainiert, Tote oder Blutspuren zu finden. Was sie nicht können, ist, eine bestimmte Leiche finden. Zumal, in diesem Fall ist die Leiche bereits gefunden."

Amaryllis sah den Hund an, der ruhig auf dem Boden saß, seinen Herrn ansah und wirkte, als würde er der Unterhaltung folgen.

„Was ist mit den sogenannten ‚Mantrailern', die zurzeit dauernd in den Nachrichten sind? Würden die eine Spur von Sofia Richert anhand der alten Anziehsachen finden? Diese Hunde können angeblich die Spur einer bestimmten Person über hunderte von Kilometern verfolgen."

Nicolas Kretschmann schnaubte verächtlich. „Man sollte nicht alles glauben, was in der Zeitung steht. Diese Hunde sind zweifelsohne ausgezeichnete Spürnasen, aber dass sie anhand einer so alten ‚Duftnote' eine neue Spur von der Frau finden können, halte ich für ausgeschlossen. Bei aktuellen Vermisstenfällen ist der Einsatz von ‚Mantrailern' bestimmt sehr aussichtsreich, aber in diesem Fall sehe ich keinen Sinn darin."

„Und was glauben Sie, kann Otto hier überhaupt finden?" Amaryllis gelang es nicht gänzlich, ihre Enttäuschung über den wahrscheinlich sinnlosen Einsatz am Morgen zu überspielen, so sehr sie auch versuchte, nicht schnippisch zu klingen.

Der Diensthundeführer musterte die Kommissarin kurz und seufzte. „Ich verstehe, dass Sie enttäuscht sind, aber ich kann es nicht ändern. Otto kann herausfinden, ob sich noch irgendjemand hier im Haus befindet. Vielleicht kann er auch den Ort finden, wo die Frau gefangen gehalten wurde."

„Nicht zu vergessen, dass er eine Spur von dem Baby finden könnte, das die Frau in Gefangenschaft geboren hat", warf Falk ein. „Wir dürfen nicht vergessen, dass das Kind vielleicht noch lebt, so unwahrscheinlich es ist."

„Wenn im Haus oder der näheren Umgebung ein lebender Mensch ist, dann findet Otto ihn", erklärte der Diensthundeführer mit einer Stimme, die keinen Zweifel an seinen Worten zuließ. „Und sollte sich hier die Leiche eines Babys befinden, dann gibt es eine gute Chance, dass er auch die findet, obwohl es nicht zu seinen Hauptaufgaben zählt. Aber Otto ist einer der besten Hunde unserer Staffel." Er sah seinen Hund liebevoll an. „Von uns aus kann es losgehen."

Otto sprang auf, als hätte er seinen Herrn verstanden, wedelte aufgeregt mit seinem Schwanz und zog an seiner Leine Richtung Haus.

„Wow, wenn der durchschnittliche Berliner Beamte so viel Freude an seiner Arbeit hätte, gäbe es in der Stadt keine

Verbrecher mehr“, sagte Falk und grinste, bevor er weitersprach. „Vielleicht hätten wir sogar einen fertigen Flughafen.“

„Ich dachte, du bist auch Beamter?“, konterte Amaryllis und sah ihren Kollegen schadenfroh an.

„Ach so. Ja, stimmt, jetzt, wo du es sagst, nehme ich natürlich alles zurück“, lachte Falk und zog eine Grimasse. Er zog Amaryllis leicht am Ärmel ihrer Bluse und hielt sie zurück. „Der Hund heißt ernsthaft Otto, das arme Vieh“, murmelte er leise.

16.

„Himmelstod“ hatte sie ihn am Anfang genannt. Damals, während ihrer ersten Monate in dem kleinen Raum, ohne Fenster, ohne fließendes Wasser, ohne Strom.

„Himmelstod“. Irgendwann hatte sie aufgehört, ihn so zu nennen. Jeder Name war ihr plötzlich zu viel für ihn erschienen. Denn er war kein Mensch. Er war eine grausame Kreatur, die vom Schmerz anderer lebte.

Am Anfang hatte der Name Sarah einen gewissen Trost gespendet. Der Himmel war das, was sie am meisten in ihrem kleinen Gefängnis vermisste. Der Blick in den Himmel, egal, ob er wolkenverhangen, grau oder strahlend blau war, der Himmel, der so selbstverständlich immer da gewesen war. Sie hatte sich unzählige Male über die Frage, ob sie ihn in ihrem Leben nochmals sehen würde, in den Schlaf geweint.

Die Sehnsucht nach dem Himmel hatte sie immerhin daran erinnert, dass sie nicht tot war. Noch nicht. Der Himmel war für sie gestorben, aber sie lebte noch. Darum hatte sie ihren Peiniger „Himmelstod“ getauft, denn er hatte nur den Himmel getötet. Sie lebte und darum hatte sie Hoffnung gehabt. Unzählige Male hatte sie sich vorgestellt, wie sie eine Treppe hinaufging und dabei in das Licht des Himmels schaute, das immer heller wurde, bis sie in der Freiheit angekommen war.

Am ersten Jahrestag ihrer Gefangenschaft war ihr aufgefallen, wie lächerlich ihre Hoffnung war. Sie hatte ein Jahr in einem fensterlosen, stickigen Raum ohne Wasser, ohne Strom, ohne Tageslicht überlebt. Sie war zu einer Art Untoten geworden, eine menschliche Hülle, die etwas lebte, das kein Leben war. Und doch brachte sie es nicht fertig, sich selber zu töten.

Sie hatte ihn nie wieder „Himmelstod“ genannt.

17.

„Fein. Fein hast du das gemacht. So ein guter Junge!" Nicolas Kretschmann holte ein dickes Stück Wurst aus einer Plastiktüte, gab es seinem Hund, der es verschlang, als wäre er seit Tagen nicht gefüttert worden, und drehte sich zu den beiden Kommissaren um, die hinter ihm standen. Sie waren fast eine Stunde wortlos hinter Herr und Hund hergegangen und hatten beobachtet, wie Otto zunächst erfolglos jeden Winkel des Hauses durchschnüffelt hatte, um schließlich im Garten hinter dem Haus anzuschlagen.

Die Stelle wirkte unscheinbar und unberührt. Der Boden war mit alten braunen Nadeln der umstehenden Fichten bedeckt, ein paar fast schwarze Zapfen, die aussahen, als wären sie vor Jahren von den Bäumen gefallen, lagen verstreut auf der Erde herum.

Amaryllis bemerkte, wie Falk kurz seine Augen schloss, bevor er sprach.

„Ich befürchte, es gibt nicht viele Möglichkeiten, was wir hier finden werden. Und wenn es das ist, was ich denke, können wir dem Zustand der Erde nach davon ausgehen, dass das Baby von Sofia Richert schon einige Zeit tot sein dürfte."

Ein kalter Schauer lief Amaryllis trotz der nach wie vor unerträglichen Schwüle über den Rücken. Sie hatte genau dasselbe wie ihr Kollege gedacht. Den Eingang zu dem Versteck, in dem Gunnar Thomasson sein Opfer gefangen gehalten hatte, würden sie hier nicht finden, so viel war klar. Es gab keinerlei Anzeichen, dass jemand an dieser Stelle innerhalb der letzten Jahre gegraben oder etwas verändert haben könnte. Es war unmöglich, dass hier jemand täglich oder zumindest alle paar Tage einen Eingang zu einem versteckten Raum geöffnet hatte.

Zudem war das Haus, während sie Otto gefolgt waren, nochmals von einem Spezialisten untersucht worden, der das Ergebnis des Vorabends bestätigt hatte: Es gab nirgendwo Hinweise auf einen Hohlraum, der darauf hätte schließen lassen, dass sich dahinter ein Gang oder Raum befinden könnte. Was, außer der Leiche des Babys von Sofia Richert, konnte hier draußen hinter dem Haus versteckt sein?

Ein neuer Gedanke, der nicht weniger furchtbar war, schoss Amaryllis plötzlich durch den Kopf. Vielleicht hatte Gunnar Thomasson hier eine Leiche, von der sie bislang nichts ahnten, versteckt? Was, wenn der Mann über die Jahre hinweg nicht nur eine, sondern mehrere Frauen gefangen gehalten und ihre toten Körper, nachdem er mit ihnen fertig gewesen war, hier vergraben hatte?

Amaryllis hoffte inständig, dass sie sich irrte, ihr Kopf begann dennoch sofort weiterzuarbeiten. Sollte Gunnar Thomasson an dieser Stelle eine Art Privatfriedhof für seine Opfer angelegt haben, was war geschehen, dass er sein Schema durchbrochen hatte? Warum hatte er den toten Körper von Sofia Richert in den Grunewald gebracht und war verschwunden?

Die Kommissarin schüttelte sich fast unmerklich, um die neuen Überlegungen zu verscheuchen und sich auf das zu konzentrieren, was in diesem Moment wirklich wichtig war. Sie würde später im Büro alle Vermisstenfälle aus Berlin und Brandenburg der letzten zehn Jahre überprüfen. Sollte sie den kleinsten Hinweis finden, dass Gunnar Thomasson mehr als eine Frau entführt haben könnte, würde sie ihm nachgehen, bis sie wusste, ob es weitere Opfer dieser Bestie gab.

„Wir rufen die Spurensicherung und ein Team, das das, was auch immer da unten liegt, ausgräbt. Dann sehen wir weiter. Ich werde schon mal Benita in Alarmbereitschaft versetzen, vielleicht sollte sie sogar herkommen, um dabei zu sein, wenn die Kollegen fündig werden. Es könnte wichtig sein, damit keine noch so kleine Spur übersehen wird", sagte Falk.

Amaryllis nickte kurz, während Nicolas Kretschmann seinen Hund beruhigte, der seinen Job getan hatte und nun keine Veranlassung sah, weiter hinter dem Haus von Gunnar Thomasson rumzustehen, was er mit einem ungeduldigen Jaulen zum Ausdruck brachte.

„Wir sollten uns in der Zwischenzeit intensiv um den Verbleib unseres Hauptverdächtigen kümmern", schlug Falk vor. „Bis klar ist, wer oder was hier liegt, werden ein paar Stunden vergehen, die sollten wir nicht ungenutzt verstreichen lassen. Ich denke, es bringt wenig, die Nachbarn nochmals zu befragen, die werden eher uns befragen und wissen wollen, was hier los ist, und vor lauter Vermutungen wenig hilfreich sein. Was denkst du?"

Der Kommissar sah seine Kollegin an. „Noch mal zur Schwiegertochter? Einen Kegelklub, Kaninchenzüchterverein oder Gesangsbrüder scheint unser Freund nicht gehabt zu haben."

„Die Schwiegertochter erneut zu befragen, ist sicher richtig, insbesondere im Hinblick auf ihre Aussage, dass Gunnar Thomasson seinen eigenen Sohn getötet hat. Die hat eine ganz neue Bedeutung bekommen, seitdem wir so gut wie sicher sein können, dass Gunnar Thomasson eine Frau entführt und missbraucht hat. Willst du das übernehmen?", wies Amaryllis ihrem Partner seine Aufgabe mehr zu, als dass sie fragte.

„Ich werde in der Zwischenzeit zu der Firma fahren, in der Gunnar Thomasson bis zu seiner Pensionierung gearbeitet hat. Auch wenn ich befürchte, dass er dort ebenfalls die Rolle des netten, hilfsbereiten Kollegen in Perfektion gespielt hat, können wir es uns nicht leisten, seine alten Kollegen nicht zu befragen. Ein so perverser Täter müsste doch früher schon mal einen Aussetzer gehabt haben. Man kann sein wahres Wesen nicht permanent verstecken. Vielleicht ist einem der Kollegen etwas aufgefallen. Gunnar Thomasson hat schließlich Jahrzehnte in dem Betrieb gearbeitet."

Amaryllis kraulte Otto gedankenverloren hinter den Ohren, was der Hund sichtlich genoss. „Es macht mich wahnsinnig, dass wir keinerlei Idee haben, wo der Mann sein könnte."

„Ich ahne, worauf das hinausläuft", seufzte Nicolas Kretschmann. „Sie wollen einen ‚Mantrailer' auf die Spur von Gunnar Thomasson vom Fundort der Leiche aus ansetzen. Gesetzt den Fall, dass der Hund dort eine Spur Ihres Verdächtigen findet."

„Wäre das so falsch?", fragte Amaryllis mit einem leichten Lächeln nach, da es offensichtlich war, dass der Diensthundeführer wenig bis gar nichts von der neuen Errungenschaft der „Mantrailer" hielt.

„Nein, Sie haben recht. Wenn Ihr Hauptverdächtiger derjenige war, der die Leiche im Wald abgelegt hat, dann wird ein ‚Mantrailer' seine Spur dort finden und Ihnen Gewissheit geben. Inwieweit der Hund den Mann im Anschluss aufspüren kann, wird man sehen müssen. Sie dürfen nicht vergessen, er könnte in einen Bus, eine U-Bahn oder Ähnliches gestiegen sein, dann wird es für den Hund sehr schwer, die Fährte zu verfolgen."

18.

Amaryllis parkte ihr Auto auf dem riesigen, überfüllten Parkplatz des Konzerns, bei dem Gunnar Thomasson sein gesamtes Arbeitsleben verbracht hatte. Sie verfluchte noch im Wagen sitzend bereits den scheinbar endlosen Weg zum Haupteingang.

Es war Mittag und die Sonne brannte unerbittlich vom Himmel. Sie würde klatschnass sein, wenn sie das Gebäude betrat. Nicht der beste erste Eindruck, den man machen konnte. Sie tröstete sich damit, dass es kaum jemanden geben würde, dem es diesen Sommer besser erging, und machte sich auf den Weg.

„Guten Tag, Winter von der Berliner Mordkommission. Ich habe einen Termin bei Herrn Günther", stellte sie sich bei der jungen Rezeptionistin vor, die kaugummikauend hinter einem silbernen u-förmig geschwungenen Empfangstisch saß, der Amaryllis an eine skurrile Mischung aus U-Boot und Banane erinnerte.

„Herr Günther erwartet Sie schon. Zimmer 308", antwortete ihr die junge Frau teilnahmslos, etwas, was Amaryllis selten nach der Nennung ihres Berufs passierte.

„Danke“, sagte sie und wartete einen kurzen Augenblick, ob die Frau ihr eine Beschreibung, wie sie Zimmer 308 finden konnte, geben würde. Als diese keine Anstalten machte, ging die Kommissarin auf gut Glück los in Richtung Aufzug.

Sie fuhr in den dritten Stock und fand das Zimmer von Wilhelm Günther, der die Abteilung leitete, in der Gunnar Thomasson bis zu seinem Ausscheiden aus der Firma tätig gewesen war, problemlos und klopfte an.

„Kommissarin Winter!“, begrüßte sie ein dicklicher Mann, dem der Schweiß trotz Klimaanlage gut sichtbar von der Halbglatze rann, freundlich. „Kommen Sie doch rein. Ich hoffe, es ist nichts Schlimmes mit Herrn Thomasson passiert. Man kommt sofort auf die fürchterlichsten Ideen, wenn man einen Anruf von der Mordkommission erhält und nicht weiß, was los ist.“

Die Kleidung von Wilhelm Günther schien aus einem Lehrbuch für Finanzbuchhalter zu entstammen. Seine graue Anzughose war zu kurz und gab den Blick auf hautfarbene Socken, die in braunen Slippern steckten, frei. Sein ockerfarbenes, auf den Kniff gebügeltes und gestärktes Hemd war kurz davor, vor dem Schweißrinnsal in seinem Nacken zu kapitulieren, da seine dunkelgrüne Krawatte trotz der Hitze eng und akkurat um seinen Hals gebunden war.

Entweder litt der Mann unter einer Form von Farbenblindheit oder er hatte einen fürchterlich schlechten Geschmack, überlegte Amaryllis einen Moment amüsiert, während sie sich auf den angebotenen Stuhl setzte. Dann riss sie sich zusammen, sie hatte keine Zeit zu verlieren.

„Herr Günther, was können Sie mir über Herrn Thomasson erzählen?“, fragte sie. „Wie war er als Mitarbeiter? Fachlich und was die Kontakte zu seinen Kollegen anging?“

Wilhelm Günther musste nicht lange überlegen. „Herr Thomasson war ein exzellenter Ingenieur, das Einzige, was man ihm unter Umständen vorwerfen könnte, ist, dass er zu früh in den Ruhestand gegangen ist. Seine Abteilung bestand oder besser gesagt besteht aus zehn Mitarbeitern, es gab nie die geringste Beschwerde über ihn. Im Gegenteil, er war sehr beliebt bei den Kollegen."

Der Mann nickte zu seinen eigenen Worten und sah Amaryllis erwartungsvoll an, die kurz überlegte, wie sie vorgehen sollte, um weiterreichende Informationen von Wilhelm Günther zu bekommen. Es war offensichtlich, dass ihr Gegenüber ein weiteres Mitglied des Thomasson-Fanklubs war und nur mit geschickten Fragen würde sie etwas, das über dieses Bild hinausging, von ihm erfahren.

„Wie lange war Herr Thomasson in diesem Unternehmen tätig?", fragte sie schließlich, um das Gespräch in Gang zu halten, obwohl sie die Antwort kannte und wusste, dass diese Frage sie bei ihrer Suche nach der Wahrheit kaum weiterbringen würde. Aber was fragte man über einen Menschen, hinter dem man das personifizierte Böse vermutete, den alle anderen jedoch für einen Heiligen zu halten schienen?

„Herr Thomasson hat sein ganzes Berufsleben in dieser Firma verbracht. Er hat nach dem Studium an der Fachhochschule direkt bei uns angefangen und sich langsam, aber sicher zum stellvertretenden Abteilungsleiter hochgearbeitet. Ich wage zu sagen, dass seine Karriere damit nicht am Ende war, aber das schien ihm nicht wichtig zu sein. Er war zufrieden mit dem, was er erreicht hatte, und verspürte wohl kein Bestreben nach etwas Höherem."

„Wissen Sie, was er in seiner Freizeit macht oder früher gemacht hat, als er hier angestellt war? War er vielleicht mit

Kollegen befreundet, hat nach der Arbeit mal mit jemandem ein Bier getrunken?"

„Dafür ist er nicht der Typ. Soweit ich mich erinnern kann, war er nur auf einer einzigen Weihnachtsfeier in seinen gut dreißig Jahren im Unternehmen. Das müsste so vor 14 oder vielleicht 15 Jahren gewesen sein. Ich weiß das so genau, weil wir in dem Jahr alle einen sehr ordentlichen Bonus bekommen haben und ich Herrn Thomasson überredet hatte, zu der Weihnachtsfeier zu gehen, um sich beim obersten Boss zu bedanken. So etwas kommt immer gut an."

„Er hatte keine Freunde bei der Arbeit oder zumindest Kollegen, mit denen er sich gut verstanden hätte?", fragte Amaryllis nach.

„Ich wüsste nicht, dass er sich jemals nach der Arbeit mit den Kollegen auf ein Bier getroffen hätte. Das heißt aber nicht, dass er sozial in irgendeiner Form Probleme gehabt hätte!" Wilhelm Günther schüttelte energisch den Kopf wie eine Mutter, die ihr Kind verteidigte.

„Im Gegenteil. Er hat immer gerne geholfen, sowohl hier im Büro als auch an den Wochenenden. Ich weiß von mindestens zwei Kollegen, denen er am Wochenende bei der Renovierung ihrer Häuser geholfen hat. Auch mir hat er mal privat ausgeholfen, ich hatte an einem Freitag einen Wasserrohrbruch und musste während der Arbeitszeit nach Hause fahren. Ich war total verzweifelt, weil ich Sorge hatte, dass ich so kurz vor dem Wochenende keinen Klempner mehr finden würde und ein Heidengeld für einen Notdienst ausgeben müsste. Herr Thomasson ist nach Dienstschluss einfach bei mir aufgetaucht, hat sich das Ganze angesehen, ist in den Baumarkt gefahren und hat das Rohr repariert. Sogar beim Aufräumen hat er mir hinterher geholfen, obwohl es da wirklich schon spät war! Als ich ihm Geld oder ein Geschenk angeboten habe für seine Hilfe, hat er nur gesagt, das sei selbstverständlich, und ist nach Hause gefahren. So ein Kollege war er. Ein wirklich feiner Mensch, wenn Sie mich fragen. Er mag nicht viel geredet haben, aber seine Taten haben mehr ausgesagt als alle Worte."

Amaryllis musste sich einen Moment sammeln. Wie konnte es sein, dass ein Mensch, der mit sehr hoher Wahrscheinlichkeit eine Frau über Jahre gefangen gehalten und aufs Furchtbarste gequält hatte, von jedem, der mit ihm zu tun hatte, als eine besondere Form eines bescheidenen, zurückhaltenden Gutmenschen beschrieben wurde? Der einzige Mensch, den sie bislang gefunden hatten, der nicht an die Fassade glaubte, war die Schwiegertochter von Gunnar Thomasson. Diese war allerdings bei Weitem nicht über jeden Zweifel erhaben, da sie auf der unglückseligen Suche nach einer Erklärung für den viel zu frühen Tod ihres Mannes war.

„Könnte ich vielleicht mit den Kollegen sprechen, die damals in der Abteilung von Herrn Thomasson gearbeitet haben?", bat Amaryllis ihr Gegenüber höflich, obwohl sie ihm gerne ins Gesicht geschrien hätte, was für ein Idiot er war und dass er offensichtlich über keinerlei Menschenkenntnis verfügte.

Stattdessen riss sie sich zusammen, auch wenn sie bereits spürte, dass die Befragung weiterer Kollegen ihren Frust mit hoher Wahrscheinlichkeit verstärken würde. Leider war genau das ihr Problem, sie ließ sich von ihrer Abneigung gegen den Hauptverdächtigen leiten und hielt sich nicht an die Fakten.

Sie schüttelte fast unmerkbar den Kopf über sich selber und hoffte, dass es nur die seit Wochen über Berlin liegende fast unerträgliche Schwüle war, die sie so dumm agieren ließ. Die Gefühle eines Kommissars hatten noch kein Opfer gerettet oder einen Verbrecher dingfest gemacht. Und es nützte wenig, ihre

Wut über sich selber, dass sie keinen Weg gefunden hatte, aus dem Zeugen ihr gegenüber neue Informationen herauszupressen, an ihm auszulassen.

„Natürlich“, antwortete Wilhelm Günther ihr derweil geflissentlich. „Ich leite das sofort in die Wege, warten Sie einfach hier.“

*

Zwei Stunden später hatte Amaryllis mit jedem Angestellten der Firma, der mit Gunnar Thomasson jemals in Kontakt gekommen war, gesprochen und das Ergebnis war so ernüchternd, wie sie befürchtet hatte. Der Mann war bei seiner Arbeit als eine Art edler, wenn auch wortkarger Ritter wahrgenommen worden, der am liebsten für sich blieb, außer es gab etwas zu helfen, dann war er sofort zur Stelle gewesen.

„Der Herr Thomasson war ein wunderbarer Kollege. Immer höflich, immer freundlich, aber das Gegenteil von redselig. Bei dem musste man nie die Sorge haben, dass er einem ins Gesicht lächelte und hintenherum erzählte, was er alles an einem nicht leiden konnte. Sie wissen sicher, wie das sein kann in so großen Büros, oder?“, hatte eine Sekretärin, die viele Jahre für Gunnar Thomasson gearbeitet hatte, erklärt.

„Ein Herr der alten Schule, der sofort aufgestanden ist, wenn die Kantine mal wieder überfüllt war, und seinen eigenen Platz angeboten hat, so etwas gibt es heute nicht mehr“, hatte eine andere Mitarbeiterin geschwärmt.

Amaryllis hatte gerade beschlossen, dass sie kostbare Zeit verschwendete, die sie besser in die Suche nach ihrem – trotz aller Loblieder – Hauptverdächtigen stecken sollte, als eine junge Frau auf sie zukam. Ihrer Erscheinung nach konnte die

Frau unmöglich älter als 25 bis 30 Jahre alt sein, schätzte Amaryllis. Es war unwahrscheinlich, dass sie Gunnar Thomasson persönlich gekannt hatte, und wenn, konnte sie nur eine sehr kurze Zeit mit ihm zusammengearbeitet haben.

„Entschuldigung, ich komme mir ein bisschen dumm vor, dass ich Sie anspreche, da ich Herrn Thomasson gar nicht gekannt habe“, bestätigte die Angestellte die Vermutung der Kommissarin. „Aber ich habe vor einiger Zeit ein Gerücht gehört, das wollte ich Ihnen zumindest sagen. Wahrscheinlich war es nur dummes Gerede bei einer Betriebsfeier, aber wer weiß.“

„Jeder noch so kleine Hinweis kann wichtig sein“, ermunterte Amaryllis die Frau, obwohl sie wenig Hoffnung hatte, etwas von Bedeutung zu erfahren. „Darf ich nach Ihrem Namen fragen?“

„Carlotta Wagner. Ich arbeite in der Buchhaltung und bin erst seit knapp zwei Jahren hier angestellt. Ich mag meinen Job, aber ich bin ein ganzes Stück jünger als viele der Kollegen“, begann die Frau umständlich. „Ich kann nicht sagen, dass ich hier viele persönliche Kontakte geschlossen habe, die Interessen sind einfach zu unterschiedlich. Also halte ich mich meistens zurück und sage nichts, deswegen haben die anderen vielleicht so offen in meiner Gegenwart gesprochen. Oder es war der Alkohol. Auf jeden Fall ging es bei der Betriebsfeier vor ein paar Monaten um diesen Herrn Thomasson. Ich saß mit einigen der Sekretärinnen an einem Tisch, wir hatten alle ordentlich getrunken. Ich weiß nicht, wie das Gespräch auf ihn gekommen ist, der Mann arbeitet seit Jahren nicht mehr hier, aber er muss so was von toll gewesen sein, die schwärmen immer noch alle von ihm wie die verliebten Teenager. Vielleicht waren die damals alle scharf auf ihn“, kicherte sie, während Amaryllis sich fragte, warum bei diesem Fall so viele Zeugen offenbar ein Problem damit hatten, einfach zu sagen, was sie wussten.

„Frau Seitmann, die Sekretärin vom Chef, wurde auf einmal ganz ernst und meinte etwas in der Richtung, dass es so eine Gemeinheit gewesen sei, was diese Schlampe einem so wunderbaren Mann angetan habe. Wie Sie sich vorstellen können, wurde ich sofort hellhörig. Ich kann es nicht verleugnen, dass ich ganz gerne ein bisschen Büroklatsch höre, was leider bei meiner Position hier selten der Fall ist. Die anderen haben nur genickt und dann haben sie über etwas anderes gesprochen. Die Sache hat mir keine Ruhe gelassen. Also habe ich an einem der nächsten Tage eine Kollegin gefragt, was es mit der Geschichte auf sich habe. Die hat lediglich den Kopf geschüttelt und meinte, das sei eine ganz blöde Sache gewesen damals. Eine relativ neue Kollegin habe behauptet, Gunnar Thomasson habe sie auf der Weihnachtsfeier begrapscht und sie vergewaltigen wollen. Natürlich hat ihr niemand geglaubt, der Mann gilt bei den anderen als unfehlbar. Das Ende vom Lied war, dass die Frau nach ein paar Monaten gekündigt hat, weil die anderen sie geschnitten und ihr das Leben schwer gemacht haben."

Carlotta Wagner sah Amaryllis erwartungsvoll an, die kurz überlegen musste, was sie aus dieser Geschichte machen sollte. Es war gut möglich, dass die Zeugin sich nur wichtigmachen wollte, andererseits passte die Geschichte zu dem ganzen Fall. Sie musste an die Schwiegertochter von Gunnar Thomasson denken, die mit ihrer Vermutung, dass ihr Schwiegervater seinen eigenen Sohn kaltblütig ermordet hatte, nicht zur Polizei gegangen war, da sie überzeugt war, niemand würde ihr glauben. Die Angestellte hatte etwas gegen Gunnar Thomasson vorgebracht und ihr war genau das passiert, wovor Lara

Baumeister Angst hatte. Wilhelm Günther war offenbar sogar so von der Unschuld seines ehemaligen Untergebenen überzeugt, dass er ausgesagt hatte, es habe nie eine Beschwerde über den Mann gegeben.

„Wissen Sie, wie die Frau heißt?“

„Mit Vornamen hieß sie Sascha oder Sonja, glaube ich. Mehr weiß ich leider nicht. Vielleicht kriegen Sie den Namen über die Personalabteilung irgendwie raus.“

„Vielen Dank. Sie haben uns sehr geholfen.“

Amaryllis schüttelte automatisch die Hand der Frau, obwohl sie in Gedanken ganz woanders war. Sie überlegte, ob sie sofort zur Personalabteilung gehen sollte, um der Geschichte auf den Grund zu gehen, oder ob sie die Zeit lieber in die aktive Suche nach Gunnar Thomasson investieren sollte. Ein Jahre zurückliegender Fall möglicher sexueller Belästigung war wichtig, aber er würde sich, falls er sich bestätigte, nur in eine ganze Reihe von Gräueltaten, die der Mann verbrochen hatte, einreihen.

Amaryllis holte ihr Handy aus der Tasche und rief im Büro an, um die Suche nach der Angestellten, die behauptet hatte, auf einer Weihnachtsfeier von Gunnar Thomasson unsittlich berührt worden zu sein, an einen Kollegen zu delegieren, auch wenn sie nur ungern Arbeit abgab.

„Und wo ich gerade dabei bin, könntest du mir bitte die Akten von allen vermissten Frauen der vergangenen zehn Jahre aus Berlin und Brandenburg heraussuchen und auf meinen Schreibtisch legen lassen“, bat sie Pamela Hellwig, nachdem sie der Sekretärin die Informationen über den Betrieb, in dem Gunnar Thomasson gearbeitet hatte, durchgegeben hatte.

„Amaryllis", stöhnte Pamela Hellwig. „Willst du bei dem herrlichen Wetter heute Abend wirklich alte Vermisstenfälle durchgehen?"

„Ja, ich habe sonst keine Hobbys", konterte Amaryllis, die wusste, dass es Pamela Hellwig herzlich egal war, wie die Kommissarin ihre Abende verbrachte, die Sekretärin wollte schlicht selber zeitig nach Hause gehen.

„Ist gut", lenkte Pamela Hellwig ein. „Ich lasse die Akten raussuchen und bevor du nachfragst, ja, die Überwachung des Hauses eures Verdächtigen ist angeordnet und hat bereits begonnen."

„Super! Vielen Dank, du bist ein Schatz", sagte Amaryllis, obwohl sie lieber „geht doch" geantwortet hätte, aber es würde ihr für die Zukunft wenig nützen, sich mit der Sekretärin der Mordkommission anzulegen.

Sie wollte das Handy gerade zurückstecken, als es klingelte und sie eine wohlbekannte Nummer auf dem Display sah.

19.

Sie schreckte verwirrt hoch. Was war das gewesen? Das Geräusch schien von der Stahltür gekommen zu sein. Ihr Verlies war wie immer so dunkel, dass sie die Umrisse der wenigen Möbel im Raum nicht erkennen konnte. Sie horchte in die Dunkelheit hinein, ob das Geräusch noch mal erklang. Doch es war wieder so still, dass sie das Gefühl hatte, ihr eigenes Blut durch ihre Adern fließen hören zu können. Vielleicht hatte sie alles nur geträumt.

Sie verbrachte den Großteil ihrer Zeit in einer Art Dämmerzustand, fast wie ein Tier im Winterschlaf. Ihr Körper und ihr Geist hatten sich daran gewöhnt, nichts zu tun.

Sie knipste eine der Taschenlampen an und warf einen schnellen Blick durch ihr Gefängnis. Alles wirkte wie immer. Viel zu sehen gab es sowieso nicht.

Auf der einen Seite stand ein Tisch, darauf ein paar leere oder halb volle Wasserflaschen und ein Plastikteller. Vor dem Tisch stand ein klappriger Stuhl. Auf der anderen Seite des Raumes war ein Vorhang, dahinter befanden sich eine chemische Toilette und ein Eimer mit Wasser, mit dem sie sich waschen konnte. Zwei durchgescheuerte, dreckige Handtücher lagen in

Ermanglung eines Handtuchhalters auf der Erde neben dem Eimer.

Ein- oder wenn sie Glück hatte zweimal pro Woche kam er, reinigte die Toilette und wechselte das Wasser in dem Eimer. Er nahm einen Kasten aus der Toilette und den Eimer mit nach draußen, sie vermutete deswegen, dass es in der Nähe fließendes Wasser geben musste. Die Vorstellung, einen Wasserhahn aufzudrehen, sich schnell zwischendurch die Hände zu waschen, hatte für sie mittlerweile etwas fast Absonderliches bekommen. War es wirklich möglich, dass sie sich in der Freiheit täglich mehrfach die Hände mit frischem Wasser gewaschen hatte?

Natürlich wusch sie sich täglich mit dem Wasser aus dem Eimer – um sich ein wenig Würde zu bewahren. Nicht, um sich zu säubern. Sie konnte sich nicht vorstellen, beschmutzt von ihm und seiner Gier wie sie war, jemals wieder „sauber" zu sein.

Auf der Erde neben dem Vorhang stapelten sich Tageszeitungen. Es hatte lange gedauert, bis sie verstanden hatte, dass er ihr die Zeitungen nicht aus Mitleid oder weil er ein Minimum an Menschlichkeit besaß, gab. Er gab sie ihr, um ihr Leid zu erhöhen. Er hatte schnell gemerkt, wie sehr es sie quälte zu wissen, was in der Welt da draußen passierte, einer Welt, die sie nie wieder sehen würde.

Sie stand auf, um auf die Toilette zu gehen. Ihre Füße fühlten sich kalt auf dem Steinboden an. Sie konnte nur langsam gehen, ihre Beine schmerzten bei der geringsten Anstrengung, so wenig Bewegung hatte sie in dem kleinen Raum. Plötzlich hielt sie inne. Irgendetwas war merkwürdig. Nur was? Sie horchte, konnte aber nichts hören. Das Geräusch, von dem sie aufgewacht war, wiederholte sich nicht. Vielleicht war es ein Schrei der anderen Frau gewesen. Sie schüttelte den Kopf. Nein, die Schreie klangen immer unendlich weit weg, wenn sie überhaupt zu hören waren. Etwas war anders heute. Nur was? Sofort beschlich sie ein furchtbares Gefühl. Veränderung war selten etwas Gutes, wenn man eingesperrt war.

20.

Benita Hüther trug einen weißen Kittel, Handschuhe und einen Mundschutz, sie hatte das Klopfen von Amaryllis offensichtlich nicht gehört, da sie konzentriert an dem Obduktionstisch stand und auch nicht aufschaute, als die Kommissarin den Raum betrat. Falk von Heeren stand am Ende des Tisches und gab seiner Kollegin ein Zeichen, sich neben ihn zu stellen.

„Sieht ganz so aus, als hätte Benita mit ihrer Vermutung, die Frau habe in Gefangenschaft ein Kind geboren, ins Schwarze getroffen", sagte er leise.

Amaryllis blickte auf den Tisch und konnte zwischen den Instrumenten, welche die Gerichtsmedizinerin benutzte, ein paar winzige Knochen entdecken.

Sie sah Falk fragend an, der mit dem Kopf schüttelte. „Sie hat noch nichts gesagt. Ich habe dich wohl zu früh angerufen."

Als hätte sie auf ein Zeichen gewartet, sah Benita von ihrer Tätigkeit auf, streckte sich, zog den Mundschutz ab und ihre Handschuhe aus.

„Viel Neues kann ich euch nicht berichten. Ich habe eine ganze Reihe Tests gemacht, die meisten Proben müssen aber zunächst im Labor untersucht werden, die Resultate werden zum Teil frühestens in ein paar Wochen vorliegen."

Sie zog ihren Kittel aus und ging in Richtung Tür. „Lasst uns in mein Büro gehen, ich habe genug von hier unten. Ich hasse es, wenn es Kinder sind."

„Geht schon mal vor, ich hole den Kaffee", erklärte Falk und die beiden Frauen nickten stumm.

Wenig später saßen die beiden Kommissare vor Benitas Schreibtisch, die Gerichtsmedizinerin selber stand mit einem Becher Kaffee in der Hand am Fenster und schaute nachdenklich hinaus. Trotz des strahlenden Sonnenscheins war die gedrückte Stimmung im Büro spürbar und die Anwesenden hingen ihren Gedanken nach. Es war Benita, die schließlich zu sprechen begann.

„Ich befürchte, der Fund der Babyleiche auf dem Grundstück des Verdächtigen wird uns nicht viel weiterbringen. Ich habe die entsprechenden Gentests veranlasst und es würde mich sehr wundern, wenn nicht Gunnar Thomasson als Vater und Sofia Richert als Mutter dabei herauskommen. Viel mehr wird die Untersuchung der Leiche kaum ergeben. Dafür ist das Kind zu lange tot und die Überreste zu schlecht erhalten. Es wurde kein komplettes Skelett gefunden, ein paar Knochen fehlen, gut möglich, dass ein Tier, ein Fuchs vielleicht, die Stelle gefunden und die Knochen ausgegraben hat."

„Wie lange lag die Leiche dort begraben?", fragte Amaryllis.

„Schwer zu sagen, mindestens drei, höchstens fünf Jahre, vielleicht etwas länger. Wenn wir davon ausgehen, dass Sofia Richert direkt nachdem sie entführt wurde, schwanger geworden ist, sollten fünf bis fünfeinhalb Jahre die maximale Zeit sein, welche die Leiche dort gelegen haben kann. Weniger als drei Jahre sind unwahrscheinlich, dann hätten wir mehr Haut- oder Haarreste gefunden.“

„Das klingt, als würdest du davon ausgehen, dass das Baby bei der Geburt oder direkt danach gestorben ist?“, fragte Falk.

„Ja, allerdings kann ich nicht mit Gewissheit sagen, ob das Baby überhaupt lebensfähig war, als es auf die Welt gekommen ist. Vielleicht ist es deutlich zu früh geboren worden, wundern würde es mich unter den gegebenen Umständen nicht.“

Benita zuckte mit den Schultern und sah wieder aus dem Fenster. „Was mich wahnsinnig macht, ist, dass wir mit an Sicherheit grenzender Wahrscheinlichkeit die Todesursache nicht mehr herausbekommen werden. Dafür gibt es zu viele Möglichkeiten und die Leiche ist, wie gesagt, in einem zu schlechten Zustand. Ich hätte diesem Scheißkerl zu gerne einen Mord nachgewiesen!“

„Du sprichst mir aus der Seele“, stimmte Falk ihr zu. „Ich weiß, dass man als Polizist so etwas nicht sagen darf, aber ich würde diesem Mistkerl gerne jeden ungeklärten Mord in Berlin in die Schuhe schieben, damit er für den Rest seines Lebens weggesperrt wird! Was für ein Widerling muss man sein, um nach außen den perfekten Nachbarn und Kollegen zu geben und dann nach Hause zu fahren und im Keller eine Frau zu quälen!“

„Womit du eins unserer Hauptprobleme ansprichst“, sagte Amaryllis. „Wir haben nicht die geringste Ahnung, wo der Mann sein Opfer gefangen gehalten hat. Laut Nachbarn war er nie über Nacht weg, oder zumindest stand sein Auto immer da und tagsüber war er wohl ebenfalls meist zu Hause. Lässt irgendwie darauf schließen, dass er die Frau irgendwo in seinem Haus gefangen gehalten haben muss, oder? Aber wo? Wir haben alles abgesucht und nichts gefunden. Keinen versteckten Raum, nicht mal einen Hohlraum, der auf einen Gang oder Ähnliches dahinter schließen lassen könnte. Der Hund hat nirgendwo angeschlagen, außer an der Stelle, wo die Leiche des Babys lag."

„Vielleicht hat er das Auto nur zum Schein vor der Tür stehen lassen und ist zu Fuß gelaufen oder mit den öffentlichen Verkehrsmitteln zu seinem Versteck gefahren. Wäre doch die perfekte Tarnung. Es sieht so aus, als wäre er immer zu Hause, in Wirklichkeit lebt er seine kranken Fantasien irgendwo anders an einem wehrlosen Opfer aus", schlug Benita vor.

„Das wäre eine Erklärung", man konnte bereits an Amaryllis' Stimme hören, dass sie nicht wirklich an diese Möglichkeit glaubte. „Aber es wäre sehr riskant, eine lebende Person über einen längeren Zeitraum irgendwo unbeobachtet gefangen zu halten. Er hätte in dem Fall keine Kontrolle gehabt, ob sie sich in seiner Abwesenheit befreit oder jemand sie findet."

„Bliebe ein Versteck im Wald hinter dem Haus", sagte Falk nachdenklich. „Eine alte Hütte oder Ähnliches, wo selten bis nie jemand vorbeikommt. Wobei die Möglichkeit, dass sein Spielzeug es schafft, sich während seiner Abwesenheit selber zu befreien, damit weiter besteht. Normalerweise sollte man annehmen, dass ein Täter sein Opfer immer unter Kontrolle haben will und es in seiner unmittelbaren Nähe versteckt. Aber an diesem Fall ist bislang wenig normal, daher würde ich nicht ausschließen wollen, dass er ein anderes Versteck gesucht und gefunden hat."

„Was ist eigentlich mit Dr. Sonsalla, unserem allseits beliebten Psychologen?", fragte Benita. „Könnte der nicht anhand der Informationen über Gunnar Thomasson ein Täterprofil erstellen und Hinweise geben, wo er die Opfer versteckt haben könnte?"

„Urlaub. Wie immer", antwortete Falk brummig, der den Polizeipsychologen verabscheute und für unfähig hielt.

„Gibt es keinen Ersatz?", fragte Benita nach.

„Doch, einen Dr. Stief, der hat aber die Sommergrippe. Und den Ersatz für den Ersatz hat die Personalabteilung vergessen", brummte Falk schlecht gelaunt weiter.

„Dr. Sonsalla müsste diese Woche aus dem Urlaub zurückkommen, ich werde nachschauen, wann", sagte Amaryllis. „Da wir im Nebel stochern, könnte jede noch so kleine Erleuchtung Bewegung in unseren Fall bringen."

Falk schnaubte verächtlich, sagte aber nichts.

„Bleibt die Frage: Wo ist das Versteck und wo ist Gunnar Thomasson?", kehrte Amaryllis zum Thema zurück.

„Du hast noch etwas vergessen: Warum hat Thomasson die Leiche von Sofia Richert im Wald abgelegt und ist untergetaucht? Wenn er unbemerkt eine Babyleiche auf seinem eigenen Grundstück verscharrt hat, wäre es für ihn wahrscheinlich ein Leichtes gewesen, auch die Leiche einer Frau dort zu verstecken", gab Falk zu bedenken. „Er muss gewusst haben, dass sein kleines Geheimnis nicht länger sicher ist! Aber warum ist es nicht mehr sicher? Wir sind nicht die schlechtesten Kommissare der Welt und finden trotzdem kein Indiz und keine Spur." Falk zog eine Grimasse.

Benita zuckte entschuldigend mit den Achseln. „Ich befürchte, ich kann euch diesmal nicht viel weiterhelfen. Ich bleibe natürlich dran und werde euch über die Laborergebnisse von Sofia Richert und dem Baby auf dem Laufenden halten, aber ich sehe nicht, wie euch das bei der Suche nach dem Täter helfen könnte."

„Wir befragen die Nachbarn noch mal nach den Gewohnheiten unseres Verdächtigen, vielleicht ist er in der

Zwischenzeit gesehen worden. Das Haus wird zwar überwacht, aber wir haben oft genug erlebt, dass ein Verdächtiger direkt am Überwachungsfahrzeug vorbeimarschiert ist. Außerdem fordern wir einen Mantrailer an und sehen, ob der im Grunewald an der Fundstelle von Sofia Richert die Fährte von Gunnar Thomasson aufnehmen kann. Und wir intensivieren die Suche nach seinem Auto. Eine Kollegin ist damit beauftragt, die Frau zu finden, die Thomasson angeblich bei der Weihnachtsfeier seiner früheren Firma belästigt hat, vielleicht kann sie uns weiterhelfen. Wenn wir jeden Stein umdrehen, werden wir unter irgendeinem eine Spur finden", erklärte Amaryllis entschlossen.

Sie verspürte genau wie ihre Kollegen ein gewisses Gefühl der Ohnmacht. Der Hauptverdächtige schien wie vom Erdboden verschluckt zu sein, während immer mehr Details über sein Doppelleben zutage kamen. Was, wenn der Mann sich längst nach Südamerika abgesetzt hatte? In dem Fall hatten sie bereits zu viel Zeit verloren und würden ihn nicht zur Rechenschaft ziehen können, außer er war dumm genug nach Deutschland zurückzukehren.

21.

Amaryllis hatte an diesem Abend, nachdem sie aus dem Büro nach Hause gefahren war, einige Zeit auf ihrer Terrasse gesessen und war jede Seite der Akte von Sofia Richert nochmals durchgegangen, ohne etwas zu finden.

„Irgendeinen Fehler muss er gemacht haben", murmelte sie zu sich selber.

Solange niemand geahnt hatte, dass Gunnar Thomasson eine Frau entführt und diese versteckt hatte, war es für Nachbarn und Bekannte einfach gewesen, Zeichen zu übersehen. Aber jetzt, wo die Polizei mit Hochdruck nach dem Mann suchte, musste es irgendwo eine Spur geben, musste er von jemandem gesehen worden sein. Oder sollte der Mann tatsächlich das perfekte Verbrechen verübt haben, das niemals aufgeklärt werden würde?

Perfektionistin, die sie war, verspürte die Kommissarin, wie ihre Laune sich in Anbetracht der drohenden Niederlage der Mordkommission verschlechterte. Sie hasste nichts mehr, als einen Fall ungelöst zu den Akten zu legen und obwohl es noch nicht so weit war, konnte sie nicht länger ausschließen, dass

Gunnar Thomasson seine Taten perfekt verschleiert hatte und die Polizei machtlos sein würde.

Amaryllis beschloss, einen Spaziergang um den Grunewaldsee zu machen. Der Trubel, der dort, obwohl es Abend war, herrschen würde, konnte ihr nur guttun und sie von ihren düsteren Gedanken ablenken.

Sie verschloss die Terrassentür und ging los. Schon von Weitem war Hundegebell zu hören und kurz entschlossen verließ Amaryllis den breiten Waldweg, auf dem sie lief, und ging hinunter ans Wasser. Die Luft war immer noch warm, fast heiß, aber endlich wehte ein leichter Wind. Sie spürte, wie die frische Luft ihr guttat.

Die Kommissarin setzte sich auf einen im Sand liegenden Baumstamm und betrachtete zwei braune Labradore, die miteinander im Wasser tollten. Für einen Moment verspürte sie ein Gefühl innerer Ruhe, dann merkte sie, wie ihre Gedanken wieder zu Gunnar Thomasson und der Frage, wo ihr Hauptverdächtiger sich aufhalten könnte, abdrifteten.

„Ich wusste gar nicht, dass Sie einen Hund haben", schreckte eine Stimme Amaryllis aus ihren Gedanken auf.

Sie drehte sich um und war wenig erfreut, ausgerechnet Nicolas Kretschmann hinter sich stehen zu sehen.

„Habe ich auch nicht", sagte sie höflich und verzichtete bewusst auf eine Begrüßung oder Erklärung für ihren Aufenthalt im Hundeauslaufgebiet ohne Hund.

Der Diensthundeführer war der letzte Mensch, den sie an diesem Tag sehen wollte. Sie hatte ihm den Kommentar über ihr Aussehen und Auftreten vom Morgen noch nicht verziehen. Otto, dessen Fell darauf schließen ließ, dass er bereits ein Bad im See genommen hatte, lief auf Amaryllis zu und drückte seinen nassen Körper eng an sie.

„Otto!“, sagte der Diensthundeführer mit vorwurfsvoller Stimme. „Sei nicht immer so aufdringlich!“

Er lächelte Amaryllis entschuldigend an, die ungewollt entdeckte, dass ihr Gegenüber zwei äußert attraktive Grübchen hatte.

„Otto hat so eine ganz besondere Art, Menschen klarzumachen, dass er gestreichelt werden möchte. Tut mir leid, Ihre Anziehsachen brauchen jetzt wohl eine 60-Grad-Wäsche.“

Amaryllis streichelte Otto über den Kopf, der ihr im Gegenzug dankbar die Hand ableckte.

„Streichelt Herrchen dich gar nicht? Du armer Hund!“, sagte sie gerade so laut, dass Nicolas Kretschmann es hören konnte. „Zu fressen bekommst du bestimmt auch nicht genug, hm, du armes Tier?“

Nicolas lachte. „Genau, und Ausgang hat er nur einmal im Jahr und das ist heute. Ein Fall für den Tierschutz oder die Polizei, dieses Hundeleben. Zu blöd, dass Herrchen bei der Polizei arbeitet und bestimmt seine Beziehungen spielen lassen wird, damit er nicht wegen Tierquälerei in den Knast kommt.“

„Das hat Herrchen raffiniert eingefädelt. Aber keine Sorge, Otto, du kennst jetzt mich, wir kriegen Herrchen schon dran, ich bin unbestechlich“, sagte Amaryllis, während sie den Hund weiter streichelte.

Obwohl sich die Unterhaltung um ihn drehte, schien Otto das Geplänkel nicht weiter zu interessieren und er lief zurück ins Wasser. Nicolas Kretschmann setzte sich zu Amaryllis auf den Baumstamm.

„Es gibt wenig Leute, die freiwillig ohne Hund zum Hundestrand gehen“, sagte er und musterte Amaryllis. „Hätte ich von Ihnen nicht gedacht, um ehrlich zu sein.“

„Ich mag Hunde“, sagte Amaryllis knapp.

Sie verspürte keinerlei Bedürfnis, dem Mann auf die Nase zu binden, dass sie ein paar Hundert Meter entfernt in einer noblen Villa in bester Berliner Lage wohnte, da dies sämtliche Geschichten, die er über die „berühmte Amaryllis Winter" bereits gehört hatte, nur unterstreichen konnte.

„Der Satz von heute Morgen tut mir leid", sagte der Diensthundeführer plötzlich. „Eigentlich gebe ich wenig darauf, was andere Leute mir erzählen, aber wenn man so oft von der unterkühlten, eleganten und dazu noch ausgesprochen gut aussehenden Kommissarin aus New York hört, und dann steht tatsächlich eine bildschöne, coole Frau vor einem, da kann einem schon mal ein blöder Spruch rausrutschen."

Er lächelte Amaryllis entschuldigend an und sie hatte das Gefühl, dass er tatsächlich meinte, was er sagte.

„Ich werde nie verstehen, warum es in Berlin so ein großes Ding ist, dass ich nicht in Lumpen gehüllt zum Job erscheine und mit jedem sofort plaudere, als wären wir beste Freunde", seufzte Amaryllis.

„New York nicht vergessen und den mondänen Hintergrund der Diplomatenfamilie, das ist für einen Berliner, der nie über den Tellerrand seines Kiezes hinausgeschaut hat, schon eine Menge an beängstigend aufregender Lebensgestaltung", lachte ihr Kollege. „Und während Ihr Vater bereits als Diplomat durch die Weltgeschichte gereist ist, waren die Menschen hier noch durch eine Mauer voneinander getrennt."

„Können wir einfach über etwas anderes sprechen?", fragte Amaryllis. „Ich bin seit drei Jahren in Berlin und eigentlich sollten die Leute sich an mich gewöhnt und vergessen haben, dass ich jemals woanders gewohnt habe. Diese Stadt ist doch voller Zugereister."

Otto kam schwanzwedelnd auf sein Herrchen zugerannt und ließ einen Stock, den er im Maul gehalten hatte, vor ihm in den Sand fallen. Erwartungsvoll blickte er Nicolas Kretschmann an, der den Stock nahm und weit ins Wasser schleuderte.

„In seinem vorherigen Leben war Otto eindeutig ein Karpfen", kommentierte sein Besitzer lächelnd.

„Wie lange haben Sie Otto schon?", fragte Amaryllis.

„Er wird bald fünf Jahre und fast genauso lange sind wir ein Team. Er ist bei mir eingezogen, als er drei Monate alt war. Wir haben schon einiges zusammen erlebt, beruflich und privat. Otto hat nicht nur eine hervorragende Spürnase, er ist auch ein ausgezeichneter Psychologe und hat mir unter anderem über meine Scheidung hinweggeholfen."

„Muss nett sein, wenn der Kollege immer machen muss, was man ihm sagt", stellte Amaryllis fest und ignorierte die Bemerkung über die Scheidung bewusst.

„Wieso? Ist Falk nicht folgsam genug?", lachte Nicolas.

„Nein, leider folgt er gar nicht! Davon abgesehen, dass er weder ‚Sitz' noch ‚Platz' vernünftig gelernt hat, hört er nur in Ausnahmefällen auf mich."

„Vielleicht sollten Sie mit ihm in die Hundeschule gehen?", schlug Nicolas vor.

Amaryllis musste bei der Vorstellung, wie sie mit Falk an der Leine in einer Hundeschule auftauchte und den Trainern erklärte, ihr Kollege höre leider nicht auf sie, laut lachen.

„Fantastische Idee", sagte sie schließlich. „Ich fände es allerdings zuträglich, wenn dieser Vorschlag von Ihnen als Spezialist käme, dann ist Falk dem Ganzen gegenüber bestimmt deutlich offener eingestellt."

Sie stand auf und klopfte sich etwas Sand von der Hose.

„Ich denke, ich sollte jetzt nach Hause gehen, morgen wird ein langer Tag, trotz Ottos guter Nase haben wir heute leider keinen Fortschritt im Fall Thomasson gemacht."

„Ich begleite Sie ein Stück", sagte Nicolas Kretschmann und pfiff kurz. Es dauerte nur wenige Sekunden und Otto tauchte neben ihm auf.

„Komm, Dicker", sagte der Hundeführer liebevoll zu seinem Hund. „Wir begleiten die Dame ein Stück und dann wird es auch für uns Zeit, nach Hause zu gehen."

„Eigentlich könnten wir uns duzen, oder?", sagte er an Amaryllis gewandt. „Otto findet diese Siezerei sehr blöd."

„Na, in dem Fall duzen wir uns natürlich", stimmte Amaryllis lächelnd zu. „Wobei, Otto und ich uns schon die ganze Zeit geduzt haben."

22.

Sie dachte an den Tag, als er sie geholt hatte. Wenn sie geahnt hätte, dass es das letzte Mal sein würde, dass sie ihre Familie sah. Wie lächerlich ihre einstigen Sorgen, dass sie niemals ein eigenes Kind haben würde, von einer Sekunde auf die andere geworden waren. Sie wusste jetzt, wie es war, gar nichts zu haben. Kein Kind, keine Familie, keine Besitztümer, keine Liebe, kein Leben.

Sie hatte den Moment, als alles um sie herum schwarz geworden war, während ihrer Gefangenschaft immer und immer wieder durchlebt. Er verfolgte sie bis in ihre Träume, ließ sie aus ihren Dämmerzuständen hochfahren.

„Das passiert nicht wirklich. Es ist nicht schlimm."

Es waren die ersten Gedanken gewesen, die sie gehabt hatte, als sie spürte, wie die Beine unter ihrem Körper nachgaben. Es waren auch die ersten Gedanken, die sie hatte, als sie in ihrem kleinen fensterlosen Verlies aufgewacht war.

„Das passiert nicht wirklich. Es ist nicht schlimm."

Sie hatte sich an diese Gedanken geklammert, bis er sie das erste Mal vergewaltigt hatte. Dann war ein neuer Gedanke hinzugekommen.

„Das passiert nicht wirklich. Es ist nicht schlimm. Sie werden dich bald finden."

Aber niemand hatte sie gefunden. Irgendwann hatte sie aufgehört, die Stunden und Tage mithilfe der Armbanduhr, die er ihr gelassen hatte, zu zählen. Eine Zeit lang hatte sie nicht mehr gewusst, ob es „draußen" Tag oder Nacht war.

Schließlich hatte sie angefangen, sich mit ihrem Leben in Gefangenschaft abzufinden. Sie hatte sich Routinen geschaffen, um die endlosen Stunden zu überstehen. Sie hatte ihn sogar um einen Putzlappen und Reinigungsmittel gebeten, um wenigstens den gröbsten Dreck aus ihrem Kerker zu verbannen.

Zu ihrem Erstaunen hatte er ihr die Sachen am nächsten Tag mitgebracht. In der Papiertüte, die er ihr grinsend überreicht hatte, waren außerdem ein Deodorant, Seife und Unterwäsche gewesen. Einen kurzen Moment lang hatte sie ein Gefühl von Dankbarkeit verspürt und das in der „normalen" Welt übliche „Danke schön" hatte ihr auf den Lippen gelegen. Doch wofür sollte sie diesem Monster danken? Dass er es ihr ermöglichte, sich und ihre Umgebung zu reinigen?

Es war ihr bald klar geworden, dass er ihr die Dinge nicht mitgebracht hatte, weil er ihr etwas Gutes tun wollte. Es war ihm wichtig, dass seine Gefangene nicht stank, wenn er über sie herfiel. Ein paar Tage lang hatte sie sich in einem lächerlichen Anfall von Auflehnung nicht gewaschen und die Unterwäsche nicht gewechselt. Er hatte nichts dazu gesagt, wahrscheinlich weil er wusste, dass sie nicht lange durchhalten würde. Und tatsächlich, es hatte gerade eine Woche gedauert, bis sie begonnen hatte, sich vor sich selbst zu ekeln. Von dem Tag an hatte sie die Seife, die neue billige Unterwäsche, Kleidung, Bettlaken und Handtücher, die er alle paar Wochen im Discounter für sie kaufte, wortlos genommen. Irgendwann hatte sie sogar gelernt, den Hohn in seinen Augen, wenn er ihr die Sachen gab, zu ignorieren.

Tag 7

(Donnerstag)

23.

Amaryllis drücke die Klingel unter dem eleganten Namensschild und eine Art Gongschlag ertönte aus dem Inneren. Nachdem sie vergeblich bei Heidemarie Wittig geklingelt hatte, war sie zu dem einzigen Neubau in der Straße, in der Gunnar Thomasson lebte, gegangen, um dessen Bewohner zu befragen.

Sie fragte sich gerade, wo Frau Wittig um kurz vor neun Uhr am Morgen wohl sein könnte oder ob die alte Dame vielleicht noch geschlafen hatte, als eine streng aussehende Frau, die eine weiße Schürze und ein gestreiftes Kittelkleid trug, ihr öffnete.

„Guten Tag“, sagte die Frau höflich, während sie Amaryllis ungeniert musterte. „Kann ich Ihnen helfen? Haben Sie einen Termin?“““

„Guten Tag“, grüßte Amaryllis zurück und unterdrückte den Wunsch, die Frau mit einem ebenso ungenierten Zurückstarren auf ihr Verhalten hinzuweisen.

„Winter, mein Name, von der Berliner Mordkommission. Es geht um Herrn Gunnar Thomasson, der Herr lebt hier in der Straße Ich würde Ihnen gerne einige Fragen stellen. Darf ich hereinkommen?“

Die Frau, die eine Art Haushälterin zu sein schien, überlegte einen Augenblick, trat schließlich zur Seite und bat die Kommissarin in das Haus hinein.

„Ich sage Frau Heimlich Bescheid, nehmen Sie bitte im Wohnzimmer Platz.“

Sie führte Amaryllis in einen großzügigen Raum mit riesigen Fenstern, die den Blick in einen modern angelegten Garten mit Wasserspiel freigaben.

„Darf ich Ihnen einen Kaffee anbieten?“, fragte die Hausangestellte höflich und Amaryllis nickte.

Einige Minuten später kam sie mit einem kleinen Silbertablett, auf dem eine Kaffeetasse, ein Milchkännchen und eine Zuckerdose standen, zurück in den Raum. Eine weitere schlanke fast hagere Frau, deren Alter schwer zu schätzen war, da ihr Gesicht unter einer dicken Schicht Schminke fast verschwand, folgte ihr. Amaryllis nahm an, dass es sich um die Hausherrin, Frau Heimlich, handeln musste. Sie trug einen dunkelgrauen Hosenanzug mit einer weißen Bluse darunter und gefährlich hohe Pumps. An ihrem Arm war unschwer eine protzige Rolex-Uhr zu erkennen. Ihre tiefschwarzen Haare, von denen Amaryllis vermutete, dass sie gefärbt sein mussten, trug sie zu einem lockeren Knoten, der fast im Nacken saß, zusammengebunden.

„Guten Tag, Charlotte Heimlich“, stellte sie sich vor und streckte Amaryllis ihre Hand entgegen. „Das wäre alles, Elisabeth.“ Sie nickte ihrer Angestellten freundlich zu und diese schloss im Hinausgehen die Tür hinter sich.

„Entschuldigen Sie, Sie müssen mich für einen fürchterlichen Snob halten, aber es ist Elisabeth nicht auszutreiben, dass sie nicht mehr in einem Adelshaushalt beschäftigt ist“, erklärte Frau Heimlich. „Sie hat früher in

Hannover für irgendeinen Cousin 3000sten Grades der Welfenfamilie gearbeitet. Nach dessen Tod ist sie mit ihrem Mann nach Berlin gezogen und hat bei uns als Haushälterin angefangen. Sie arbeitet drei Tage in der Woche und ist eine wahre Perle, aber wenn Besuch kommt, dreht sie auf und tut, als wären wir das britische Königshaus."

Die Frau lachte und war Amaryllis trotz ihrer übertriebenen Aufmachung, die eigentlich perfekt mit dem Auftreten ihrer Haushälterin harmonierte, plötzlich sympathisch.

„Oh, und Elisabeth ist natürlich legal bei uns angestellt", fügte Charlotte Heimlich plötzlich an. „Nicht, dass Sie denken, sie würde schwarz bei uns arbeiten. So etwas würden wir nie unterstützen."

„Sehr gut", erwiderte Amaryllis und konnte sich ein Lächeln nur mit Mühe verkneifen. Wie die meisten Leute zeigte Frau Heimlich eine gewisse Grundnervosität in Gegenwart eines Polizeibeamten. „Ich bin allerdings nicht auf der Suche nach Schwarzarbeitern, sondern habe einige Fragen zu Ihrem Nachbarn Gunnar Thomasson an Sie."

„Ich habe schon die wildesten Geschichten gehört", nickte Frau Heimlich. „Er soll verschwunden und auf seinem Grundstück eine Leiche gefunden worden sein. Bislang wusste ich nicht, wie viel ich davon glauben sollte, da die gute Frau Raumann, unsere Nachbarin, die Hauptquelle der Erzählungen ist und sie neigt ein wenig zur Übertreibung."

„Wir suchen Herrn Thomasson tatsächlich im Rahmen unserer Ermittlungen", antwortete Amaryllis der Frau bewusst vage. Es war ihr immer lieber, wenn die Zeugen, die sie vernahm, so unvoreingenommen wie möglich ihre Aussagen machten. „Können Sie sich erinnern, wann Sie ihn zuletzt gesehen haben?"

Charlotte Heimlich dachte nach und nickte mit dem Kopf. „Zufällig kann ich das. Es war am Donnerstagabend vergangene Woche. Ich weiß das so genau, weil ich Elisabeth an dem Tag ein paar alte Kleidungsstücke von mir geschenkt hatte und sie zur Bushaltestelle gefahren habe. Normalerweise läuft sie, aber mit den schweren Tüten hätte sie das bei der Hitze kaum geschafft. Jedenfalls war ich erstaunt, als ich Herrn Thomasson auf der Straße sah, es war so gegen 18:30 Uhr. Ich könnte schwören, in den rund zwei Jahren, die wir hier wohnen, habe ich den Mann nie später als 17 Uhr aus seinem Haus gehen sehen."

Sie hielt einen kurzen Moment inne und sah Amaryllis besorgt an. „Oh Gott, ich klinge wie Frau Raumann, die beobachtet auch den ganzen Tag die Nachbarn. Aber ich habe eine Ausrede."

Sie lachte erneut ihr sympathisches Lachen und deutete mit ihrer Hand nach oben. „Ich arbeite meistens von zu Hause. Ich bin Anwältin und versuche, nur ein- oder zweimal in der Woche in die Kanzlei zu fahren, um Klienten zu treffen. Den Rest erledige ich per E-Mail oder Telefon. Mein Arbeitszimmer liegt zur Straße hin. Es hat die gleichen riesigen Fenster wie das Wohnzimmer hier unten. Wenn ich an meinem Schreibtisch sitze, bleibt es nicht aus, dass ich immer mal wieder auf die Straße sehe. Da lernt man eine Menge über die Gewohnheiten seiner Nachbarn und Gunnar Thomasson ist ein Gewohnheitstier, so viel kann ich Ihnen versichern."

Amaryllis nahm einen Schluck von ihrem Kaffee und wartete, dass die Frau von allein weitersprach. Charlotte Heimlich tat ihr den Gefallen und berichtete, was sie wusste.

„Herr Thomasson fährt während der Woche jeden Morgen zum Einkaufen. Ich kann zwar nicht für die Tage sprechen, an denen ich in der Stadt im Büro war, aber da ich an unterschiedlichen Tagen von zu Hause aus arbeite, habe ich einen guten Überblick über sein Kommen und Gehen. Schlag 10 Uhr kommt er aus dem Haus, steigt in sein Auto und kommt meist eine Stunde später mit ein oder zwei Einkaufstüten wieder. Manchmal ist er länger weg, ich nehme an, er hat in dem Fall etwas zu erledigen gehabt."

Die Frau machte eine effektvolle Pause, um ihren nächsten Worten mehr Wirkung zu verleihen.

„Und das war es!", sagte sie leicht dramatisch. „Nach seinen morgendlichen Einkäufen steht sein Auto vor dem Haus und man sieht ihn höchstens im Garten arbeiten oder er geht zu Frau Wittig rüber. Er bekommt keine Besucher und er scheint außer seinem Haus keine Hobbys zu haben. Nichts. Ein merkwürdiger Mensch, finden Sie nicht? Und doch so hilfsbereit."

„Wissen Sie, wie lange er bei Frau Wittig bleibt?"

„Nein, nicht so genau. Ich versuche, nicht länger als 13:30 Uhr am Schreibtisch zu sitzen. Das klappt zwar nicht immer, aber immer öfter." Die Frau lächelte. „Wir sind hier raus in den Osten gezogen, weil wir unser Leben ‚entschleunigen' wollten, wie das so schön neumodisch heißt. Wir wollten weitab von Restaurants, Geschäften und dem ganzen Konsum sein, so weit auf dem Land, wie es eben geht, ohne dass es eine Ewigkeit dauert, in die Stadt zurückzukommen oder zum Flughafen zu fahren. Deswegen haben wir hier gebaut. Mein Mann ist Unternehmensberater und ständig auf Reisen. Er hat das mit dem Entschleunigen bislang nicht hinbekommen, ich schon. Ich nehme mir die Freiheit, einen lukrativen Fall abzulehnen, damit ich etwas vom Leben habe. Wenn ich nicht in der Kanzlei in Berlin bin, mache ich an den Nachmittagen Sport, gehe in Ausstellungen, treffe mich mit Freundinnen oder lese. Das bedeutet allerdings, dass ich die Nachbarn ab Mittag nicht mehr nonstop im Auge habe." Sie lachte kurz über ihren eigenen Witz.

„Woher wissen Sie dann, dass Herr Thomasson selten oder nie nach 17 Uhr sein Haus verlässt?", fragte Amaryllis leicht irritiert nach, den kleinen Scherz von Frau Heimlich ignorierend.

„Weil ich mich gegen 17 Uhr noch mal an meinen Rechner setze und schaue, ob wichtige E-Mails gekommen sind." Die Frau lächelte entschuldigend. „Meist sitze ich bis 18 oder 18:30 Uhr am Schreibtisch, sonst wird es am nächsten Tag zu viel. Ich weiß, das ist eher Entschleunigen-Light, aber besser als nichts."

„Wenn ich Sie richtig verstehe, heißt das, dass Sie Herrn Thomasson normalerweise nach 17 Uhr nie oder nur selten auf der Straße gesehen haben?", fragte Amaryllis erneut nach.

„Genau das heißt es, deswegen ist es mir in Erinnerung geblieben, als ich ihn am letzten Donnerstag gegen Abend gesehen habe."

Charlotte Heimlich überlegte einen Moment, bevor sie weitersprach. „Außerdem ist mir aufgefallen, dass er nicht gegrüßt hat. Der Mann ist so verschwiegen, als hätte er ein Gelübde abgelegt, aber er grüßt immer freundlich. An diesem Abend ist er grußlos in sein Auto gestiegen und an uns vorbeigefahren. Elisabeth und ich waren beide erstaunt und ich erinnere mich, dass sie gesagt hat: ‚Was ist denn mit dem los? Der ist doch sonst immer so betont höflich.'"

„Seit jenem Donnerstagabend haben Sie ihn nicht mehr gesehen?", fragte Amaryllis und überlegte, dass, wenn die Angaben der Frau stimmten, Gunnar Thomasson sein Opfer wahrscheinlich am Donnerstagabend oder in der Nacht in den Grunewald gebracht hatte. Am Freitagvormittag hatte er dann selber die Polizei zur Fundstelle von Sofia Richert gerufen.

„Nein, ganz sicher nicht. Er war am Freitag weder einkaufen, noch ist er zu Frau Wittig gegangen. Das ist noch nie passiert, so lange wir hier wohnen."

Frau Heimlich sah die Kommissarin erwartungsvoll an. „Dann ist er wirklich verschwunden, so wie die Nachbarn erzählen. Um nicht zu sagen: untergetaucht, da er etwas auf dem Kerbholz hat. Das Gerücht geht um, dass er etwas mit der Frauenleiche, die im Grunewald gefunden wurde, zu tun hat."

Die Polizei hatte der Presse bislang nur den Fund der Toten mitgeteilt, Einzelheiten zu möglichen Tatverdächtigen oder dem Tathergang waren nicht veröffentlicht worden. Amaryllis hatte dennoch eine gute Vorstellung, woher die Information von Frau Heimlich stammte. Entweder hatte die Frau selber oder einer der Nachbarn so lange nachgefragt, bis ein Mitarbeiter der Spurensicherung oder der anderen Teams, die vor Ort gewesen waren, sich verplappert und ein Detail preisgegeben hatte, das unter Verschluss stand. Sie entschied sich, die Äußerung von Frau Heimlich zu ignorieren, für gewöhnlich wagten die Leute es selten, nochmals nachzufragen.

„Was genau Herr Thomasson bei Frau Wittig macht, wissen Sie nicht, nehme ich an?", fragte sie stattdessen und meinte, eine leichte Enttäuschung auf dem Gesicht von Frau Heimlich erkennen zu können, dass sie keine Bestätigung des Gerüchtes erhalten hatte.

„Nein, ich habe keine Ahnung. Ich denke, er wird ihr im Haushalt helfen oder vielleicht kleinere Sachen an dem alten Haus reparieren. Heruntergekommen genug ist der Kasten ja. Er hilft auch den anderen Nachbarn gelegentlich, soweit ich weiß."

„Bei Ihnen im Haus war er aber nie oder hat Ihnen im Garten geholfen?"

„Nein, das Haus ist neu gebaut, da gibt es kaum Reparaturen und wenn, gehen die auf Garantie. Der Garten wird von einem Gärtner in Ordnung gehalten, ich wüsste nicht, wobei uns ein Heimwerker wie Herr Thomasson helfen könnte."

Frau Heimlich zuckte mit den Schultern, bevor sie weitersprach. „Wir haben zu den Nachbarn generell wenig Kontakt, man grüßt sich freundlich auf der Straße, aber wir sind die Neuen, die Wessis, die mit einem modernen Klotz von einem Haus die Landschaft verunstaltet haben, da gibt es Berührungsängste."

Sie zögerte einen Augenblick, als schien sie zu überlegen, ob sie den nächsten Satz sagen sollte. „Ich muss gestehen, dass ich wenig Interesse an den Nachbarschaftsplaudereien habe. Wie bereits gesagt, wir sind hergezogen, um unsere Ruhe zu haben. Ich möchte mich ungern in irgendwelche nachbarschaftlichen Streitereien hineinziehen lassen und die Klatschgeschichten interessieren mich meistens auch nicht."

Amaryllis konnte sich die elegante Frau, die ihr gegenübersaß, in der Tat nur schwer bei Evelyn Raumann beim Kaffeeklatsch auf dem Sofa sitzend vorstellen. Es war mehr als deutlich, dass die beiden Frauen außer der gemeinsamen Nachbarschaft und einer Vorliebe für zu viel Make-up wenig verband. Innerlich graute ihr selber bereits davor, dass sie die geschwätzige Frau Raumann an diesem Tag nochmals befragen musste, aber wenn jemand etwas über Klatsch und Tratsch in der kleinen Straße wusste, dann sie. Dennoch beschloss Amaryllis, zunächst weiter bei Frau Heimlich nachzufragen, die, sofern sie etwas wusste, wahrscheinlich ein objektiveres Bild eventueller Streitigkeiten zwischen den Nachbarn zeichnen würde.

„Was für Streitereien und Klatschgeschichten gibt es denn?"

„Na ja, das Übliche halt. Bei den Raumanns im Garten sieht es aus wie bei den Hottentotten. Die Schmeiers parken immer die Einfahrt der Nachbarn so zu, dass die kaum aus der Garage kommen und so weiter und so weiter. Dummer Kleinkram halt, aber wenn man zu viel Tagesfreizeit hat, bekommen solche Lappalien eine ungeahnte Dimension.“

Charlotte Heimlich klang nun abschätzig, fast arrogant und Amaryllis überlegte, ob ihr erster, positiver Eindruck sie vielleicht getäuscht hatte. Sie konnte sich gut vorstellen, dass die aufgetakelte Anwältin sich in der Nachbarschaft geringer Beliebtheit erfreute und vermutlich selber Gegenstand von Klatschgeschichten war.

„Eine Geschichte gibt es allerdings, die hat schon etwas Substanz, wobei ich mich nicht zu weit aus dem Fenster lehnen möchte, da ich die genauen Hintergründe nicht kenne oder weiß, was wirklich geschehen ist“, fuhr Frau Heimlich plötzlich fort, als Amaryllis bereits nicht mehr damit gerechnet hatte, von ihr noch etwas zu erfahren.

„Und welche Geschichte ist das?“

„Es geht um Frau Wittig. Die alte Dame lebt wohl schon ihr gesamtes Leben hier draußen. Ihr Vater war Bauer, das große Haus, in dem sie wohnt, hat der Großvater um die Jahrhundertwende gebaut. Wenn ich die Geschichte richtig verstanden habe, wurde ihr Vater nach dem Zweiten Weltkrieg im Rahmen der Bodenreform in der DDR enteignet, weil er Ländereien besaß, die über 100 Hektar betrugen. Die Familie stand plötzlich vor dem Nichts, sie wurden vom Hof vertrieben. Für ein paar Wochen sind sie bei Verwandten in Berlin untergekommen, dann hierher zurückgekehrt. Zu dem Zeitpunkt waren das Haus und die zugehörige Landwirtschaft bereits zerschlagen und neu verteilt worden. Ein Mann namens

Wittig wohnte in dem Haus, er hatte zudem einen Teil der Ländereien zugesprochen bekommen.

Wenn die Geschichte stimmt, hat der Vater seine Tochter Heidemarie – unsere Frau Wittig – gezwungen, den neuen Besitzer zu heiraten, damit er wieder in sein eigenes Haus einziehen konnte. Frau Wittig war damals gerade 20, ihr Ehemann schon fast 50 Jahre alt. Eine Liebesheirat sieht sicher anders aus."

Charlotte Heimlich nahm einen Schluck aus ihrer zweifelsohne teuren Kaffeetasse, bevor sie weitersprach.

„Unvorstellbar, so etwas, oder? Aus dem eigenen Haus vertrieben zu werden, nicht etwa, weil man ein Nazi war, sondern weil man zu viel besessen hat. Das Schicksal von Frau Wittig hat mich sehr mitgenommen, als ich es das erste Mal gehört habe. Die Frau muss schrecklich unter ihrem Mann gelitten haben, er soll ein Scheusal gewesen sein. Ein Widerling im privaten Leben und, fast schon ein Klischee, ein Spitzel der Stasi. Wenn die Gerüchte stimmen, hat er alles und jeden verraten beziehungsweise angeschwärzt, der seiner Meinung nach auch nur in die falsche Richtung geschaut hat."

Charlotte Heimlich hielt kurz inne und sagte unvermittelt: „Wie unhöflich ich bin, möchten Sie noch einen Kaffee?"

Amaryllis fiel plötzlich auf, wie durstig sie war. „Ein Glas Wasser wäre wunderbar."

Charlotte Heimlich stand auf, öffnete die Tür und rief mit halblauter Stimme: „Elisabeth, würden Sie uns bitte Wasser und etwas Gebäck bringen. Nein, warten Sie, ein paar Erdbeeren oder was immer wir an frischen Früchten im Kühlschrank haben."

Sie schloss die Tür hinter sich und sagte an die Kommissarin gewandt: „Bei der Hitze tut Obst bestimmt gut."

Sie hatte sich kaum hingesetzt, als ihre Haushaltshilfe mit einem Tablett mit zwei Gläsern, einer Flasche italienischem Mineralwasser und einer Platte mit geschnittenen Früchten in das Wohnzimmer kam. Offenbar gab es im Hause Heimlich einen Vorrat an fertig geschnittenem Obst im Kühlschrank, überlegte Amaryllis, trank dankbar ein Glas Mineralwasser und nahm sich ein Stück Apfel, der tatsächlich eine ausgesprochen erfrischende Wirkung hatte.

„Wo war ich stehen geblieben?", sagte Charlotte Heimlich mehr zu sich selber, während sie ein paar Erdbeeren mit einer kleinen Gabel aufspießte und auf ihren Teller legte.

„Genau, die Stasi-Connection. Der alte Herr Wittig hat den Nachbarn das Leben schwer gemacht und seinen Schwiegervater hat er, wenn die Geschichten stimmen, ausgenutzt bis der im wahrsten Sinne des Wortes tot umgefallen ist. Der Mann, der ungefähr das gleiche Alter wie sein Schwiegersohn gehabt haben dürfte, musste die Felder, die ihm früher gehört haben, quasi im Alleingang bestellen und den ganzen Hof in Ordnung halten. Als Lohn durfte er mit seiner Familie in dem kleinen Nebenhaus wohnen."

Amaryllis unterbrach die Frau. „Das Haus, in dem Gunnar Thomasson wohnt, gehört zu dem Anwesen von Frau Wittig?"

„Zumindest hat es früher dazu gehört. Mitte der 90er-Jahre hat Frau Wittig das Nebenhaus mit dem zugehörigen Grund und Boden verkauft, ich denke mal an die Eltern von Herrn Thomasson. Die Ländereien sind verpachtet, soweit ich weiß. Vielleicht brauchte sie Geld. Vor dem Krieg war das kleinere Haus so eine Art Gesindehaus, wo die Angestellten gelebt haben. Später hat der alte Wittig es großzügig seiner Schwiegerfamilie überlassen, die sich im Gegenzug auf seinen Feldern krumm gemacht hat."

Amaryllis konnte nicht anders, als der Geschichte der Familie Wittig gebannt zuzuhören, obwohl sie Zweifel hatte, dass die Erzählungen sie in irgendeiner Form bei ihren Ermittlungen zum Tod von Sofia Richert weiterbringen würden. Es gab keinen Grund, hier länger Zeit zu verschwenden, ermahnte sie sich, während Frau Heimlich bereits weiter erzählte.

„Dem Hörensagen nach hat der alte Wittig sich nicht nur als Spitzel bei der Stasi, sondern auch bei den Russen angedient und allerlei ‚unangenehme' Aufgaben für sie erledigt. Was immer das heißen mag. Ich habe die Geschichten von der alten Dame, der wir unser Grundstück abgekauft haben. Sie hat das Drama über die Jahre miterlebt und kannte die Familie Wittig sehr gut."

Charlotte Heimlich unterbrach ihre Erzählung und legte sich ein paar Stücke Obst auf ihren Teller. „Jetzt bin ich ins Plaudern gekommen", sagte sie entschuldigend. „Aber die Familien-Saga der Wittigs ist wirklich außergewöhnlich, vor allem das unrühmliche Ende von Franz Josef Wittig."

„Was ist mit dem Mann passiert?", fragte Amaryllis, obwohl sie wusste, dass sie besser mit ihren Ermittlungen fortfahren sollte, anstatt Nachbarschaftstratsch zu lauschen.

Die Anwältin sah die Kommissarin erstaunt an. „Kennen Sie die Geschichte nicht?" Sie zuckte mit den Schultern. „Wenn ich es recht überlege, das Ganze ist so lange her, warum sollten Sie wissen, was damals passiert ist, nur weil Sie fast 30 Jahre später den Nachbarn von Frau Wittig suchen. Der alte Wittig ist vom Bruder seiner Frau erschossen worden. Das müsste 1991 oder 1992 gewesen sein. Zu dem Zeitpunkt war klar, dass er auch nach der Wende für seine Missetaten niemals zur Rechenschaft gezogen werden würde. Weder dafür, dass er die Familie seiner

Frau ruiniert, noch dafür, dass er jahrelang seine Nachbarn und jeden, der ihm über den Weg gelaufen ist, bespitzelt hat.

Der Bruder von Frau Wittig lebte nach dem Tod seiner Eltern weiter in dem kleinen Nebenhaus. Der alte Wittig wollte ihn rausschmeißen, aber seine Frau hat das verhindert. Der Bruder war starker Alkoholiker, soweit man hört, hatte er schon vor dem Frühstück eine halbe Flasche Korn intus. Eines Tages war er bei seiner Schwester und geriet in Streit mit ihrem Mann. Der Wittig war so ein mieses Schwein, dass er, so erzählt man es sich zumindest, mehrere Pistolen im Haus hatte, um sich im Zweifelsfall verteidigen zu können. Der Bruder von Frau Wittig hat es irgendwie geschafft, eine der Waffen in die Hände zu bekommen, und hat erst seinen Schwager erschossen und schließlich sich selber. Eine ganz furchtbare Geschichte."

Es war für einen Moment still in dem eleganten Wohnzimmer und Amaryllis betrachtete nachdenklich die teuren Kunstdrucke an den Wänden. Was für ein trauriges Leben die alte Frau ein paar Häuser weiter hinter sich hatte. Sie war gezwungen worden, einen Mann zu heiraten, den sie mit großer Wahrscheinlichkeit niemals geliebt und der ihrer Familie das Leben zur Hölle gemacht hatte, bis ihr eigener Bruder ihn erschossen hatte. Jetzt war sie alt und ausgerechnet ein Nachbar, der selber mindestens einen Menschen auf dem Gewissen hatte, war der einzige Mensch, der sich um sie kümmerte.

„Sie müssen denken, dass ich eine außerordentlich scheinheilige Person bin", sagte Charlotte Heimlich plötzlich mit einem entschuldigenden Unterton in der Stimme in die Stille hinein. „Ich plappere hier ohne Punkt und Komma über die Nachbarn, verbreite Hörensagen und das, obwohl ich vor weniger als zehn Minuten noch erklärt habe, der ganze Nachbarschaftsklatsch sei unter meiner Würde."

Die Frau gegenüber von Amaryllis rutschte unbehaglich auf dem Sofa herum und schien darauf zu warten, dass die Kommissarin sie von dem Vorwurf des Tratsches freisprach. Ganz offensichtlich hatte sie Amaryllis' Schweigen falsch interpretiert und vermutete, dass die Kommissarin sie für geschwätzig hielt.

„Wissen Sie, es ist nicht so, als hätte ich die Nachbarn ausgefragt oder so, aber man bekommt eben einiges erzählt und viel habe ich auch bei meinem Besuch beim Liegenschaftsamt erfahren", rechtfertigte Frau Heimlich sich und es war ihr anzusehen, wie unangenehm es ihr war, dass Amaryllis sie für eine Schwätzerin halten könnte.

„Wieso kannte man beim Liegenschaftsamt die Geschichte der Familie Wittig?", fragte Amaryllis nach, wobei sie überlegte, dass Frau Heimlich vor wenigen Minuten gesagt hatte, sie habe die Geschichte von einer alten Dame gehört, der sie das Baugrundstück für ihr Haus abgekauft hatten.

„Ich bin damals zum Amt gefahren, um so viel wie möglich über die Umgebung hier zu erfahren. Wir wollten unser Geld nicht in den Bau eines Hauses stecken und später feststellen, dass es auf den Nachbarflächen Probleme geben könnte oder es öffentliche Grundstücke sind und plötzlich hat man eine Müllverbrennungsanlage nebenan.

Die Dame, die mir die Unterlagen herausgesucht hat, war sehr nett und hilfsbereit, vor allem aber war sie erstaunt, dass ich der zweite Besucher innerhalb von ein paar Wochen war, der sich die Pläne der Umgebung und der Häuser angesehen hat. Sie hat früher hier ganz in der Nähe gewohnt und kannte die alten Geschichten."

Amaryllis, die ihrem Gegenüber genau zugehört hatte, obwohl ihr immer wieder der Gedanke, inwiefern die gemachten

Aussagen bei dem Fall helfen könnten, durch den Kopf schoss, sah erstaunt auf. Es sah ganz so aus, als hätte sie ihre Zeit doch nicht verschwendet.

„Wie meinen Sie das?", fragte sie.

„Die zuständige Dame beim Amt machte eine Bemerkung in die Richtung, warum ich nicht ein paar Wochen früher gekommen sei, da habe schon jemand nach genau den gleichen Auszügen gefragt, dann hätte sie die Unterlagen gar nicht weggelegt. Zufälle gibt es, oder?"

Amaryllis deutete mit einem Nicken ihre Zustimmung zur letzten Bemerkung von Frau Heimlich an, um eine kurze Gelegenheit zu bekommen, über das soeben Gehörte nachzudenken.

„Wann ungefähr haben Sie Ihre Nachforschungen angestellt?", fragte sie.

„Vor ca. drei Jahren, vielleicht ist es auch etwas länger her", antwortete Frau Heimlich. „Wieso, wissen Sie, wer sich sonst noch für die alten Auszüge interessiert haben könnte?"

„Nicht wirklich", erklärte Amaryllis ausweichend, obwohl sie überzeugt war, dass es nur eine Person gewesen sein konnte: Der Sohn von Gunnar Thomasson.

Lars Baumeister musste bei seinem unangekündigten Besuch bei seinem Vater etwas gesehen oder herausgefunden haben, nur was? Die Polizei hatte das Haus des Hauptverdächtigen mehr als gründlich untersucht und wirklich nichts gefunden, das darauf hindeutete, dass Gunnar Thomasson eine Frau dort gefangen gehalten hatte. Was war es gewesen, das Lars Baumeister so irritiert hatte, dass er sich sogar die Mühe gemacht hatte, beim Liegenschaftsamt nachzuforschen?

Amaryllis spürte, wie sich ihr Magen zusammenkrampfte. War es möglich, dass Lars Baumeister ein ganz anderes

Verbrechen seines Vaters entdeckt hatte? Ein Verbrechen, von dem die Polizei keine Ahnung hatte, ein Verbrechen, das nichts mit der Frauenleiche im Grunewald zu tun hatte.

„Vielen Dank, Frau Heimlich", sagte Amaryllis schnell und stand auf. Sie hatte plötzlich das Gefühl, keine weitere Sekunde auf dem Sofa der Frau verschwenden zu dürfen.

„Sie haben mir sehr geholfen. Ich denke, für den Moment habe ich keine weiteren Fragen."

Amaryllis reichte der Anwältin die Hand zum Abschied und sagte: „Machen Sie sich keine Mühe, ich finde allein hinaus."

Natürlich war ihr Angebot vergebens, an der Tür stand bereits Elisabeth, um sie hinauszugeleiten.

24.

Sie atmete tief durch. In den ersten Wochen in ihrem Verlies hatte sie immer wieder Panikattacken bekommen. In dem kleinen Raum ohne Fenster war die Luft so stickig, dass man das Gefühl hatte, sie mit einem Messer durchschneiden zu können. Die Angst zu ersticken war ein steter Begleiter für sie geworden. Auch nachdem sie mit einer Taschenlampe den gesamten Raum Zentimeter für Zentimeter untersucht und schließlich zwei kleine Lüftungsschächte oben an der Decke gefunden hatte, war das Gefühl, keine Luft zu bekommen, geblieben. Egal, wie oft sie sich einredete, dass sie nicht ersticken würde, da es genügend Luft zum Überleben in dem Raum gab, war das tiefe Luftholen wie ein Taucher, der eine lange Distanz unter Wasser vor sich hatte, zu einem Ritual für sie geworden.

Natürlich hatte sie versucht, über die Luftschächte auf sich aufmerksam zu machen. Sie hatte den Stuhl an die Wand gezogen, wo sich der Luftschacht befand.

Und dann hatte sie geschrien, wie sie nie zuvor in ihrem Leben geschrien hatte. Tagelang, immer wenn sie sicher war, dass er nicht zu ihr in den Kerker kommen würde. Nichts war passiert. Irgendwann hatte ihr Hals so sehr geschmerzt, dass sie aufgehört hatte, um Hilfe zu schreien.

Sie hatte keine Ahnung, wo er sie hingebracht hatte, doch sie vermutete, dass der Raum, in dem sie eingesperrt war, irgendwo weit abgelegen vom nächsten Haus sein musste. Ihre Schreie waren auf ihrem Weg in die Freiheit verebbt wie eine Welle, der auf ihrem Weg zum Strand die Kraft ausging.

25.

Es dauerte fast eine Stunde, bis Falk am Haus von Gunnar Thomasson eintraf. Amaryllis hatte ihn sofort, nachdem sie sich von Frau Heimlich verabschiedet hatte, angerufen und vorgeschlagen, sich das Haus ihres Hauptverdächtigen nochmals anzusehen.

„Wir haben irgendetwas übersehen“, hatte sie Falk eindringlich erklärt. „Der Sohn von Gunnar Thomasson hat kurz vor seinem Tod, wenn die Zeitangaben von Frau Heimlich ungefähr stimmen, Auskünfte beim Katasteramt eingeholt. Er muss einen Verdacht gegen seinen Vater gehabt haben. Vielleicht hat es gar nichts mit Sofia Richert zu tun, am Ende hat Gunnar Thomasson viel mehr auf dem Kerbholz, als wir ahnen“, hatte sie ihren Kollegen in ihre neuen Überlegungen eingeweiht.

Amaryllis, die in der Zwischenzeit die anderen Nachbarn befragt hatte, ohne weitere Neuigkeiten zu erfahren, konnte am grimmigen Gesicht ihres Kollegen, als dieser aus dem Auto stieg, ablesen, dass er erneut Ärger mit der Unterbringung seiner Kinder hatte – oder aber ihre Vermutung über weitere Verbrechen ihres Verdächtigen nicht teilte.

Sie war bereits über das Markierungsband der Polizei im Vorgarten gestiegen und wartete dort im Schatten vor der versiegelten Haustür von Gunnar Thomasson. Das intakte Polizeisiegel ließ vermuten, dass der Hausbesitzer in der Zwischenzeit immerhin nicht heimlich zurückgekehrt war. Sicher war der Mann klug genug zu wissen, dass sein Haus überwacht werden würde, vielleicht hatte er das Fahrzeug der Polizei, das zwar jeden Tag ausgetauscht und an einem anderen Platz stand, auch erkannt.

„Diese verfluchte Hitze", stöhnte Falk zur Begrüßung. „Ich weiß wirklich nicht, warum du glaubst, dass wir hier, nachdem ein Team der Spurensicherung das Haus auseinandergenommen hat, etwas finden. Und ich betone ‚etwas', von etwas Neuem wollen wir gar nicht sprechen. Und den Spezialisten für Hohlräume, den erwähnen wir auch lieber nicht."

„Man kann nie wissen", verteidigte sich Amaryllis, obwohl sie auf einmal befürchtete, dass Falk recht behalten würde und sie die Aussage von Frau Heimlich, dass vor ihr schon jemand die Pläne der Umgebung beim Liegenschaftsamt angesehen hatte, überbewertete.

„Ich frage mich, ob die Geschichte über den Ehemann von Frau Wittig und seine merkwürdige Vergangenheit etwas mit unserem Fall zu tun haben könnte", versuchte sie, das Gespräch in eine andere Richtung zu lenken.

„Ich sehe beim besten Willen nicht wie", sagte Falk nachdenklich. „Da ist eine Menge Mist passiert nach der Wende, von der Zeit davor ganz zu schweigen, aber die Bodenreform nach dem Zweiten Weltkrieg wurde sehr schnell und sehr abschließend als unumkehrbar festgeschrieben. Es ist egal, wie der alte Herr Wittig an den Grund und Boden gekommen ist, die Familie seiner Frau hätte ihr Eigentum niemals zurückbekommen. Die Tatsache, dass der Typ ein Arschloch vor dem Herrn gewesen zu sein scheint und vom Bruder seiner Frau umgebracht worden ist, ist furchtbar, aber eine Familientragödie und hat nichts mit unserem Fall zu tun!“

Amaryllis nickte nachdenklich. Falks Sicht der Dinge war perfekt auf den Punkt formuliert und theoretisch stimmte sie ihm vollkommen zu. Und doch hatte sie das Gefühl, dass irgendetwas an der Aussage der zu stark geschminkten Anwältin zur Lösung des Falles beitragen konnte. Nur was? Sie beschloss, sich ihre Aufzeichnungen am Abend nochmals Wort für Wort anzusehen und so lange zu suchen, bis sie etwas gefunden hatte.

Sie musterte ihren Partner, der erschöpft wirkte, kurz von der Seite. Falk von Heeren war ein großer, gut aussehender Mann, der für gewöhnlich eine gewisse Lässigkeit ausstrahlte, von der an diesem Tag aber nichts zu bemerken war.

So wenig es Falk offenbar gelang, sich aus der Misere mit seiner Ex-Frau zu befreien, so wenig gelang es ihr selber, ihr Vorhaben, die Arbeit nicht am Abend Hauptbestandteil ihres Privatlebens sein zu lassen, überlegte Amaryllis. „Der Mensch ist ein Gewohnheitstier“, hatte ihre Großmutter immer gesagt und angefügt: „Ich kenne keinen Menschen, der sich jemals verändert hätte.“

Für mich zumindest scheint das zuzutreffen, dachte Amaryllis und spürte das Vibrieren ihres Handys, das sie während der Zeugenbefragungen auf lautlos gestellt hatte, in ihrer Handtasche. Es war Benita.

„Ich habe mir gerade einen Kaffee bei unserem Lieblings-Coffeeshop geholt, da hatte ich eine Eingebung!“, sagte Benita mit fröhlicher Stimme und wenn Amaryllis die gut gelaunte Art der Gerichtsmedizinerin nicht zu deuten gewusst hätte, wäre sie wahrscheinlich überzeugt gewesen, Benita sei im Begriff, ihr einen Vorschlag für ein besonders ausgefallenes Essen oder Ähnliches zu machen. Doch Amaryllis kannte ihre Kollegin gut genug, um zu wissen, dass ihre Eingebung sich auf ihren gemeinsamen Fall beziehen würde.

„Also, während ich in der Warteschlange stand, musste ich an Falk, dich und eure Grunewaldleiche denken. Dabei kamen mir die zwei Kratzer an ihrem Arm wieder in den Sinn. Und plötzlich hatte ich meine Eingebung!“, bestätigte Benita Amaryllis' Vermutung, dass sie auch im Coffeeshop über ihre Fälle nachdachte.

„Und was war diese Eingebung?“, fragte die Kommissarin nach.

„Zwei“, sagte Benita und machte keine Anstalten, ihre Antwort näher zu erläutern.

„Aha. Zwei. Soll heißen?“, fragte Amaryllis irritiert nach.

Falk, der in der Zwischenzeit das Polizeisiegel an der Haustür von Gunnar Thomasson entfernt hatte, winkte seiner Kollegin, dass er ins Haus gehen wollte.

„Es soll heißen, dass die zwei Striche genau das bedeuten sollen: Es ist eine römische Zwei. Sofia Richert hat sich selber eine ‚Zwei‘ in den Arm geritzt, um uns etwas zu sagen. Sie muss geahnt haben, dass sie sterben wird, und wollte eine Botschaft übermitteln, die ihr Entführer nicht sieht oder nicht versteht.“

„Das wäre gut möglich“, sagte Amaryllis, die sofort spürte, wie sie Feuer fing für die Theorie. „Aber von was gibt es ‚zwei‘?“

„Darauf könnte es eine Menge Antworten geben und natürlich habe ich mir die Frage bereits gestellt“, sagte Benita. „Sie könnte mit der ‚Zwei‘ ihre zweite Schwangerschaft gemeint haben. Welche Frau möchte schon gerne, dass ihr Kind, auch wenn es tot ist, vergessen wird. Oder Sofia Richert wollte uns sagen, dass sie zwei Fluchtversuche unternommen hat. Dass sie zweimal versucht hat, Gunnar Thomasson umzubringen. Wie gesagt, es gibt viele Möglichkeiten, aber nur eine, die mir sinnvoll erscheint."

„Und die wäre?"

„Die Frau wollte uns sagen, dass es zwei Täter gibt. Gunnar Thomasson hat oder hatte einen Komplizen oder zumindest Mitwisser. Ich weiß, es klingt erst mal komisch, aber denk mal darüber nach. Ihr habt das Versteck bislang nicht gefunden, genauso wenig wie den Täter selber. Könnte das nicht heißen, dass er bei jemanden untergeschlüpft ist, der sein Geheimnis kennt?"

Amaryllis atmete tief durch. „Du könntest recht haben. Und wenn dem so ist, dürfte der Unterschlupf von Gunnar Thomasson identisch mit dem Ort sein, wo Sofia Richert gefangen gehalten wurde. Kein Wunder, dass wir im Haus von Gunnar Thomasson keine Spur der Frau entdeckt haben. Wir haben am falschen Ort gesucht! Falk und ich sind gerade vor Ort, eigentlich wollten wir erneut nach dem geheimen Versteck suchen, doch jetzt habe ich eine bessere Idee."

*

Zwei Stunden später hatten die beiden Kommissare das Haus von Gunnar Thomasson nach Spuren, die auf einen Komplizen hinwiesen, durchsucht und das Ergebnis war niederschmetternd.

„Nichts. Wie schon zuvor. Ich bin mehr als offen für die Theorie eines zweiten Täters, aber wir haben nicht mal ein Adressbuch gefunden", fasste Falk die Situation zusammen.

„So wie es aussieht, hat Gunnar Thomasson keine Freunde und keine Freude", überlegte Amaryllis. „Der Mann ernährt sich von Toast und Marmelade, liest keine Bücher, sieht nicht fern, hört keine Musik und hat keine Hobbys, außer sein Haus zu reparieren. Ein Haus, das so karg und lieblos eingerichtet ist, dass man daran zweifeln könnte, dass hier überhaupt jemand lebt. Was hat der Typ den ganzen Tag gemacht?"

„Irgendwo zusammen mit einem anderen Irren eine Frau im Keller gequält", antwortete Falk trocken. „Dabei fällt mir auf, dass die Idee mit dem Zweit-Täter nicht zu den Aussagen der Nachbarn passt. Haben die nicht einstimmig erklärt, dass er morgens einkaufen war und im Anschluss den ganzen Tag in seinem Haus verschwunden ist, ausgenommen sein Guter-Samariter-Abstecher zu der alten Dame nebenan? Wenn die Nachbarn recht haben, sehe ich nicht, wann und wo er seinen Komplizen getroffen haben könnte."

„So sieht es leider aus", stimmte Amaryllis ihm zu. „Vielleicht ist der zweite Mann täglich hergekommen, das wäre eine Möglichkeit."

„Das würde bedeuten, dass die Folterkammer für ihr Opfer doch hier im Haus sein müsste, aber hier ist nichts", entgegnete Falk. „Außerdem haben einige Nachbarn ausdrücklich gesagt, dass sie niemals Besuch gesehen haben."

„Es macht alles keinen Sinn", seufzte Amaryllis frustriert. „Lass uns zurück ins Büro fahren und sehen, dass wir die Auszüge vom Katasteramt bekommen. Vielleicht ist die Anfrage für den Mantrailer zur Suche unseres Verdächtigen bereits durch und wir kommen ihm so auf die Spur."

„Hoffen wir es!", sagte Falk. „Irgendwie werden die Fälle, an denen wir arbeiten, immer schwieriger. Das muss an dir liegen. Früher hatte ich nur Fälle, wo ein eindeutiger Täter ein eindeutiges Verbrechen begangen hat und dafür anhand eindeutiger Spuren dingfest gemacht werden konnte."

„Das liegt nicht an mir, das nennt man Beförderung!", konterte Amaryllis. „Endlich darfst du bei den richtigen

Kommissaren mitspielen und kriegst nicht nur die Anfängerfälle."

„Du wirst auch immer aufmüpfiger", sagte Falk und verzog das Gesicht.

Beide Kommissare zuckten zusammen, als plötzlich das Telefon klingelte.

„Das ist der Festnetzanschluss", stellte Amaryllis unnötigerweise fest und ging auf das Telefon zu, das auf einem kleinen Abstelltisch neben dem veralteten Fernseher stand.

„Nicht abnehmen!", sagte Falk. „Das Telefon wird abgehört und die Nummern verfolgt. Man weiß schließlich nie, wer anruft. Vielleicht ist es Thomasson selber, der prüfen will, ob die Luft rein ist."

„Hatte ich nicht vor. Ich wollte schauen, ob der Anrufbeantworter an ist."

Amaryllis schaute auf den kleinen schwarzen Kasten, der hinter dem Telefon stand, das im gleichen Moment aufhörte zu klingeln. Der schwarze Kasten sprang mit einem Klick an und ein roter Knopf leuchtete, während die Ansage für den Anrufer lief.

„Guten Tag, Herr Thomasson. Hier ist noch mal die Praxis von Dr. Wellner", ertönte eine blechern klingende Frauenstimme aus dem Apparat. „Wir haben schon wieder einen Anruf vom Krankenhaus erhalten, dass Sie die letzten Bestrahlungstermine nicht wahrgenommen haben und nicht über die Handynummer zu erreichen sind, die das Krankenhaus von Ihnen hat. Bitte rufen Sie uns oder das Krankenhaus schnellstmöglich zurück, damit die Behandlung fortgesetzt werden kann."

Das Klicken des Anrufbeantworters erschien unnatürlich laut, so still war es im Wohnzimmer von Gunnar Thomasson für einen Moment.

„Denkst du, was ich denke?“, fragte Falk schließlich.

„Dass wir direkt zur Arztpraxis Wellner fahren sollten? Ja, genau das denke ich“, sagte Amaryllis, während sie bereits ihr Handy aus der Tasche holte, um die Adresse herauszufinden.

26.

Dr. Jörg Wellner war um einiges jünger, als Amaryllis vermutet hatte. Aus welchem Grund auch immer hatte sie einen älteren Allgemeinmediziner erwartet, aber der Mann, der den beiden Kommissaren gegenübersaß, war höchsten Mitte dreißig, braun gebrannt, durchtrainiert und hatte ein freundliches Lächeln.

Amaryllis musste unwillkürlich an Benita Hüther denken und dass der junge Arzt zumindest optisch perfekt zu der Gerichtsmedizinerin passen würde. Sie zwang sich, diese Gedanken zu vertreiben, und konzentrierte sich auf das, was Dr. Wellner ihnen hoffentlich mitteilen würde. Der junge Arzt sah die Kommissare nervös an.

„Welche Krankheit hat Herr Thomasson und wie schlimm steht es um ihn?“, fragte Falk. „Da Herr Thomasson unter dringendem Tatverdacht steht, eine junge Frau über Jahre gefangen gehalten und grausam gequält zu haben, gehe ich davon aus, dass die ärztliche Schweigepflicht in diesem Fall keine Rolle spielen dürfte und Sie uns Auskunft geben werden. Ansonsten werden wir einen entsprechenden Beschluss des Staatsanwaltes einholen“, machte er dem Arzt klar, dass er um eine Aussage nicht herumkommen würde, noch bevor dieser etwas sagen konnte.

„Natürlich“, begann Dr. Wellner. „Wie Sie sich vorstellen können, bin ich sehr überrascht. Herr Thomasson ist ein ausgesprochen angenehmer und freundlicher Herr, es fällt mir schwer zu glauben, dass er etwas so Furchtbares getan haben könnte.“

Ein weiteres Mitglied des Thomasson-Gutmenschen-Fanklubs, dachte Amaryllis und wünschte sich fast, sie hätte ihren Hauptverdächtigen unter anderen Umständen kennengelernt, um zu erfahren, ob sie sich seiner Ausstrahlung hätte entziehen können.

„Manchmal täuscht man sich offenbar sehr in einem Menschen“, murmelte der junge Arzt so leise, dass man ihn kaum hören konnte.

„Ich habe die Praxis vor ungefähr drei Jahren von meinem Vorgänger übernommen, seitdem ist Herr Thomasson mein Patient“, fuhr er lauter fort und blätterte kurz in einer Akte, die vor ihm auf dem Schreibtisch lag. „Er war sehr selten hier. Genauer gesagt ein paar Mal vor ungefähr zwei Jahren, als er akute Verdauungsprobleme hatte. Ich habe ihm damals eine Überweisung für eine Darmspiegelung ausgestellt, er hat aber niemals einen Termin ausgemacht.“

Der Mediziner sah kurz von der Akte hoch. „Ich erzähle Ihnen das so ausführlich, da es mit der jetzigen Erkrankung von Herrn Thomasson zusammenhängt. Ich habe ihn mehrmals angerufen und eindringlich gebeten, einen Termin zu machen, aber er sagte jedes Mal, es sei für ihn gerade ungünstig, er werde sich demnächst darum kümmern. Leider hat er das nicht getan. Vor etwas mehr als zwei Monaten kam er erneut mit Darmproblemen zu uns in die Praxis. Man konnte sehen, dass es ihm nicht gut ging. Ich habe eine Ultraschall-Untersuchung gemacht, bei der man bereits deutlich einen Tumor erkennen konnte. Bei der anschließenden Untersuchung im Krankenhaus wurde die Diagnose bestätigt, der Tumor hatte außerdem bereits in die Leber und die Lunge metastasiert."

„Ein ziemlich sicheres Todesurteil", sagte Falk in die Stille hinein, die nach den Worten des Arztes im Zimmer entstanden war.

„Ja", bestätigte der Doktor. „Ich bin überzeugt, wenn Herr Thomasson damals nach der ersten Untersuchung zu der Darmspiegelung gegangen wäre, hätte man den Tumor frühzeitig entdeckt und er hätte eine gute Prognose gehabt, aber so …" Er zuckte mit den Achseln.

„Eine Chemotherapie wurde dennoch begonnen?", fragte Amaryllis nach.

„Ja, wir haben uns erhofft, ihm ein, vielleicht zwei Jahre zu schenken."

„Hat er die Termine wahrgenommen?", hakte Falk nach.

„Zunächst ja. Zu den ersten vier Terminen ist er erschienen. Vor ungefähr zwei Wochen hat er die Therapie eigenmächtig abgebrochen. Oder zumindest hat er die ausgemachten Termine verstreichen lassen und nicht abgesagt. Das Krankenhaus hat mehrfach versucht, ihn zu erreichen, und schließlich mich kontaktiert, ich habe Herrn Thomasson aber ebenfalls nicht ausfindig machen können. Meine Sprechstundenhilfe hat es mehrmals auf seinem Handy und über den Festnetzanschluss probiert, nichts."

„Ohne Behandlung, wie ist seine Prognose?"

Amaryllis konnte den Ärger in Falks Stimme hören, den auch sie über den nunmehr wahrscheinlichen Ausgang ihrer Ermittlungen verspürte. Der Mann hatte eine Frau jahrelang gequält und wahrscheinlich ein Neugeborenes ebenso umgebracht wie seinen eigenen Sohn und würde niemals für diese Taten büßen, weil ihn der Tod vor seiner gerechten Strafe bewahren würde.

„Schwer zu sagen. Ein paar Wochen, vielleicht zwei oder drei Monate.“ Der junge Arzt schüttelte seinen Kopf. „Viel hängt davon ab, ob der Patient sich selber aufgibt oder um sein Leben kämpft. Letzteres können wir wahrscheinlich ausschließen, sonst hätte Herr Thomasson die Therapie nicht abgebrochen.“

„Sie sagten, man konnte ihm ansehen, dass es ihm nicht gut ging. Soll das heißen, dass er körperlich so angeschlagen war, dass er Hilfe brauchte?“, fragte Amaryllis den Arzt.

Wenigstens dieser Teil des Falles macht endlich Sinn, dachte sie und verspürte fast Erleichterung. Wenn Gunnar Thomasson seit Wochen oder Monaten krank gewesen war und seine Kräfte nachgelassen hatten, war es nur eine Frage der Zeit gewesen, bis Sofia Richert dies bemerkt hätte. Vielleicht hatte er gehofft, dank der Chemotherapie wieder auf die Beine zu kommen, aber wahrscheinlich hatte die Behandlung ihn noch weiter geschwächt.

Es musste ihm klar geworden sein, dass es vorbei war. Früher oder später wäre es seinem Opfer gelungen, ihn zu überwältigen und sich zu befreien. Vielleicht war er gerade damit beschäftigt, ihren Tod zu planen, als das Schicksal ihm einen Gefallen getan hatte und Sofia Richert an den Folgen der Fehlgeburt gestorben war. Da er wusste, dass er nicht mal den Beginn seines Prozesses erleben würde, hatte er die Leiche der Frau im Grunewald abgelegt, um der Welt sein wahres Gesicht zu offenbaren.

„Ich vermute, dass er gute und schlechte Tage hatte“, beantwortete der Arzt Amaryllis’ Frage nach dem

Gesundheitszustand von Gunnar Thomasson. „Aber ja, es ist davon auszugehen, dass er sich nicht mehr allein um sein Haus und das Grundstück kümmern konnte.“

Falk warf Amaryllis einen Blick zu, der ihr sagte, dass er das Gleiche wie sie dachte: Gunnar Thomasson hatte sich vor allem nicht mehr um sein Opfer „kümmern“ können.

27.

Unzählige Male hatte sie sich gewünscht, sie wäre tot. Ihr Leiden beendet. Doch jetzt, wo der eigene Tod Gewissheit geworden war, spürte sie eine Verzweiflung, die nicht mit Worten zu beschreiben war. Sie wollte nicht sterben!

In den Jahren ihrer Gefangenschaft waren Wut, Trauer, Resignation und Frustration ihre Gefährten gewesen, aber insgeheim, ganz tief in ihrem Inneren hatte sie nie aufgegeben zu hoffen, dass sie irgendwann frei sein würde. Dass sie den Himmel doch noch einmal sehen würde. Dass er nicht gewonnen hatte.

Sie hatte versucht, sich diese Hoffnung selber auszureden, manchmal war es ihr gelungen, sie zu vergessen, zu verdrängen, aber ein Funke war immer in ihr geblieben. Ein Funke, der nun mit einer Gewalt aufloderte, die sie kaum aushalten konnte. Denn es war zu Ende.

All die Jahre hatte sie ihr menschenunwürdiges Dasein wie ein nicht totzukriegendes Insekt überlebt und niemand hatte sie gefunden, warum sollte ausgerechnet jetzt jemand ihr Versteck entdecken? Jetzt, wo sie ihrem Schicksal hilflos ausgeliefert war.

Jetzt, wo sie wahrscheinlich schon lange nicht mehr gesucht wurde.

Sie hatte endlich herausgefunden, was anders war. Was sich verändert hatte. Er war weg. Endgültig weg. Diesmal hatte er sie nicht vergessen, er bestrafte sie nicht, er wollte sie nicht zusätzlich quälen. Er war weg. Und mit ihm war ihre Verbindung zur Außenwelt weg. Sie saß in der Falle. Einer Falle ohne Licht, Essen und vor allem ohne Wasser.

Warum er ihr die mechanische Uhr gelassen hatte, die sie getragen hatte, als er sie entführt hatte, wusste sie nicht. Wahrscheinlich wollte er sie damit foltern, weil er wusste, wie zermürbend es war, die Zeiger zu beobachten, die sich mit einer kaum auszuhaltenden Langsamkeit bewegten. Sie hatte die Uhr oft an die Wand schmeißen wollen, um sich von dem Zwang, dauernd nachzusehen, ob nicht doch mehr als ein paar Minuten ihres grausamen Tages vergangen waren, zu befreien. Sie hatte es nicht getan. Ohne die Uhr hätte sie früher oder später ihr Zeitgefühl verloren, etwas, das sie nicht aufgeben wollte. Warum auch immer. Nun war sie froh darüber. Sie konnte die Stunden abschätzen, die sie leben würde. Sie konnte abschätzen, wie lange sie dumm genug sein konnte, auf Hilfe zu hoffen, die nicht kommen würde.

28.

Elke Wermscheider wohnte in einem herrlichen Berliner Altbau direkt am Rüdesheimer Platz. Es war mittlerweile früher Nachmittag und es lag weiterhin eine drückende Hitze über der ganzen Stadt.

„Lange halte ich das Wetter nicht mehr aus!“, erklärte Falk und wischte sich den Schweiß von der Stirn. „Stell dir vor, wir müssten bei der Hitze Uniform tragen. Ein Albtraum. Ich habe heute Morgen ernsthaft überlegt, ob ich in Shorts zum Dienst erscheinen soll.“

Amaryllis betrachtete die schwere hölzerne Eingangstür, die reich verziert war, und drückte auf den Knopf neben dem Namen „Wermscheider“ auf dem messingfarbenen Klingelschild.

„Schöne Gegend“, sagte sie und warf einen Blick über den Platz, der wenig belebt zu dieser Tageszeit war. Am Abend würde hier zweifellos mehr los sein.

„Teure Gegend“, entgegnete Falk, während das Summen des Türöffners erklang.

„Fünfter Stock“, sagte eine Frauenstimme über die Sprechanlage. „Nehmen Sie unbedingt den Fahrstuhl.“

Es war Falks Idee gewesen, nach dem Besuch bei Dr. Wellner, die Schwester von Beate Baumeister, der Mutter von Gunnar Thomassons Sohn Lars, aufzusuchen.

„Wir haben nichts zu verlieren", hatte er gesagt. „Lara Baumeister hat gesagt, die Mutter ihres Mannes habe seinen Vater als schlechten Menschen bezeichnet. Vielleicht finden wir über sie weitere Leichen in seinem Keller. Und wenn ja, ergibt sich vielleicht ein Schema, dem Thomasson gefolgt ist, das uns hilft, diesen Mistkerl zu finden, bevor er beim Teufel in der Hölle vorstellig wird."

Eine große, elegant gekleidete Frau mit schlohweißen Haaren und dezentem Make-up öffnete ihnen die Tür.

„Guten Tag, Sie müssen die Herrschaften von der Polizei sein, die sich angekündigt haben. Ich bin gespannt, was Sie von mir wollen", sagte sie freundlich und musterte die beiden Beamten neugierig.

Elke Wermscheider bat die beiden Kommissare in ein drückend heißes Wohnzimmer. Ein Ventilator summte in einer Ecke, konnte gegen die Hitze aber wenig ausrichten.

„Ich hole uns etwas Kühles zu trinken, nehmen Sie schon mal Platz", sagte sie, ohne nachzufragen, ob ihre Gäste etwas wollten. „Ich weiß wirklich nicht, warum ich in meinem Alter noch im Dachgeschoss wohne. Bei dieser Hitze ist das etwas für junge Leute mit einem stabilen Kreislauf."

Sie verschwand und Amaryllis sah sich in dem mondän mit auffälligen, schweren Mahagoni-Möbelstücken eingerichteten Zimmer um.

„Hat ein bisschen was vom englischen Königshaus hier", erklärte Falk unbeeindruckt mit leiser Stimme. „Ich kann mir die Queen problemlos auf dem Sofa vorstellen. Du passt auch ganz gut hier rein."

Mit diesen Worten ließ er sich auf das besagte Sofa fallen und atmete tief durch.

„Fast verdamme ich meine eigene Idee, die Frau zu befragen, wenn ich geahnt hätte, dass wir in einer Art Brutkasten landen, hätte ich dich alleine geschickt."

Amaryllis warf ihrem Kollegen einen bösen Blick zu, kam aber nicht dazu, ihm zu antworten, da Elke Wermscheider mit einem Silbertablett mit drei Gläsern und einer Karaffe Wasser mit Eiswürfeln zurückkam.

„Was möchten Sie von mir wissen?", fragte die Frau, nachdem sie zwei Gläser Wasser vor die Kommissare gestellt und sich ebenfalls gesetzt hatte.

„Es geht um den ehemaligen Lebensgefährten Ihrer Schwester Beate", sagte Amaryllis. „Wir würden gerne von Ihnen erfahren, ob Ihre Schwester Ihnen etwas, sagen wir mal, Ungewöhnliches über den Mann erzählt hat, oder ob Ihnen vielleicht selber etwas aufgefallen ist."

„Gunnar", sagte Elke Wermscheider mit einem Ton der Verachtung in der Stimme. „Dann stimmt es also wirklich. Irgendwie habe ich trotz allem gehofft, dass es nicht wahr ist. Nicht wahr sein kann."

„Was stimmt?", fragte Falk sofort nach.

„Wissen Sie", begann die elegante Frau auf dem Sofa bedächtig, „Gunnar Thomasson hat das Leben meiner Schwester ruiniert, nur haben wir, ihre Familie, es nicht mitbekommen. Sie hat mir erst kurz vor ihrem Tod erzählt, was geschehen ist."

Sie machte eine kurze Pause, nahm einen Schluck Wasser und fuhr sich durch ihre weißen Haare. Es war der Frau anzusehen, dass es ihr nicht angenehm war, über das Schicksal ihrer Schwester zu sprechen.

Wahrscheinlich plagen sie Schuldgefühle, dass die Familie das Leid von Beate Baumeister nicht erkannt hat, *dachte Amaryllis.*

„Ich war regelrecht eifersüchtig auf Beate, als sie mit Gunnar nach Hause kam.“

Elke Wermscheider sprach langsam und bedächtig, fast als würde sie über jedes Wort, das sie sagte, genau nachdenken.

„So einen freundlichen, höflichen, ruhigen Mann trifft man selten. Dazu war er unglaublich hilfsbereit und hatte einen guten Job. Er wäre genau mein Typ gewesen, aber er war der Freund meiner Schwester und damit natürlich tabu. Nach einiger Zeit stellte ich fest, dass ich zwar ausgeglichene, ruhige Männer mag, aber bei Gunnar ging es ein wenig zu weit. Er wollte immer zu Hause bleiben und es dauerte nicht lange und Beate saß ebenfalls jeden Abend daheim auf dem Sofa. Dabei war sie zuvor eine sehr lebenslustige Frau gewesen.

Wir, ihre Familie, dachten, es wäre eben die große Liebe und sie bliebe gerne für ihn und mit ihm zu Hause. Beate wurde dann sehr schnell schwanger und jeder ging davon aus, dass die beiden heiraten würden. Es war wie ein Donnerschlag, als Beate uns kurz vor der Geburt verkündete, Gunnar habe sie verlassen. Sie ist wieder bei unseren Eltern eingezogen und nachdem Lars geboren war, hat sie sich regelrecht gesträubt, sich eine eigene Wohnung zu suchen. Sie war ein anderer Mensch geworden. Ihre Lebensfreude, Eigenständigkeit und ihr Selbstbewusstsein, es war alles weg. Sie war ein Häufchen Elend, das sich ausschließlich auf ihr Kind konzentriert hat. Wir haben angenommen, dass die Trennung ihr so zugesetzt hat, aber es wurde auch nach Jahren nicht besser.

Beate hat sich ihr Leben stillschweigend bei meinen Eltern eingerichtet und ist nie mehr bei ihnen ausgezogen. Ein paar

Monate nach der Geburt von Lars ist sie wieder zur Arbeit gegangen und unsere Eltern haben den Kleinen versorgt. Irgendwann war der Zustand für uns alle normal und niemand hat die ganze Sache länger hinterfragt."

Elke Wermscheider machte eine Pause und fächelte sich mit einer Zeitung etwas Luft zu. „Beate hat nie wieder etwas mit einem Mann angefangen, sie hatte nicht mal ein Date, wie man das heute so schön sagt. Es war ein Trauerspiel."

Amaryllis und Falk tauschten einen verstohlenen Blick. Es war klar, dass sie beide das Gleiche dachten, wenn eine ungewollte Trennung alles war, was Gunnar Thomasson der Mutter seines Sohnes angetan hatte, hätten sie sich den Besuch sparen können.

Die Schwester von Beate Baumeister faltete ihre Hände in ihrem Schoß und machte ein entschlossenes Gesicht, sie wirkte, als müsste sie all ihren Mut zusammennehmen.

„Ich habe noch nie laut ausgesprochen, was ich Ihnen erzähle", begann sie leicht stockend. „Beate ist vor zehn Jahren gestorben, sie hatte Krebs. Es ging sehr schnell, ich vermute, sie muss schon länger krank gewesen sein, ist aber nicht zum Arzt gegangen. Sie wollte sterben. Ich habe mich sehr um sie gekümmert, unsere Eltern sind ein paar Jahre zuvor verstorben und Beate hatte außer ihrem Sohn niemanden. Lars hat ebenfalls aufopferungsvoll für seine Mutter gesorgt, aber er musste zur Arbeit und so habe ich viel Zeit in den wenigen Wochen, die sie noch hatte, mit ihr verbracht.

An einem Morgen, es war zwei Tage vor ihrem Tod und wir wussten bereits, dass es nicht mehr lange dauern würde, war sie plötzlich sehr aktiv und angespannt. Ich denke, sie wusste, dass sie sterben würde, und wollte sich alles von der Seele reden. Ich musste ihr bei allem, was mir heilig ist, schwören, dass ich niemandem etwas davon erzählen und nichts unternehmen würde.

Gunnar Thomasson hat meine Schwester während ihrer Beziehung auf bestialische Art missbraucht und gequält. Die Misshandlungen, von denen Beate mir erzählt hat, lassen mir immer noch das Blut in den Adern gefrieren. Die Wunden an ihrem Körper sind irgendwann verheilt, die Wunden ihrer Seele sind bis zu ihrem Tod nicht wirklich vernarbt. Thomasson hat Beate erpresst, dass er ihrem gemeinsamen Sohn etwas antun würde, wenn sie zur Polizei ginge. Beate hat all die Jahre geschwiegen, weil sie überzeugt war, dass Gunnar Thomasson nicht davor zurückschrecken würde, seinen eigenen Sohn umzubringen, wenn sie der Welt sagen würde, was er ihr angetan hat."

Was für ein Schicksal, fuhr es Amaryllis durch den Kopf. Die Frau hatte ihr Leben in Angst vor dem Vater ihres Sohnes verbracht und die Qualen, die sie erlitten hatte, verschwiegen, um ihren Sohn zu schützen, nur damit dieser Sohn nach ihrem Tod selber herausfand, was für ein schlechter Mensch sein Vater war und dafür sterben musste.

Elke Wermscheider stand auf und nahm einen silbernen Bilderrahmen von einer Kommode. Auf dem Foto, das sie den beiden Polizisten zeigte, war eine junge Frau zu sehen.

„Das ist Beate, bevor sie Gunnar kennengelernt hat. Ich kann mir das Bild nicht mehr ansehen, ohne an die Abscheulichkeiten zu denken, die der Mann meiner Schwester angetan hat."

Beate Baumeister war eine attraktive Frau mit leuchtenden Augen und feuerroten Haaren gewesen. Obwohl das Foto viele Jahrzehnte alt sein musste, strahlte die Frau eine ungeheure Lebensfreude und Glück aus.

„Gunnar Thomasson hat aus meiner Schwester binnen eines einzigen Jahres ein seelisches Wrack gemacht“, sagte ihre Schwester. „Der Mann ist ein Monster.“

Tag 8

(Freitag)

29.

Es war Dr. Frederik Sonsalla anzusehen, dass sein Büro der letzte Platz auf der Welt war, an dem er sich aufhalten wollte.

Es war kurz vor neun Uhr morgens und Amaryllis saß dem Polizeipsychologen an seinem Schreibtisch gegenüber. Dr. Sonsalla, der am Vortag aus dem Urlaub zurückgekehrt war, hatte die Akte von Gunnar Thomasson bereits auf seinem Schreibtisch vorgefunden und Amaryllis hatte ihm soeben die Aussage von Elke Wermscheider geschildert. Nun wartete sie geduldig auf die Bewertung des Psychologen, der gedankenverloren mit einem Kugelschreiber Kreise auf ein Blatt Papier vor sich malte.

Die beiden Kommissare waren am Vortag nach dem Besuch bei der Schwester von Beate Baumeister direkt in das Präsidium zurückgefahren und Amaryllis hatte vergeblich versucht, eine Aussage von dem Führer der Hundestaffel zu erhalten, wann ein Mantrailer zur Verfügung stünde. Die Berliner Polizei verfügte nur über wenige dieser speziell ausgebildeten Hunde und ein Tier war krank, zwei andere Hunde befanden sich mit ihren Herrchen im Sommerurlaub.

Amaryllis hatte im Anschluss bis tief in die Nacht sämtliche Akten des Falles nochmals gelesen und versucht, einen Zusammenhang mit der Aussage von Elke Wermscheider herzustellen, hatte aber nichts gefunden, das sie weitergebracht hätte. Die einzige Verbindung, die sie gefunden hatte, war die Tatsache, dass Sofia Richert und Beate Baumeister beide rote Haare hatten. Dies deutete auf eine Vorliebe von Gunnar Thomasson hin, brachte sie bei der Suche nach dem Mann aber nicht weiter.

Schließlich war sie frustriert nach Hause gefahren, wo die Handwerker einen weiteren Tag mit Nichtstun verbracht zu haben schienen, was nicht angetan war, ihre Laune zu heben.

Die Kommissarin war im Anschluss in einen unruhigen Schlaf gefallen und hatte geträumt, dass Gunnar Thomasson, einen blutverschmierten Overall tragend, an ihrer Tür klingelte, um seine Hilfe bei der Renovierung ihres Hauses anzubieten.

Der Polizeipsychologe war in diesem Moment ihre einzige Hoffnung, in dem verfahrenen Fall Thomasson weiterzukommen, doch der Mann ihr gegenüber schwieg beharrlich. Dr. Frederik Sonsalla ließ seine Kollegen gerne minutenlang an seinem Schreibtisch warten, bevor er sich bequemte zu sprechen. Der große, übergewichtige Mann, der ausschließlich Kleidung in diversen Grauschattierungen trug, war einer der weniger beliebten Kollegen, was vor allem seiner unfreundlichen Art und seinem offen gezeigten Missmut, dass er jeden Tag zur Arbeit gehen musste, geschuldet war.

Die Sonne strahlte durch die Fenster und dennoch verströmte alles in dem wie gewöhnlich im Chaos versinkenden Raum des Psychologen ein Gefühl der Trostlosigkeit. Obwohl Dr. Sonsalla erst seit einem Tag wieder im Dienst war, standen überall Kaffeebecher herum, Akten lagen verstreut auf dem

Boden und der Schreibtisch war unter der Last loser Papiere und alter Tageszeitungen kaum zu erkennen.

„Ich kann nicht einen kurzen Blick auf eine Akte werfen und Ihnen sofort ein Psychogramm des Täters liefern“, sagte der Psychologe plötzlich schlecht gelaunt und warf den Kugelschreiber wütend vor sich auf den Tisch.

Amaryllis verkniff sich mit viel Mühe ein Seufzen und sagte betont freundlich: „Das weiß ich natürlich. Aber mit Ihrer langen Erfahrung bin ich mir sicher, dass Sie eine knappe Einschätzung seiner Persönlichkeit machen können. Wir suchen händeringend nach dem Mann, er ist todkrank, hat wahrscheinlich zwei Menschen ermordet sowie mehrere Frauen missbraucht. Es ist uns ein wirkliches Anliegen, ihn lebend zu finden, um ihn zumindest verhaften zu können, auch wenn er seine Strafe aufgrund seiner Krankheit wohl niemals verbüßen wird.“

Dr. Sonsalla sah sie verächtlich an.

„Sie werden diesen Mann nicht lebend finden!“, keifte er mit seiner für seinen stattlichen Körper erstaunlich fistelig-hohen Stimme und Amaryllis konnte sich des Gefühls nicht erwehren, dass es dem Psychologen Freude bereitete, seine Kollegen scheitern zu sehen.

„Und wieso nicht?“, fragte sie nach.

„Weil der Mann seit Jahren Frauen vergewaltigt und quält, dabei hat er seine Spuren so gut verwischt und sich verstellt, dass ihn jeder für einen netten, ruhigen Herrn hält. Glauben Sie wirklich, der macht jetzt noch einen Fehler? Gunnar Thomasson hat sich seinen Abgang von dieser Welt bereits überlegt und ich fresse einen Besen, wenn Sie den noch aufhalten können.“

„Mit Ihrer Hilfe könnte ich es vielleicht schaffen“, sagte Amaryllis und lächelte, obwohl es ihr schwerfiel.

„Gut“, seufzte Dr. Sonsalla gnädig und einmal mehr fragte Amaryllis sich, warum man sich bei dem Psychologen stets wie ein Bittsteller vorkam, obwohl der Mann für seine Arbeit bezahlt wurde.

„Auf den ersten Blick, ich übernehme aber keine Garantien, schließlich hatte ich kaum eine halbe Stunde Zeit, mir den Fall anzusehen, würde ich sagen, dass Gunnar Thomasson ein kontrollierter Täter ist. Er hat seinen Drang, Frauen sexuell zu missbrauchen und zu quälen, sein Leben lang verspürt, hat aber die Kontrolle nur zwei Mal wirklich verloren. Bei der Mutter seines Sohnes und auf der Weihnachtsfeier seiner Firma.

Die Mutter hat er mit der Androhung, dem gemeinsamen Kind etwas anzutun, zum Schweigen gebracht, bei der Frau in seiner Firma ist ihm das Bild des verschlossenen, hilfsbereiten, netten Mannes, das er anderen von sich vorgespielt hat, zugutegekommen.

Meiner Meinung nach hat er sich an diesem Bild von sich selber über die Jahre regelrecht festgeklammert, um die Kontrolle nicht nochmals zu verlieren. Er wusste, wenn er sich nur das kleinste bisschen gehen lässt, fällt er sofort über eine Frau her. Was glauben Sie, warum der Mann nur auf einer einzigen Weihnachtsfeier war? Er war sich bewusst, dass er bei so einer Gelegenheit seinen Trieb nicht zügeln kann. So viele Frauen, alle in guter Stimmung, die eine oder andere vielleicht sogar ein wenig aufreizend gekleidet. Er hätte, und wie wir wissen, hat er es nicht ausgehalten. Er hat auf der einen Feier, die er besucht hat, eine Frau belästigt, zu ihrem Glück hat er die Notbremse noch ziehen können.“

„Und Beate Baumeister? Die beiden waren immerhin ein Paar. Sie dürfte zumindest am Anfang freiwillig mit ihm geschlafen haben“, fragte Amaryllis nach.

„Bedenken Sie, damals war Gunnar Thomasson ein junger Mann, er hat wahrscheinlich gedacht, wenn er in einer festen Beziehung ist, lässt sein Trieb nach. Was natürlich eine Illusion war, wie er und vor allem Beate Baumeister schnell gemerkt haben.“

„Soll das heißen, Gunnar Thomasson wusste von seinem gestörten Triebverhalten und hat sich bewusst in eine Rolle des schweigsamen Außenseiters gebracht, damit er nicht über Frauen herfällt?“

„Das wäre vorstellbar, allerdings bin ich mir ziemlich sicher, dass er ein Ziel hatte, auf das er hingearbeitet hat. Ein Paradies, das ihn entlohnen würde, dafür, dass er seine Triebe unter Kontrolle gehalten hat.“

Frederik Sonsalla machte eine bedeutungsvolle Pause.

„Ich glaube, ich brauche jetzt erst mal einen Kaffee“, sagte er lächelnd und stand auf.

Amaryllis sah den Mann ungläubig an. Mitten im Gespräch aufzustehen und sich einen Kaffee zu holen, war selbst für den unfreundlichen und unkollegialen Polizeipsychologen ungewöhnlich dreist.

„Sie können so viel Kaffee trinken, wie Sie wollen, aber vorher sagen Sie mir, was das Ziel von Gunnar Thomasson war“, rief sie in einem Befehlston, der sie selber ein wenig überraschte, aber seine Wirkung nicht verfehlte.

Dr. Sonsalla ließ sich wieder in seinen Stuhl fallen und sah Amaryllis zum ersten Mal an diesem Tag direkt in die Augen.

„Gunnar Thomasson hat wie jeder Angestellte auf seinen Ruhestand hingearbeitet, weil er seinen wahren Bedürfnissen nachgehen wollte“, sagte der Arzt herablassend, als verachte er Amaryllis, dass sie dies nicht selber erkannt hatte. „Der Mann hat über Jahre, vielleicht sogar Jahrzehnte geplant, eine Frau zu entführen, einzusperren und endlich seine perversen Fantasien an ihr auszuleben, wenn er in Rente ist!“

Amaryllis schaute den Psychologen ungläubig an, obwohl sie erkannte, dass er recht hatte. Vieles machte dank dieser Einschätzung Sinn, aber eine Spur, wo sie nach dem Mann suchen sollten, hatten sie erneut nicht gefunden.

30.

Amaryllis saß nach dem Gespräch mit Frederik Sonsalla wieder an ihrem Schreibtisch, als die Tür zu ihrem Büro aufflog und Falk ins Zimmer trat.

Ihr Kollege ließ sich in den Besucherstuhl vor dem Schreibtisch fallen und nahm sich einen der Kekse aus der geöffneten Packung, die auf einem Stapel Akten lag.

„Ich verstehe nicht, wie du so dünn sein kannst, wenn du ständig Kekse isst“, sagte er mit einem breiten Grinsen.

„Das könnte daran liegen, dass nicht ich die Kekse esse, sondern du“, entgegnete Amaryllis trocken und blätterte durch einen Stapel Papiere.

„Es ist zum Verrücktwerden. Wir haben nicht den kleinsten Anhaltspunkt, wo Gunnar Thomasson sich aufhalten könnte, sämtliche Mantrailer scheinen sich in der Sommerfrische zu befinden und Dr. Sonsalla hat mir widerwillig erklärt, dass Gunnar Thomasson seine Tat über Jahrzehnte geplant hat“, sagte sie entnervt.

„Lecker“, sagte Falk, deutete auf die Schachtel, nahm sich einen weiteren Keks und biss genüsslich hinein. „Die solltest du öfter kaufen.“

Amaryllis kannte ihren Kollegen mittlerweile gut genug, um zu wissen, dass sein lässiges Verhalten nur bedeuten konnte, dass er Neuigkeiten hatte.

„Was weißt du?“, sagte sie drohend und zog die Keksschachtel demonstrativ vom Tisch. „Mehr Kekse gibt es erst, wenn du redest.“

„Mist, du kennst mich zu gut. So macht das keinen Spaß“, erwiderte Falk gut gelaunt. „Also, ich habe einen Entschluss gefasst! Und wie es aussieht, bist du ganz scharf darauf, ihn zu hören.“

Amaryllis klopfte ungeduldig mit ihren Fingern auf die Schreibtischplatte. „Ja?“

„Ich werde versuchen, meine Mädchen ganz zu mir zu nehmen.“ Falk sah seine Kollegin erwartungsvoll an. „Und weißt du warum? Weil du mir die Augen geöffnet hast! Ich dachte immer, es sei mit meiner Arbeitsbelastung nicht zu schaffen, mich vernünftig um meine Kinder zu kümmern, aber seitdem ich den Betreuungsservice engagiert habe, ist alles ein Kinderspiel. Na ja, gut, nicht ganz. Ist schon sehr teuer dieser Service. Aber es läuft. Besser. Und ich denke über ein Au-pair nach.“

Amaryllis sah ihren Kollegen einen Moment verwundert an. Sie hatten sich seit ihrer ersten Zusammenarbeit immer besser kennengelernt und doch war sie erstaunt, dass Falk offenbar nur in ihr Büro gekommen war, um über sein Privatleben zu sprechen. Für gewöhnlich erfuhr sie private Dinge von ihm eher nebenbei.

„O. k., reingelegt!“ Falk grinste sein durchaus charmantes Grinsen, das bei Amaryllis im Gegensatz zu einigen der jüngeren Kolleginnen allerdings keinerlei Wirkung zeigte. „Ich plane tatsächlich, die Mädchen zu mir zu holen, aber ich weiß, dass du im Büro lieber über Mörder und Unheil sprichst. Die echten Neuigkeiten sind: Das Auto von Gunnar Thomasson wurde gefunden. In einer Straße in Spandau, nicht weit vom Spandauer Forst entfernt. Es ist bereits ein Team der Spurensicherung unterwegs. Vielleicht haben wir Glück und sie finden etwas, das seinen Aufenthaltsort preisgibt."

„Wissen wir schon, wie lange das Auto dort steht?", fragte Amaryllis.

„Nein, aber die Straße ist gut befahren, ich könnte mir vorstellen, dass das Auto früher entdeckt worden wäre, wenn es schon länger dort stünde", erklärte Falk. „Was bedeuten könnte, dass unser freundlicher Gutmensch Thomasson die ganze Zeit durch Berlin gefahren ist, und wir haben es nicht mitgekriegt. Wenn die Presse davon Wind bekommt, sehen wir mal wieder aus wie die letzten Trottel."

Trotz seiner eigenen Worte wirkte der Hauptkommissar gut gelaunt und fröhlich.

„Mist", stöhnte Amaryllis. „Ich verstehe nicht, wie du so gute Laune haben kannst? Wenn Thomasson wirklich die ganze Zeit frei durch Berlin gestromert ist, hat er vielleicht ein paar hübsche Verbrechen begangen! Die man uns anlasten wird, weil wir nicht schnell genug ermittelt haben."

„Dafür dürfte es ihm zu schlecht gehen", wandte Falk ein. „Immerhin können wir, wenn wir davon ausgehen, dass er das Auto selber dort abgestellt hat, die Theorie ausschließen, dass er sich zum Sterben ins Ausland abgesetzt hat, damit er seine Ruhe hat", sagte Falk nun deutlich ernster.

„O. k., konzentrieren wir uns auf das, was wir wissen. Sein Auto steht an einer Straße nahe einem Waldgebiet", sagte Amaryllis und wurde von Falk unterbrochen, bevor sie weiterreden konnte.

„Nachtigall, ick hör dir trapsen“, sagte ihr Kollege und sah sie bedeutungsvoll an. „Damit wären wir bei dem Punkt, auf den ich die ganze Zeit hinauswollte.“

„Ist das so?“, fragte Amaryllis gereizt nach. „Dann verstehe ich deine gute Laune noch weniger!“

„Meine gute Laune rührt daher, dass der Fall für uns doch sowieso verloren ist. Der Mann, den wir mit an Sicherheit grenzender Wahrscheinlichkeit als Täter überführen können, ist todkrank. Seine gerechte Strafe wird er nicht bekommen und entsprechend auch nicht jahrzehntelang im Gefängnis mit anschließender Sicherheitsverwahrung vor sich hin rotten. Im Gegenteil, sein kleiner Ausflug in das Waldgebiet bedeutet wahrscheinlich, dass er sich dort selber das Leben genommen hat und sich damit seiner Festnahme entzieht.

Ich habe die Hundesuchstaffel bereits angefragt und gehe davon aus, dass wir seine sterblichen Überreste baldigst finden, weil der miese Feigling zwar Frauen quälen kann, aber selber lieber den einfachsten Ausweg nimmt. Damit ist der Fall, wie bereits gesagt, für uns verloren bzw. erledigt und wir können uns einer anderen Tat zuwenden, wo wir wenigstens die Chance haben, einen Mörder hinter Gitter zu bringen.“

Falk von Heeren verzog sein Gesicht zu einer Grimasse. „Wenn ich ehrlich bin, könnte ich die Wände hochgehen, so sehr regt mich der Ausgang dieses Falles auf, aber was nützt es? Also kann ich mich auch auf das Wochenende mit meinen Mädchen freuen.“

„Hast du nicht eine Kleinigkeit vergessen?“, fragte Amaryllis schnippisch nach, obwohl oder gerade, weil sie wusste, dass ihr Kollege recht hatte. „Wir haben den Ort noch nicht gefunden, wo er seinem Hobby Menschenquälen nachgegangen ist.“

Falk sah seine Kollegin erstaunt an. „Komm, du weißt ganz genau, wenn sich herausstellt, dass Thomasson sich selber umgebracht hat, ist es zwar unsere Pflicht, das Versteck zu finden, aber du glaubst doch nicht im Ernst, dass unser Chef Hubert Neustädt dieser Suche höchste Priorität einräumen wird? Oder irgendeine Priorität. Wenn wir Glück haben, dürfen wir das Versteck selber suchen, wahrscheinlicher ist, dass er einen Grünling darauf ansetzt, der sich erst mal beweisen soll."

Hubert Neustädt war bei seinen Untergebenen für seine legendäre schlechte Laune ebenso gefürchtet wie für seine Überzeugung, dass Fälle von öffentlichem Interesse wichtiger waren als Fälle, die es nicht auf die Titelseiten der Zeitungen brachten. Amaryllis selber hatte schon viele Stunden mit ihrem Chef über schwierige, aber wenig publikumswirksame Fälle diskutiert, die dieser lieber von einem unerfahrenen Polizisten bearbeiten ließ als von seinen Hauptkommissaren.

„Du hast mich nicht aussprechen lassen, denn es gibt noch eine weitere Möglichkeit, wo Thomasson sein könnte", rügte Amaryllis ihren Kollegen scharf, bemühte sich dann aber um eine etwas gemäßigtere Tonart, da sie wusste, dass Falk ebenso darauf erpicht wie sie war, Thomasson lebend zu finden.

„Er könnte, um Benitas Theorie vom zweiten Täter wieder ins Spiel zu bringen, bei eben diesem Komplizen untergeschlüpft sein. Das Auto hat er uns als eine Art Appetithäppchen hingestellt. Mittlerweile dürfte er sich ziemlich sicher fühlen, oder? Die Polizei sucht verzweifelt nach ihm, hat es aber bislang nicht mal geschafft, den Ort zu finden, wo er sein Opfer gefangen gehalten hat. Wenn ich der Täter wäre, würde ich mir einen Spaß daraus machen, die Polizei noch ein wenig dümmer aussehen zu lassen, insbesondere wenn ich merke, dass sie nicht vermuten, dass es einen Komplizen geben könnte."

„Na, ganz super“, sagte Falk kopfschüttelnd. „Wir suchen also nach einem weiteren Täter, der über Räumlichkeiten verfügt, die sich als Folterkeller und Hospiz gleichzeitig eignen. Kann so schwer nicht werden, Thomasson dürfte in seinem Zustand wohl kaum noch Kilometer gelaufen sein.“

„Vielleicht hat er sich ein Taxi genommen“, sagte Amaryllis ironisch, wurde jedoch sofort wieder ernst. „Wir dürfen diese Möglichkeit nicht außer Acht lassen. Ich denke mittlerweile genau wie du, dass es wohl keinen zweiten Täter gibt, aber das gibt uns nicht das Recht, nicht nach ihm zu suchen.“

„Ich weiß. Was machen wir? Fahren wir nach Spandau?“ Falk schaute auf seine Uhr. „Es ist noch früh am Tage. Ich bin sicher, dass die Hundestaffel heute auf die Suche geht, als ich vorhin angefragt habe, klang es aber eher, als würde das am Nachmittag passieren. Lass uns trotzdem hinfahren und sehen, ob die Spurensicherung etwas im Wagen gefunden hat, danach schauen wir weiter.“

31.

Sie spürte, wie ihr Magen sich zusammenzog vor Hunger. Sie war immer wieder erstaunt, wie leidenschaftlich ihre Organe um ihr Überleben kämpften. Sie darauf aufmerksam machten, dass sie nicht gut mit ihnen umging. Aber vorher sollten ihr rebellierender Magen, ihre schmerzenden Nieren, ihr immer öfter rasend schnell schlagendes Herz wissen, dass sie nicht Herr über ihr eigenes Leben war, dass sie essen musste, was er ihr gab. Und das war nicht viel gewesen.

Ganz am Anfang, während der ersten Wochen ihrer Gefangenschaft, hatte er ihr großzügige Portionen zu essen gegeben, die im Laufe der Zeit immer kleiner wurden. Wahrscheinlich hatte er ausgetestet, wie viel er seinem Opfer lassen musste, um es am Leben zu erhalten. Nach und nach waren die in Plastik eingeschweißten Käse- und Wurstsorten von ihrem Speiseplan verschwunden. Das abgepackte Schnittbrot war durch weißes Toastbrot ersetzt worden. Obst und Gemüse waren zu einer traurigen Erinnerung verblasst. Sie wusste nicht mehr, wann genau er zu ihrer derzeitigen Ernährung übergegangen war, aber zwei oder drei Jahre waren bestimmt vergangen, seitdem er begonnen hatte, ihr tagaus, tagein das gleiche Essen zu geben. Toastbrot mit Erdbeermarmelade. Morgens, mittags und abends. Manchmal hatte sie das Gefühl, sich beim Anblick der Packung mit dem labberigen Toastbrot, das niemals in einem Toaster kross und braun werden würde, übergeben zu müssen.

Die wenigen Male, wenn er ihr ein paar Bananen in ihr Verlies brachte, waren wie Festtage für sie. Sie musste sich beherrschen, die Früchte nicht sofort hinunterzuschlingen, so sehr verzehrte sie sich nach einem anderen Geschmack, so sehr verlangte ihr Körper nach Nährstoffen.

In den ersten Jahren war er täglich gekommen und hatte ihr so viel zu essen gegeben, wie sie für einen Tag brauchte. Dann war er irgendwann zwei Tage lang nicht aufgetaucht und sie hatte sich vor Hunger und Durst gekrümmt, bis sie endlich hörte, wie die Stahltür langsam aufging.

Erst später wurde ihr klar, dass er in genau diesen zwei Tagen auf die Jagd gegangen sein musste. Auf die Jagd nach seinem zweiten Opfer. Sie wusste nicht, ob er die andere täglich heimsuchte, aber seine Besuche bei ihr beschränkten sich seitdem auf zwei oder drei pro Woche. Statt ein paar Scheiben Toast bekam sie nun eine ganze Packung, dazu ein Glas zuckriger Marmelade und er ließ ihr stets ein paar Flaschen mit Wasser da.

Eine Zeit lang hatte sie sich das Toastbrot aufgespart, falls es ihm eines Tages gefallen sollte, sie vielleicht wochenlang nicht aufzusuchen. Das Brot war innerhalb von wenigen Tagen zu einem grünlich-grauen schimmeligen Klumpen geworden. Eine Packung trockener Zwieback, den sie vor Jahren hinter ihrem Bett versteckte hatte, war ihr großes Heiligtum geworden. Der längst abgelaufene Zwieback hatte ihr ein Gefühl der Stärke gegeben, denn sie würde nicht sofort hungern, wenn er es wollte.

Sie schüttelte den Kopf und schloss ihre Augen. Wie dumm sie gewesen war. Warum war ihr nur nie in den Sinn gekommen, dass sie verdursten würde, lange bevor sie verhungern konnte.

Sie verbot sich die Vorstellung an das Gefühl, das sie empfinden würde an dem Tag, an dem sie kein Wasser mehr hatte. Wenn sie auf ihre Uhr schauen würde und die Stunden bis zu ihrem Tod abzählen konnte. Sie verspürte bereits jetzt einen schier unerträglichen Durst. Es war fast 24 Stunden her, seitdem sie die letzte der Wasserflaschen auf dem Tisch geleert hatte. Sie knipste eine Taschenlampe an, stand auf und humpelte zur anderen Seite des Raumes.

Sie betrachtete nachdenklich den kleinen Wassereimer, der im schwachen Schein der Taschenlampe einen langen Schatten an die Wand warf. Er war zu weniger als einem Drittel gefüllt.

Sie vermochte sich nicht vorzustellen, wie dreckig sie nach all der Zeit in ihrem Gefängnis, in der sie sich nur mit einem Waschlappen, einem Stück Seife und dem Wasser aus einem kleinen Eimer hatte reinigen können. Es hatte Phasen gegeben, da hatte sie den erbärmlichen Zustand, in dem sie sich befand, gehasst. Wie unwichtig all dies auf einmal war. Plötzlich, in Angesicht der Tatsache, dass das wenige Wasser, mit dem sie sich in den vergangenen Tagen gewaschen hatte, nun ihr einziges Trinkwasser war, schien die Schmutzschicht, die sie sich manchmal mit fast brutaler Gewalt von der Haut zu kratzen versucht hatte, bedeutungslos. Sie spürte Ekel in sich aufsteigen. Ekel, von dem sie bereits wusste, dass sie ihn überwinden würde, denn sie wollte leben.

Das dreckige, abgestandene Wasser aus dem Eimer neben der chemischen Toilette schmeckte ihr besser, als ihr jemals zuvor etwas in ihrem Leben geschmeckt hatte.

32.

Das Auto von Gunnar Thomasson war so grau und unauffällig, wie es das Leben seines Besitzers nach außen war.

„Hätte mich auch gewundert, wenn der Typ ein rotes Auto gefahren hätte“, erklärte Falk mit verächtlichem Ton in der Stimme.

„Noch wissen wir nicht, dass er tot ist“, ermahnte Amaryllis ihren Kollegen.

„Wenn du mir glaubhaft versichern kannst, dass du an seinem Freitod zweifelst, kaufe ich dir eine Jahresration Kekse“, sagte Falk.

„Du meinst, du kaufst mir eine Jahresration Kekse, die du in meinem Büro isst“, stellte Amaryllis trocken fest und ging um das dunkelgraue Auto herum, dessen Türen geöffnet waren. Im Inneren des Wagens saßen zwei Ermittler der Spurensicherung in weißen Anzügen und besprühten die Oberflächen mit einer gelblichen Substanz. Sie machten den Kommissaren ein Zeichen, nicht zu nahe zu kommen.

„Ich habe drei Mädchen, weißt du, was passiert, wenn ich irgendwo etwas Schokoladen- oder Keksähnliches herumliegen lasse? Meine einzige Chance, selber Süßes zu essen, sind deine Kekse oder die Muffins von Benita."

Falk deutete auf den Waldrand, der direkt hinter dem Bürgersteig begann. „Hier können wir nichts ausrichten, bis die Spurensicherung fertig ist. Schauen wir uns ein wenig um. Unser Täter hat sich einen interessanten Ort ausgesucht, um seinen Wagen zu parken."

„Sieht aus wie ein Wald, mir war nicht klar, dass du Hobby-Biologe bist."

„Gott, hast du schlechte Laune!"

Falk ging, ohne weiter auf seine Partnerin zu achten, in Richtung des Waldrandes. Amaryllis blieb nicht viel anderes übrig, als ihm zu folgen, da er mit seiner Feststellung, dass sie am Auto von Gunnar Thomasson nicht viel ausrichten konnten, bevor die Kollegen der Spurensicherung fertig waren, recht hatte.

„Obwohl du mir die paar Kekse nicht gönnst und mein Interesse an meiner Umwelt nicht zu schätzen weißt, weihe ich dich jetzt in eines der vielen Geheimnisse meines Lebens ein, die sonst nur ein ausgewählter Kreis kennt."

Amaryllis warf Falk einen weiteren verwunderten Seitenblick zu. Ihr Kollege, der zwar immer gerne einen lockeren Spruch oder einen Witz machte, erschien ihr nach Wochen des Grübelns und Problemen mit der Kinderunterbringung merkwürdig positiv, vielleicht sogar glücklich. Er wirkte fast, als wäre ihm eine Last von den Schultern genommen worden.

Sollte die Entscheidung, seine Kinder zu sich zu nehmen oder wenigstens um dieses Recht zu kämpfen, wirklich eine derartig große Wirkung auf ihn haben?, dachte Amaryllis, sprach ihre Gedanken aber lieber nicht laut aus.

„Entgegen landläufiger Meinung habe ich nicht immer in Berlin gelebt und ich war auch nicht immer Polizist“, sagte Falk in ihre Überlegung hinein und Amaryllis musste gegen ihren Willen lachen.

„Nein!“, erwiderte sie mit gespielter Verblüffung. „Du bist nicht in Uniform geboren worden? Eine Welt bricht für mich zusammen.“

„Du kennst mich doch gar nicht in Uniform!“ Falk warf ihr einen warnenden Blick zu. „Willst du mein Geheimnis hören, ja oder nein?“

„Unbedingt!“

„Also, ich stamme aus Bayern, genauer gesagt aus der Nähe von Augsburg“, sagte Falk und sah seine Kollegin an, um ihre Reaktion auf seine „Enthüllung“ zu sehen.

„Das ist nicht schön, kann aber nur bedingt gegen dich verwendet werden, die bayerische Mundart hast du dir erfolgreich abgewöhnt, das spricht für dich“, ging Amaryllis auf das Geplänkel mit ihrem Kollegen ein, während sie über einen Waldweg in das Innere des Spandauer Forstes liefen.

„O. k., ich lege eins drauf, um dein Interesse zu steigern: Ich bin 1992 nach Berlin gezogen, und das nicht, weil ich hier Polizist werden wollte.“

„Könnte sein, dass ich jetzt tatsächlich interessiert bin“, gab Amaryllis zu. „Lass mich raten, du wolltest Bademeister werden, bevor du dich für den Polizeidienst entschieden hast. Nein, stopp, du warst Trabbi-verrückt und hast die Chance gewittert, im Herzen der alten DDR armen Menschen ihr geliebtes Ost-Auto für wenig Geld abzuluchsen.“

„Du hast eine deutlich lebhaftere Fantasie, als man meinen könnte, wenn man dich mit deinen Mädchen-Blüschen so ansieht“, konterte Falk.

Amaryllis bedachte ihren Kollegen mit einem bösen Blick, ging auf seine Blusenbemerkung aber lieber nicht ein, da sie wissen wollte, was ihren Kollegen kurz nach der Wende aus Bayern nach Berlin verschlagen hatte.

„Trotz deiner wenig produktiven Bemerkungen werde ich dir verraten, dass ich hergekommen bin, um Geschichte zu studieren. Es war mein Lieblingsfach in der Schule und ich wollte Lehrer werden. Ich weiß, man glaubt es kaum."

„Allerdings", antwortete Amaryllis, die sich ihren oftmals ungeduldigen und aufbrausenden Kollegen nur schwer als Pädagogen vorstellen konnte. „Was ist passiert, warum hast du deine Pläne geändert?"

„Es hat genau ein Semester gedauert, bis ich gemerkt habe, dass ich nicht der Typ fürs Theoretische bin, und ein weiteres, bis ich mir überlegt hatte, was für ein Typ ich bin. Dann bin ich ein Jahr durch die Weltgeschichte gereist und habe schließlich bei der Polizei angefangen." Falk blieb einen Moment stehen und deutete auf den Wald. „Dieser Wald ist es allerdings, warum ich überhaupt erst auf die grandiose Idee mit dem Geschichtsstudium gekommen bin."

Amaryllis sah ihren Kollegen mit hochgezogenen Augenbrauen an, sparte sich aber die Nachfrage, wie in aller Welt man wegen eines Waldes auf die Idee kommen könne, Geschichte studieren zu wollen.

„Hast du schon mal etwas von Adolf Philipp gehört?", fragte Falk und sprach weiter, ohne die Antwort seiner Kollegin abzuwarten. „Der Mann wurde 1964 hier erschossen, er ist eines der Maueropfer. Keiner weiß genau, was er hier getan oder was sich genau abgespielt hat. Soweit sich später herausstellte, hat er sich, nachdem er nach Berlin gezogen war, schon bald für die Mauer und alles, was mit ihr zusammenhing, interessiert.

Manche behaupten, er sei ein Fluchthelfer gewesen oder habe es werden wollen. Man weiß es nicht. Auf jeden Fall kam im Sommer 1964 plötzlich die Meldung, dass er tot sei, erschossen von DDR-Grenzposten hier im Spandauer Forst. Angeblich hatte er sich in einem alten Bunker versteckt und die Grenzposten, die ihn fanden, mit einer Gaspistole bedroht, woraufhin sie ihn in Notwehr getötet haben. Das Gegenteil oder was sich wirklich abgespielt hat, konnte nie bewiesen werden. Ein Kreuz hier im Wald erinnert an ihn. Adolf Philipp kam aus einem kleinen Ort ganz in der Nähe von Augsburg, deswegen haben wir seine Geschichte unendliche Male in der Schule gehört."

Amaryllis überlegte, was sie sagen sollte. Sie war nicht in Deutschland aufgewachsen, obwohl sie einen deutschen Pass hatte. Ihr Vater hatte ihr immer wieder über Berlin, die Mauer und die DDR erzählt und doch war dieser Teil der deutschen Geschichte ihr merkwürdig fremd. Die ehemalige Teilung ihres Mutterlandes in zwei Staaten war fast unwirklich für sie. Andererseits war sie erst 10 Jahre alt gewesen, als die Mauer fiel. Die Erinnerungen an die Besuche bei ihrer Großmutter im geteilten Berlin beschränkten sich mehr auf die Geschenke, die sie bekommen hatte, und einen Aufenthalt, als ihre Großmutter sie bis spät in die Nacht hatte aufbleiben lassen und unermüdliche Runden Rommé mit ihr gespielt hatte, während ihre Eltern bei einer Einladung gewesen waren. Falk sprach weiter, bevor sie entschieden hatte, ihrem Kollegen ihre mangelnde Bildung in diesem Bereich zu offenbaren.

„Mich hat die Vorstellung, dass Menschen einfach hinter einer Mauer weggesperrt werden und nicht für sich selber entscheiden dürfen, wo sie leben möchten, fasziniert. Ich habe geglaubt, im Studium Dinge zu erfahren und zu lernen, die man sonst nicht unbedingt mitbekommt. War ein ziemlicher Reinfall und ich stellte bald fest, dass Quellenkunde nicht das Wahre für mich ist."

„Aber warum bist du zur Polizei gegangen? Ist nicht gerade der nahe liegendste Berufswechsel, oder?"

„Nachdem ich wusste, dass das Geschichtsstudium für mich nichts ist, war da erst mal eine große Leere. Schließlich habe ich mich darauf besonnen, was mir das Wichtigste im Leben ist und der Grund für das Geschichtsstudium war: die Freiheit. Jetzt ist es vielleicht nicht so, dass die Polizei immer ein Garant für die Freiheit ist, in manchen Staaten ist eher das Gegenteil der Fall, aber in einem demokratischen Rechtsstaat sollte die Polizei neben Recht und Ordnung auch für Freiheit sorgen. Also habe ich mich beworben, wurde genommen und der Rest ist Geschichte." Falk grinste. „Womit der Geschichtskreis sich geschlossen hätte."

„Du hast es nie bereut, dass du Verbrecher jagst, statt jungen Menschen die Vergangenheit näherzubringen?", fragte Amaryllis nach.

„Doch jeden Tag. Na gut, nicht jeden, so schlecht ist unsere Aufklärungsquote nun auch wieder nicht, aber wenn ich an manche Fälle denke, wünsche ich mich weit weg hinter ein Lehrerpult."

Er blieb stehen und schaute nach links. „Da drüben zum Beispiel, da wurde 2009 eine Frau am helllichten Tage erstochen, jede Menge Zeugen, der Täter ist mit seinem Fahrrad sogar in einem Überwachungsvideo zu sehen und trotzdem konnte der Mord nie aufgeklärt werden. Ich war nicht mit dem Fall betraut, aber trotzdem sind das die Momente, in denen man sich schon fragt, warum man das alles macht."

Die beiden Kommissare gingen ein paar Minuten schweigend nebeneinander her, jeder in seine Gedanken vertieft.

„Was wärst du bereit, für deine Freiheit zu tun?“, fragte Falk seine Kollegin plötzlich.

Amaryllis, die von der Frage mitten in ihrer Überlegung, wie einfach es war, einen anderen Menschen zu töten und damit davonzukommen, überrascht worden war, dachte einen Augenblick lang nach.

„Ich möchte gerne von mir denken, dass meine Freiheit mir heilig ist und ich alles für sie tun würde. Aber der Gedanke kann nur theoretisch sein, denn ich bin frei. Was ich tun würde, wenn ich aus meinem eigenen Land nicht mehr ausreisen dürfte, weil die Politik es so bestimmt? Ich weiß es nicht, ich hoffe, ich würde kämpfen und mich für die Freiheit einsetzen. Ich denke, ich wäre bereit, ins Gefängnis zu gehen, was ein Witz in sich wäre, sich für die Freiheit einsperren zu lassen. Aber sterben? Ich weiß es nicht.“

„Ich frage mich manchmal, was Sofia Richert für ihre Freiheit getan hat“, sagte Falk nachdenklich. „Hat sie versucht, auszubrechen, war sie bereit zu sterben oder war ihr Lebenswille so groß, dass sie alles getan hätte, um einfach nur zu überleben, was dieses Schwein Thomasson ihr angetan hat.“

Das Handy von Amaryllis klingelte in die Stille hinein, die nach den Worten von Falk entstanden war. Sie sprach kurz mit dem Anrufer, dann steckte sie ihr Handy zurück in ihre Tasche.

„Du wirst mir nicht glauben, was ich dir jetzt sage“, erklärte sie ihrem Kollegen mit düsterer Stimme.

33.

Sie hatte oft darüber nachgedacht, was ihr größter Fehler im Leben gewesen war, denn die Liste ihrer Fehler war lang. Ganz oben standen ihr unerfüllter Kinderwunsch, der sie ihre Beziehung gekostet und sie damit in die Situation gebracht hatte, in der sie sich befand. Hätte Mark sich nicht von ihr getrennt, wären sie zusammen in das kleine Haus im Sauerland gefahren, vielleicht hätte er den Müll rausgebracht und wäre unbeschadet zurückgekehrt. Aber vielleicht wäre ihr Schicksal auch so besiegelt gewesen und ihr Peiniger hätte sie zu einem anderen Zeitpunkt betäubt und entführt, denn sie war kein Zufallsopfer eines perversen Täters, der seinen Trieb befriedigen musste. Er hatte sie bewusst ausgewählt.

An zweiter Stelle stand daher ihre Vermessenheit, ausgerechnet den freundlichsten und beliebtesten Mitarbeiter der gesamten Firma der versuchten Vergewaltigung zu beschuldigen. Sie war davon überzeugt gewesen, dass Gunnar Thomasson nicht damit davonkommen durfte, was er versucht hatte, ihr anzutun. Doch am Ende war sie diejenige gewesen, die ihren Platz geräumt hatte. Die Kollegen hatten wie eine Wand hinter dem Mann gestanden.

Eine Zeit lang war sie trotzdem froh über ihren Entschluss gewesen. Zu groß war der Druck, die Ablehnung, die fast an Hass grenzte, gewesen, die sie verspürt hatte, nachdem sie die Geschichte, was auf der Weihnachtsfeier passiert war, öffentlich gemacht hatte. Ihre Kündigung ein Jahr nach der Weihnachtsfeier war mit einem Jobangebot für Mark einhergegangen und kurz entschlossen hatten sie Berlin hinter sich gelassen, um in Köln neu zu beginnen. Wie hatte sie ahnen können, dass Gunnar Thomasson ihr Jahre später auflauern und sie in ein Verlies sperren würde. Selbst ihm hatte sie das nicht zugetraut.

Seit Kurzem stand ein weiterer Fehler auf ihrer Liste und sie fragte sich immer wieder, ob er nicht an die erste Stelle gehörte: Sie hatte nicht für ihre Freiheit gekämpft. Statt zu kämpfen, um diesem muffigen, kalten Loch zu entkommen, in das er sie eingesperrt hatte, war sie damit zufrieden gewesen, zu überleben.

Sie hatte die ersten Jahre überstanden, in dem sie sich ihrem Peiniger entzog, ihm nicht das gab, was er von ihr wollte: Gegenwehr. Sie hatte gelegentlich Angst gehabt, dass diese Strategie das Gegenteil von dem bewirken würde, was sie wollte und Thomasson sie aus Frust umbringen würde.

Mehr als einmal hatte er sie angeschrien: „Du widerliches Stück Dreck, bei der Arbeit, da hattest du eine große Klappe, hast mich angeschwärzt, hast mich bei allen miesgemacht. Und jetzt? Jetzt bist du zu feige, dich zu wehren! Wie erbärmlich du bist."

Doch plötzlich hatte er sie in Ruhe gelassen. War nur noch gekommen, um ihr Essen und Wasser zu geben. Manchmal hatte er sie tagelang in dem widerlichen Geruch der chemischen Toilette ausharren lassen, bis er sich erbarmt hatte, sie zu säubern. Dabei hatte er sie mit einem Gesicht angesehen, das nur eins ausdrückte: Verachtung.

Als sie das erste Mal meinte, die Schreie einer anderen Frau zu hören, hatte sie es kaum glauben können. Er hatte sich ein anderes Opfer geholt, weil sie sein Verlangen nicht erfüllt hatte. Wenn es jemals einen Moment gegeben hatte, an dem sie, Sarah Leonard, mit dem Gedanken gespielt hatte, für ihre Freiheit mit all ihrer Kraft zu kämpfen, war klar, dass sie es nie wieder tun würde.

Sie hatte die andere Frau, die so viel stärker als sie selber erschien, für sich kämpfen lassen. Sie hatte sich darauf verlassen, dass ihre Schreie der Angst, die Schmerzensschreie, ihre Schreie der Wut irgendwann gehört werden würden und sie beide frei kämen. Sarah hatte sogar gehofft, dass ihre Kerkertür irgendwann aufgehen würde und die andere würde dastehen und sie befreien, nachdem sie ihren gemeinsamen Peiniger getötet hatte.

Sie hatte nicht für ihre Freiheit gekämpft und nun würde sie sterben.

34.

Amaryllis schaute auf das Glas Rotwein, das vor ihr auf dem Tisch stand, und ließ ihren Blick durch den Garten streifen, der im Halbschatten der aufziehenden Abenddämmerung lag. Es war kurz nach 21 Uhr und sie hatte bis vor einer halben Stunde in dem Parkhaus in der Meinekestraße gestanden, in dem Gunnar Thomasson gestorben war.

Der Mann, den sie für schuldig der Freiheitsberaubung mit Todesfolge und zweifachen Mordes hielten, hatte sich, ganz wie sie es vorausgesehen hatten, selber das Leben genommen. In seinem Tod hatte er die dunkle Seite seines Wesens, die so im Gegensatz zu dem Gutmenschenbild, das seine Umwelt von ihm hatte, stand, offen zum Ausdruck gebracht.

„Was für ein Schwein", hatte Falk gestöhnt, als sie seine Leiche gesehen hatten. Gunnar Thomasson hatte sich weder erschossen noch die Pulsadern aufgeschnitten oder Medikamente genommen, er hatte sich unter ein ausparkendes Auto geworfen.

Die Fahrerin des Wagens war für die beiden Kommissare keine Unbekannte. Lara Baumeister, die nach einem langen

Arbeitstag auf dem Weg nach Hause zu ihren Kindern war, hatte unter Schock stehend immer wieder erklärt, dass sie ihren Schwiegervater nicht gesehen habe und dass er wie aus dem Nichts hinter ihrem Auto aufgetaucht sei.

„Ich gehe davon aus, dass er zwischen den Wagen gelauert hat, um sich in dem Moment hinter das Auto zu werfen, als die Frau keine Chance mehr hatte, zu bremsen“, hatte Benita, die ebenfalls zum Fundort der Leiche gekommen war, den beiden Ermittlern ihre erste Erkenntnis mitgeteilt.

„Der Typ muss ein unglaublicher Frauenhasser gewesen sein, oder glaubt ihr, dass es Zufall ist, dass er sich hinter das Auto einer jungen Frau geschmissen hat?“, hatte sie angefügt.

„Gunnar Thomasson ist viel mehr als nur ein Frauenhasser“, hatte Falk seine Kollegin aufgeklärt. „Dieses miese Stück hat sich nicht hinter den Wagen irgendeiner Frau geworfen, sondern hinter den seiner eigenen Schwiegertochter. Und wie der Zufall es so will, ist genau diese Schwiegertochter überzeugt davon, dass ihr Schwiegervater seinen eigenen Sohn, ihren Mann und den Vater ihrer Kinder, kaltblütig ermordet hat, weil der sein dreckiges Doppelleben entdeckt hatte.“

Benita hatte die beiden Kommissare ungläubig angeschaut. „Warum?“, hatte sie kopfschüttelnd gefragt. „Welchen Beweggrund sollte er gehabt haben, so etwas zu tun? Das ist pervers, das würde nicht mal den Autoren einer dieser billigen Schundserien aus dem Fernsehen einfallen.“

„Ich nehme an, er wollte das Leben seiner Schwiegertochter endgültig zerstören, es hat ihm nicht gereicht, dass er ihren Mann getötet hat. Vielleicht hat er sich in seiner kranken Fantasie daran erfreut, wie sie den Kindern erklären muss, dass sie ihren Großvater mit dem Auto überfahren hat“, hatte Falk versucht, eine Erklärung zu finden.

„Oder er wollte ihr damit etwas sagen. Zum Beispiel, dass er seinen eigenen Sohn umgebracht hat. Vielleicht dachte er, dass er sie so auf die richtige Idee bringt, was für eine grandiose Heldentat er in seinen Augen vor drei Jahren vollbracht hat. Denn soweit wir wissen, hat seine Schwiegertochter ihn niemals mit ihrem Verdacht konfrontiert, Thomasson musste davon ausgehen, dass sie glaubt, der Tod ihres Mannes sei tatsächlich ein Unfall gewesen“, hatte Amaryllis laut überlegt.

An Benita gewandt hatte sie gesagt: „Ich bin gespannt, was die Obduktion ergibt. Vielleicht findest du irgendeinen Hinweis in diese Richtung.“

„Wenn ich nicht schon die unmöglichsten Dinge bei Obduktionen gesehen hätte, würde ich sagen, dass ich nicht die geringste Vorstellung habe, wie so ein Hinweis aussehen könnte, aber stattdessen sage ich lieber, O. k., wird gemacht.“

Man hatte der Gerichtsmedizinerin ansehen können, dass sie Feuer gefangen hatte und fest entschlossen war, die Leiche von Gunnar Thomasson so lange zu untersuchen, bis sie etwas gefunden hatte, das zur Lösung des Falles beitrug.

Amaryllis trank einen Schluck Rotwein und überlegte, ob sie, anstatt noch ein wenig im Garten zu sitzen und die Geschehnisse des Tages Revue passieren zu lassen, nicht lieber ins Bett gehen sollte. Sie fühlte sich müde und erschöpft. Der Fall der toten Frau aus dem Grunewald hatte sich quasi selber gelöst, denn wie das Labor ihnen am frühen Abend mitgeteilt hatte, war der Abgleich der DNA-Proben positiv ausgefallen. Es war eindeutig, dass Gunnar Thomasson der Vater des toten Säuglings war, und auch die Hautspuren unter den Fingernägeln von Sofia Richert konnten eindeutig ihm zugeordnet werden.

Der Täter war gefunden, aber er würde nicht bestraft werden. Der Fall hinterließ ein merkwürdiges Gefühl der

Ohnmacht bei Amaryllis. Sie fragte sich, ob es allein daran lag, dass es schwierig bis unmöglich werden würde, Gunnar Thomasson den Mord an seinem eigenen Sohn nachzuweisen. Die Frage war vor allem, ob es überhaupt Sinn machte, es zu versuchen. Es würde viel Zeit kosten und mehr als den Seelenfrieden seiner Witwe würde man nicht erreichen können.

Vielleicht würde, falls sie es nicht schaffen sollten, Gunnar Thomasson die Tat nachzuweisen, und dies war mehr als wahrscheinlich, der Seelenfrieden der Frau sogar noch mehr leiden. Was ihr Chef Hubert Neustädt am Montagmorgen sagen würde, wenn sie ihm vorschlug, den Fall bis zum bitteren Ende aufzuklären, wollte sie sich lieber gar nicht erst vorstellen. Das Äußerste, was er ihr zugestehen würde, war die Suche nach dem Versteck, in dem Gunnar Thomasson sein Opfer gequält hatte, und auch dies würde zur Nebensache werden, sobald ein neuer Fall auf ihrem Tisch landete.

Sie nahm einen großen Schluck aus dem Weinglas und ging in die Küche, um sich ein paar Oliven und gefüllte Peperoni aus dem Kühlschrank zu holen. Eine halbe Stunde mehr oder weniger Schlaf würde sie nicht umbringen. Es war Freitagabend und zwei freie Tage lagen vor ihr, die sie in ihrem Garten verbringen wollte. Zwar hatte sie begonnen, die Pflanzen jeden Abend zu wässern, was sie als eine erstaunlich entspannende Tätigkeit empfand, aber es gab noch eine Menge Unkraut zu jäten.

Kaum war sie durch die Balkontür in das Wohnzimmer getreten, bereute sie es schon wieder. Das Haus war weiterhin eine Baustelle und der Staub schien immer schlimmer zu werden. Egal, wohin sie blickte, es machte nicht den Eindruck, als wären die Handwerker auch nur an einer Stelle weitergekommen.

Amaryllis musste lachen, obwohl sie allein war. Wenn Falk hier wäre, hätte er mit Sicherheit seinen Lieblingswitz gemacht: „Was soll das werden? Baust du den BER, unseren allseits geliebten Hauptstadtflughafen nach?“

So wie es aussah, würde der unvollendete Berliner Skandal-Flughafen allerdings lange vor ihrem Haus fertig werden. Amaryllis seufzte, bereitete sich in der Küche ihren Snack zu und ging mit einem Teller Oliven, ein paar Peperoni-Schoten und einem Stück Weißbrot zurück auf die Terrasse.

Das Leben war merkwürdig, überlegte sie und betrachtete dabei nachdenklich die Blumen im Garten, die dank Amaryllis' neu erwachtem Ehrgeiz, wenigstens ihren Garten zu pflegen, wunderbar blühten. Sie war frei, zu tun und zu lassen, was sie wollte und doch beherrschte allein die Arbeit ihr Leben, während alle anderen offenbar dabei waren, sich zu verändern. Es war nur eine Frage der Zeit, bis Benita sich neu verlieben würde, und Falk hatte den Entschluss gefasst, zumindest dafür zu kämpfen, dass seine Kinder mehr Zeit mit ihm verbrachten. Und sie selber? Sie hatte beschlossen, ihr Haus umbauen zu lassen, aber vor allem, um danach keine Veränderungen mehr zu haben und dort lange, vielleicht sogar für immer, zu wohnen. Sie war weder auf der Suche nach einem Mann, noch wusste sie, ob sie überhaupt wieder eine Beziehung wollte. In dem Jahr nach dem Tod ihrer Großmutter hatte sie ein paar Verabredungen gehabt, aber schnell gemerkt, dass sie, wenn sie ehrlich war, lieber allein war. Sie musste plötzlich an Nicolas Kretschmann denken. Der Mann hatte ihr, gegen ihren Willen, gefallen, auch wenn seine offene Art sie zunächst gekränkt hatte. Aber allein die Tatsache, dass er ebenfalls bei der Polizei arbeitete, war für Amaryllis Grund genug, diesen Gedanken nicht weiterzuverfolgen. Es war nie gut, Berufliches und

Privates zu vermischen, vom Gerede der Kollegen ganz zu schweigen. Tatsächlich hatte sie bei jedem Mann, der sie interessiert hatte, immer schnell einen Grund gefunden, ihn nicht einmal näher kennenzulernen.

Amaryllis holte tief Luft und sagte leise zu sich selber: „Du musst lernen, dass du allein entscheiden kannst, was du tun willst, niemand kann dir reinreden. Und wenn du, so wie im Moment, einfach nur arbeiten willst, dann ist das deine Sache. Es ist deine Freiheit."

Wenn sie es so ausdrückte, klang es gar nicht so schlecht, bewahrte sie aber nicht davor, dass sie dem Rudel Handwerker endlich klarmachen musste, dass sie plante, irgendwann ohne sie allein in ihrem fertigen Haus zu leben. Bei dem Gedanken, allein in ihrem Haus zu sein, musste sie an Sofia Richert denken. Was hatte die Frau gefühlt, während sie jahrelang allein eingesperrt gewesen war? Wie hatte sie die Einsamkeit, die Aussichtslosigkeit ihrer Lage ertragen können, wenn viele Menschen, die in Freiheit lebten schon daran verzweifelten, allein zu sein?

35.

Sie betrachtete den roten Eimer, auf dessen Grund sich noch ein winziger Rest Wasser befand. Dann blickte sie auf das Stück Plastik, das sie aus einer der leeren Wasserflaschen gebrochen hatte. Es hatte eine unheilvoll scharfe Kante, die wahrscheinlich mit Keimen übersät war, sodass sie sich, sollte sie nicht nach dem Schnitt verbluten, darauf verlassen konnte, an der Infektion der Wunde zu sterben.

Sie setzte den Eimer bedächtig an ihre Lippen und trank die letzten drei Schlucke Wasser. Lange hatte sie überlegt, welches Gefühl es sein würde, wenn sie die Stunden bis zu ihrem Tod zählen konnte. Erstaunlicherweise fühlte sie sich beruhigt, fast zufrieden. Ihr Magen hatte aufgehört, sich gegen sein Schicksal zu wehren, und akzeptiert, dass sie den letzten muffigen Zwieback bereits vor Tagen gegessen hatte.

Ein Lächeln huschte über ihr Gesicht, das sie selber überraschte. Sie wusste nicht, wann sie zuletzt gelächelt hatte. Aber der Gedanke, dass nicht stimmte, was in der Zeitung stand, hatte sie zumindest für einen kurzen Augenblick amüsiert.

Ihre Großmutter hatte es geliebt, auf die Zeitungen zu schimpfen, weil nur Lügen darin verbreitet würden. Bald würde sie, Sarah, wissen, ob es das berühmte Leben nach dem Tod wirklich gab, an welches ihre Großmutter wiederum felsenfest geglaubt hatte.

„Am Ende sehen wir uns bald wieder, Oma", murmelte Sarah.

In der Sonntagszeitung hatte sie vor vielen Jahren einen Bericht über Hoffnung und Freiheit gelesen. Ein Mensch, der nicht hofft, gebe seine Freiheit auf, hatte da gestanden. Wahrscheinlich stimmte das für die meisten Menschen sogar, auf Sarah traf es nicht zu. Im Gegenteil. In dem Moment, als sie den letzten Schluck Wasser getrunken hatte, war sie das erste Mal seit vielen Jahren frei gewesen. Frei von der Hoffnung, ihr trostloses vermodertes Versteck jemals verlassen zu können.

Sie würde sterben. Es blieb lediglich die Frage, ob sie versuchen sollte, ihrem Leben mit dem scharfen Stück Plastik auf dem Tisch vor sich selber ein Ende zu setzen, oder ob sie den Tod einfach kommen ließ, wenn er es für richtig hielt. Sarah seufzte. Sie kannte die Antwort bereits. Sie war und blieb ein Feigling.

Tag 9

(Samstag)

36.

Sie nahm die oberste Zeitung von dem Stapel, der an der Wand stand und setzte sich bedächtig auf ihre Pritsche, legte die Zeitung auf ihre Oberschenkel und strich sie sorgsam glatt. Diese Zeitung war ihr größter Schatz. Sie wusste, dass er sie ihr nur gegeben hatte, um sie zu quälen, nicht ahnend, dass er das Gegenteil erreichen würde. Die Zeitung war alles, was sie gebraucht hatte, um ihr Leid zu ertragen, um den kleinen Funken Hoffnung in sich zu behalten.

Sie schlug die Zeitung vorsichtig auf, als könnten die gedruckten Buchstaben Schaden nehmen, wenn sie das Papier zu heftig bewegte. Eine hübsche, zierliche Frau mit langen roten Haaren lächelte ihr aus einem Foto entgegen. Jedes Mal, wenn sie das Bild sah, fragte sie sich, wie viel sie mit der Frau auf dem Foto noch gemeinsam hatte. Innerlich und äußerlich. Wahrscheinlich nichts. Sie war immer schlank gewesen, aber nun war sie abgemagert, ihre Haut rau und rissig, die Haare, die sie sich gelegentlich in seinem Beisein mit einer Schere hatte abschneiden müssen, waren stumpf und hingen schwunglos an ihrem Kopf herunter. Sie hatte sie seit ihrem letzten Tag in Freiheit nicht gewaschen. Eine Zeit lang hatte sie gedacht, sie würde das Jucken ihrer ungewaschenen Kopfhaut nicht mehr ertragen können, eines Tages jedoch schien es, als hätten ihre Haare kapituliert. Sie hatten aufgehört, sich fettig und strähnig anzufühlen, im Gegenteil wirkten sie normal, fast als würden sie gepflegt. Es waren ihre Fingernägel, die Sarah am meisten störten. Sie waren an den Fingerkuppen abgebrochen, die Oberflächen eingerissen und sie hatten eine absonderliche gelbe Farbe.

Die Gefangenschaft hatte aber nicht nur äußerlich einen anderen Menschen aus ihr gemacht. Sie machte sich keine Illusionen, dass, sollte sie doch noch gefunden werden, das Leben in Freiheit zumindest am Anfang furchtbar sein würde. Allein die Tatsache, dass sie jahrelang mit keinem normalen Menschen geredet hatte. Dass sie ihr Essen mit den Fingern zu sich nahm, seit Jahren nicht geduscht hatte. Dass sie im Winter tagelang unter mehreren Decken zusammengekrümmt gelegen hatte, um ihren Körper vor der Kälte zu schützen, die der kleine Petroleumheizer, den er ihr in den Raum gestellt und der die Luft noch stickiger gemacht hatte, nicht wirklich vertreiben konnte. Dass die einzige Berührung eines anderen Menschen die rohe Gewalt gewesen war, die er ihr angetan hatte, wenn er über sie hergefallen war.

Sie blickte wieder auf die Frau in der Zeitung. Das Bild hatte ihre Schwester gemacht, an jenem letzten Tag, den sie in Freiheit gemeinsam mit ihrer Familie verbracht hatte. Sie konnte sich an den Moment erinnern, als Ines scherzhaft zu ihr gesagt hatte: „Lach doch mal. Später ärgerst du dich, dass es keine schönen Fotos von dir gibt."

Sie holte langsam und tief Luft, dann begann sie zu lesen.

37.

„Seit fünf Jahren wartet Mark L. auf die Rückkehr seiner Ehefrau. Vergeblich. Sarah L. verschwand an einem Augustabend aus dem Ferienhaus der Familie im Sauerland. Seitdem gibt es keine Spur von der Frau. Die Hoffnung aufgeben will Mark L. dennoch nicht."

Der Artikel, der anlässlich des fünften Jahrestages ihres Verschwindens erschienen war, beschrieb detailliert die Schuldgefühle von Mark, dass er sich von seiner Frau wegen des unerfüllten Kinderwunsches probeweise getrennt hatte, wie sehr er sie vermisste und dass er geplant hatte, sie direkt nach ihrer Rückkehr aus dem Sauerland um eine Versöhnung zu bitten.

„Wenn ich an dem Tag bei meiner Frau gewesen wäre, würde sie heute hier neben mir sitzen und es würde dieses Interview nicht geben."

Was wäre gewesen, wenn? Wie oft hatte Sarah sich diese Frage gestellt. Was wäre gewesen, wenn sie den Müll erst am nächsten Morgen rausgebracht hätte? Was wäre gewesen, wenn sie, wie ihre Schwester es gewollt hatte, gemeinsam mit der Familie am Nachmittag aufgebrochen wäre? Was wäre gewesen, wenn sie das Flutlicht angestellt hätte, das ihr Vater extra für sie kurz vor ihrer Ankunft hatte installieren lassen, weil er wusste, dass sie sich allein in dem kleinen Haus im Wald fürchtete. Was wäre gewesen, wenn sie ihren Mund gehalten und Gunnar Thomasson nicht der versuchten Vergewaltigung beschuldigt hätte?

Sie schloss die Augen. Wenn. Wenn. Wenn. Was wäre, wenn sie doch noch gefunden würde? Sie lachte bitter. Für sie würde es kein „wenn" mehr geben.

Sarah legte die Zeitung mit zitternden Händen neben sich auf den dünnen Stoff des Bettbezuges. Sie konnte die absolute Stille in dem kleinen Raum plötzlich nicht mehr ertragen. Sie rang nach Luft, spürte, wie ihr Herz in ihrer Brust hämmerte. Die Wände ihres Kerkers schienen immer näher zu kommen. Sie hatte eine Panikattacke. Plötzlich begann sie, laut zu lachen. Das Geräusch ihres eigenen Lachens, das sie seit Jahren nicht gehört hatte, überraschte und erschreckte sie. Wie konnte sie jetzt lachen, ausgerechnet in diesem Moment? Wahrscheinlich wurde sie verrückt, ihr Körper und ihr Geist zollten dem Wahnsinn ihres Überlebens in dieser Hölle endlich Tribut.

Auf einmal wurde Sarah ganz still. Sie hörte auf zu lachen, ihr Körper beruhigte sich und sie spürte nur noch eine einzige Empfindung: Sie hatte unendlichen Durst.

38.

Sarah nahm die Zeitung wieder hoch und betrachtete Marks Bild. Er sah gut aus auf dem Foto. Ob es wohl Leserinnen gegeben hatte, die beim Anblick ihres Ehemannes überlegt hatten, ob sie ihn aus seiner Trauer über seine seit Jahren vermisste Frau, die sicher längst tot war, hinwegtrösten könnten. Bestimmt.

Das Bild war schwarz-weiß und am Rande etwas unscharf. Mark saß auf der kleinen Bank hinter dem Haus in Köln, in dem sie bis zu ihrer Trennung gemeinsam gewohnt hatten. Neben der Bank rankten sich ein paar Klematis an einem Zaun hoch. Sarah wusste nicht mehr, ob die Pflanzen schon vor ihrer Gefangenschaft dort gewesen waren. Neben der Bank stand ein großer Blumenkübel, in dem Rosen blühten, Sarahs Lieblingsblumen. Sie hatte den kleinen Garten geliebt, jede Ecke mit Bedacht und Liebe bepflanzt. Wie sehr sie das Gefühl von feuchter Erde zwischen ihren Fingern vermisste. Den Geruch von frisch gemähtem Gras. Sarah schüttelte sich, um die Bilder aus ihrem Kopf zu vertreiben. Doch es gab in Wirklichkeit nichts zu vertreiben, denn sie vermisste eine Illusion. Schon vor einigen Jahren hatte sie vergessen, wie frisch gemähtes Gras oder feuchte Erde rochen. Der einzige Geruch, den sie noch kannte, war der moderige Geruch von Verderben in ihrer Zelle.

Sie hatte die Farben der Blumen in ihrem geliebten Garten ebenso vergessen wie den Geschmack der Erdbeeren, die sie in einem Beet neben der Küche angepflanzt hatte. Sie wusste nicht mehr, wie es war, in die Sonne zu schauen oder Regen auf ihrer Haut zu fühlen. Der Geruch von frischem Kaffee, der am Sonntagmorgen, wenn Mark und sie ausgiebig gefrühstückt hatten, durch das Haus gezogen war. Alles, was sie noch wusste, war, dass es all diese Gerüche, Empfindungen und Geschmäcker gab. Aber sie hatte keine Erinnerung daran, wie sie wirklich waren. Sie war im Besitz ihrer fünf Sinne und konnte keinen davon nutzen. Vielleicht war das in all den Jahren ihre größte Qual gewesen.

Sarah spürte, wie ihr schwindelig wurde. Ihr Körper rebellierte immer noch gegen das Unvermeidliche. Sie begann zu schreien.

Immer und immer wieder schrie sie da gleiche Wort: „Wasser!“

Tag 10

(Sonntag)

39.

Ihre Zunge lag wie ein Stück zu lange gebackener, staubtrockener Kuchen in ihrem Gaumen. Jeder Versuch, sie mit Speichel ein wenig zu befeuchten, war fehlgeschlagen. Sarahs Körper war nicht mehr in der Lage, Speichel zu produzieren. Ihr Kopf fühlte sich an, als würde eine Abrissbirne mit großer Geschwindigkeit wieder und wieder gegen ihn schlagen.

Sarah saß mit dem Rücken gegen die Wand gelehnt auf ihrem Bett und wartete darauf, dass der Tod sie endlich erlösen würde. Sie wusste nicht, wie lange sie da schon saß, ob und wann sie zuletzt geschlafen hatte. Vielleicht schlief sie die ganze Zeit, hatte längst das Bewusstsein verloren.

Sie fühlte sich, als würde sie in einer Art Luftblase sitzen, die sich langsam, aber sicher wie ein Vakuum um sie schloss, immer kleiner wurde und sie schließlich erdrücken würde. Lange konnte es nicht mehr dauern.

Sarah schloss die Augen, um sie sofort wieder aufzureißen. Warum tat ihre Seele, ihr Unterbewusstsein, was immer es war, ihr das an? Und doch konnte sie nicht aufhören, ihre Augen zu schließen, um wieder dort zu sein. Dort, an jenem verheißungsvollen Ort, den sie nie mehr sehen würde.

Sobald sie die Augen schloss, sah sie sich im Garten des Ferienhauses ihres Vaters im Sauerland. Sie trug das geblümte Kleid, das Mark so an ihr geliebt hatte. Vor ihr auf dem Tisch stand eine große Vase mit farbenprächtigen Sommerblumen. Und eine riesige Karaffe mit gekühltem, köstlichem Eistee.

Sarah blickte auf ihren Schoß. Das Baby schlief friedlich. Sie konnte sehen, wie die kleine Brust des Mädchens sich unter dem pinken Strampelanzug regelmäßig auf und ab bewegte. Sie strich zart über die winzige Hand, die auf dem Bauch des Babys ruhte.

Ihr größter Wunsch war endlich in Erfüllung gegangen. Mark trat aus dem Haus auf die Terrasse und winkte mit einer Grillzange.

„Ich glaube, ich schmeiße mal den Grill an“, sagte er fröhlich.

Sarah spürte zum ersten Mal seit Tagen ihre Zunge nicht mehr, wollte das vertrocknete Ding, das da in ihrem Mund lag, nicht mehr auswürgen. Sie würde die Augen nicht mehr öffnen. Sie würde in ihrem Traum vom perfekten Leben bleiben. Sie hatte nicht erwartet, dass der Tod sich so gut anfühlen würde.

Es war vorbei.

Tag 11
(Montag)

40.

„Auf gar keinen Fall!“

Hubert Neustädt schlug mit einer Hand auf seinen Schreibtisch, um seinen Worten Nachdruck zu verleihen.

„Der Mörder ist gefunden, wir werden keine wertvollen Ressourcen verschwenden, um irgendein Versteck zu suchen, das wer weiß wo sein könnte. Berlin ist groß und Sie haben bislang keinen Anhaltspunkt gefunden, wo dieser Verrückte sein Opfer gefangen gehalten hat. Wie kommen Sie auf die glorreiche Idee, dass Ihnen das in der näheren Zukunft gelingen könnte?“

„Das würde aber zur vollständigen Klärung des Falles gehören“, warf Amaryllis ein, obwohl sie die Erfolgsaussichten ihres Hinweises minimal einschätzte.

„Ja, und? Ich habe nicht gesagt, dass Sie gar nicht suchen sollen, Sie sollen sich allerdings vorrangig den Mördern widmen, die frei da draußen rumlaufen! Und davon gibt es wahrlich genug. Die Aufklärungsrate unserer Abteilung ist im vergangenen Jahr um fast fünf Prozent gesunken, wissen Sie, wie ich dastehe? Wie ein Idiot!“

Falk, der Hubert Neustädt deutlich länger als seine Kollegin kannte, warf Amaryllis einen beschwichtigenden Blick zu, der sie wissen ließ, dass es aussichtslos war, weiter mit ihrem gemeinsamen Chef zu diskutieren.

„Gut", sagte er für seine Verhältnisse ungewohnt diplomatisch und Amaryllis wusste, dass er es ihr zum Gefallen tat. „Aber schließen können wir die Akte nicht, das wäre gegen die Vorschriften, außerdem bleibt zu prüfen, ob Gunnar Thomasson für den Tod seines Sohnes verantwortlich ist. Das können wir nicht einfach unterschlagen, insbesondere da er sich hinter das Auto der Witwe geworfen hat. Wenn die Frau mit ihrer Geschichte zur Presse geht, sehen wir ganz alt aus. Was schlagen Sie also vor, sollen wir tun?"

Hubert Neustädt klopfte mit seinen Fingern, die leicht geschwollen wirkten, auf die Tischplatte. Amaryllis' Vorgesetzter war ein großer, übergewichtiger Mann, der stets ein wenig zu laut, zu groß und zu viel erschien. So wirkte das hellgraue Leinenhemd, das er trug, als würde es jeden Moment platzen, und an diversen Stellen hatte es sich dunkelgrau verfärbt, da Hubert Neustädt trotz der auf Hochtouren laufenden Klimaanlage in seinem Büro stark schwitzte.

„Ich sage Ihnen, was wir machen", sagte er schließlich und an seinem Gesichtsausdruck war zu erkennen, dass er eine Lösung gefunden hatte, mit der er zufrieden war. Ob die beiden Kommissare, die ihm gegenüber an seinem Schreibtisch saßen, ebenfalls damit zufrieden sein würden, hatte bei seiner Entscheidungsfindung mit großer Sicherheit keine Rolle gespielt.

„Die Kollegin Leitner wird sich der weiteren Ermittlungen annehmen. Vollzeit, das dürfte ausreichen. Da kann die junge Dame gleich ein paar Erfahrungen sammeln."

Hubert Neustädt lehnte sich in seinem Schreibtischsessel zurück und schaute seine Gegenüber zufrieden an. „Oder haben Sie Einwände?"

Amaryllis konnte nur mit Mühe ein Seufzen unterdrücken. Die Kollegin Leitner war erst seit Kurzem bei der Mordkommission und machte, um es vorsichtig auszudrücken, nur sehr langsame Fortschritte bei ihrer Arbeit.

Es war auch eben jene Kollegin Leitner gewesen, der sie den Auftrag erteilt hatte, den Namen der Frau herauszufinden, die Gunnar Thomasson bei der Geschäftsleitung seines Unternehmens wegen sexueller Belästigung angezeigt hatte. Eine Antwort war die Kollegin ihr bislang trotz mehrerer E-Mails mit Nachfragen, die Amaryllis ihr geschrieben hatte, da sie sie nicht in ihrem Büro angetroffen hatte, schuldig geblieben. Sie wollte sich nicht vorstellen, wie lange die Suche nach dem Versteck von Gunnar Thomasson dauern würde, wenn man Michaela Leitner mit dieser anspruchsvollen Aufgabe betrauen würde. Die überaus kniffelige Untersuchung, ob Gunnar Thomasson seinen eigenen Sohn umgebracht hatte, würde die unerfahrene Beamtin gänzlich überfordern.

Falk kam einer Antwort seiner Kollegin zuvor. „Kein Problem", sagte er leichthin. „Allerdings ist die Kollegin Leitner seit Donnerstag letzter Woche im Urlaub. Drei Wochen. Das würde die Suche ziemlich verzögern. Wie gesagt, wenn die Presse davon Wind bekommt. Man möchte sich gar nicht ausmalen, was die …"

Er ließ den Rest des Satzes im Raum stehen, ganz offenbar darauf vertrauend, dass Hubert Neustädt, der nichts mehr fürchtete als einen negativen Presseartikel über seine Abteilung, von sich aus eine andere Lösung vorschlagen würde.

„Gut“, brummelte ihr Chef sofort und schien einen Moment nachzudenken. „Sie haben bis Ende der Woche, um das Versteck ausfindig zu machen bzw. für die Untersuchung des Todes von Lars Baumeister. Wenn Sie bis dahin nichts gefunden haben, kann die Sache warten, bis Frau Leitner wieder da ist.“

*

Amaryllis saß an ihrem Schreibtisch und stützte ihren Kopf mit beiden Händen ab, doch es gelang ihr nicht, einen vernünftigen Gedanken zu fassen.

„Du siehst ein bisschen aus, wie ein Vogel-Strauß-Kopf-in-den-Sand-Simulator“, sagte Falk und nahm einen Schluck von seinem Cappuccino.

„Sehr lustig!“, blaffte Amaryllis ihn an. „Ich versuche, einen Ansatz zu finden, wo wir mit der Suche nach dem Versteck von Gunnar Thomasson anfangen können, aber ich habe nicht die geringste Idee.“

Falk lachte, was nicht dazu angetan war, die Laune seiner Kollegin zu verbessern. „Das haben wir bestens hingekriegt. Mit viel Mühe und seine panische Angst vor der Presse ausnutzend haben wir Neustädt Zeit bis Ende der Woche abgerungen, um das Versteck zu finden und Thomasson des Mordes an seinem Sohn zu überführen. Und nun sitzen wir gemütlich im Büro und haben keine Ahnung, wo wir anfangen sollen.“

„Weißt du, was ich mich immer wieder frage?“, sagte Amaryllis nachdenklich. „Wo war Thomasson in der Zeit zwischen dem Auffinden der Leiche von Sofia Richert und seinem Selbstmord? Zu Hause kann er nicht gewesen sein, wir waren mehrfach dort, außerdem haben wir das Haus rund um die Uhr beobachten lassen.“

„So wie ich die Nachbarschaft einschätze, hätten wir uns die Überwachung schenken können, wenn Gunnar Thomasson sich auch nur in die Nähe der Straße getraut hätte, hätten bei uns sämtliche Alarmglocken geschrillt", sagte Falk. „Eigentlich gibt es nur eine vernünftige Lösung, wo er gewesen sein könnte."

„Bei seinem Komplizen!", führte Amaryllis die Überlegung ihres Kollegen fort. „Der Komplize, auf den uns Sofia Richert mit den zwei selbst zugefügten Kratzern in Strichform auf ihrem Unterarm hinweisen wollte."

„Zu schade nur, dass sie sich keine Visitenkarte mit der Adresse dazu geritzt hat", sagte Falk sarkastisch.

„Und wenn wir doch noch einen Mantrailer einsetzen, um die Spur von Gunnar Thomasson vom Grunewald über Spandau in die Meinekestraße zu verfolgen?" Amaryllis sah ihren Kollegen fragend an.

Falks Gesichtsausdruck verriet, dass er skeptisch war. „Ich habe wenig Erfahrung oder ehrlich gesagt keine Erfahrung mit Mantrailern. Ich kann mir aber beim besten Willen nicht vorstellen, dass ein Hund uns vom Grunewald aus zu dem Versteck führt, wo der Täter sich in den vergangenen Tagen aufgehalten hat."

„Angeblich schaffen diese Hunde so etwas locker", sagte Amaryllis.

„Vielleicht ja, vielleicht nein, es gibt aber auf jeden Fall ein Argument dagegen, und das ist ein mehr als schlagkräftiges", gab Falk zu bedenken. „Neustädt. Wenn wir ihm die Genehmigung für die Suche mit einem Mantrailer unterbreiten, jagt er uns aus seinem Büro, bevor wir das Wort Genehmigung ausgesprochen haben. Solange wir davon ausgehen konnten, dass Gunnar Thomasson lebt, konnte er sich dem schwer widersetzen, aber einen Mantrailer auf die Spur eines überführten und dazu noch toten Täters ansetzen, da können wir einen extra Pressetermin anberaumen, nicht mal das wird ihn überzeugen können."

Amaryllis seufzte. „Wir haben ein paar Tage, um das Versteck zu finden, dann müssen wir den Fall an die Kollegin Leitner weitergeben. Es ist zum Verzweifeln. Jeder hat mal klein angefangen, aber die Leitner hat es nicht mal geschafft, den Namen der Frau rauszufinden, die Thomasson der sexuellen Belästigung beschuldigt hat."

Amaryllis verzog ihr Gesicht bei dem Gedanken an die Unfähigkeit ihrer jungen Kollegin. „Und wieso hat die für ihre E-Mails keine Abwesenheitsnotiz eingerichtet, wenn sie im Urlaub ist? Ich habe ihr mindestens drei Mails geschrieben. Zwei davon hätte ich mir sparen können, wenn ich gewusst hätte, dass sie im Urlaub ist."

„Bist du sicher, dass die Kollegin Leitner nichts herausgefunden hat? Ich bilde mir fest ein, dass sie mir vor ihrem Urlaub gesagt hat, sie wolle dir die Akte auf den Tisch legen, es stehe aber nichts Besonderes drin. Hat sie das nicht gemacht?" Falk deutete auf einen Stapel Unterlagen, die auf dem Schreibtisch seiner Kollegin lagen.

„Nein, hat sie nicht. Ich habe keine Akte von ihr bekommen. Ich frage mal bei Pamela Hellwig nach, vielleicht liegt die Akte bei ihr auf dem Schreibtisch und sie hat vor lauter Eis essen und Schuhe im Internet bestellen vergessen, sie mir zu geben."

Amaryllis erhob sich von ihrem Stuhl und ging Richtung Tür. „Habe ich wenigstens etwas zu tun. Auf dem Rückweg gehe ich in der Cafeteria vorbei und hole uns zwei weitere Cappuccinos. Diese Kaffee-Plörre ist die gerechte Strafe für uns und unsere lausigen Ermittlungen."

Während sie sich auf den Weg zum Büro der Sekretärin machte, spürte Amaryllis, wie ihre Laune sich weiter verschlechterte. Sie wurde das Gefühl nicht los, dass sie trotz der Klärung des Falles versagt hatten. Doch was konnte man mehr verlangen, als dass die Polizei den Täter fand? Es war nicht ihre Schuld, dass Gunnar Thomasson seine Strafe nicht bekommen würde, und die Tatsache, dass sie das Versteck des Opfers nicht gefunden hatten, war zwar unbefriedigend, aber nicht das Ende der Welt. Viel mehr als weitere Details des Grauens, das der Täter seinem Opfer angetan hatte, würde man dort nicht finden und so schrecklich dies war, änderte es an der Lösung des Falles nichts.

Amaryllis holte tief Luft, um sich ihre schlechte Laune nicht anmerken zu lassen, und betrat das Büro von Pamela Hellwig, die gelangweilt in einer Zeitschrift blätterte.

„Hast du eine Ahnung, wo die Kollegin Leitner eine Akte hingelegt haben könnte, die den Fall Thomasson betrifft? Angeblich wollte sie mir den Ordner vor ihrem Urlaub geben, ich habe aber nichts bekommen."

Pamela Hellwig sah Amaryllis erstaunt an.

„Ich weiß von nichts", erklärte sie und zuckte mit den Schultern. „Vielleicht liegt die Akte noch bei ihr auf dem Schreibtisch. Mir hat sie nichts gegeben."

Pamela Hellwig war dafür bekannt, dass sie sich während der Arbeitszeit gerne um private Dinge kümmerte, dennoch erledigte sie ihre Aufgaben zuverlässig und hatte ein gutes Gedächtnis, wer zu welchem Zeitpunkt welche Akte zur Ansicht vorliegen hatte.

„O. k., danke, dann schaue ich mal in ihrem Büro nach. Ich hoffe, sie hat den Ordner nicht in einen Schrank gelegt, ich möchte ungern das ganze Zimmer durchwühlen", sagte Amaryllis und machte sich auf den Weg in das Büro ihrer jungen Kollegin.

41.

Amaryllis blickte auf den Computerbildschirm vor sich und spürte, wie ihr Herz zu rasen begann und eine leichte Übelkeit in ihr aufstieg. Sie war einen kurzen Moment wie gelähmt, dann sprang sie auf, nahm die Akte vom Schreibtisch und rannte los.

„Falk, wir sind die lausigsten Kommissare in der Geschichte der Polizei!"

Falk von Heeren, der am Schreibtisch in seinem Büro saß, sah seine Kollegin verblüfft an. „Wie genau kommst du zu dieser doch eher negativen Bewertung unserer gemeinsamen Leistungsbilanz – von der ich mich natürlich vorsorglich distanziere?"

Amaryllis warf die Akte, die sie in der Hand hielt, auf seinen Schreibtisch und ließ sich in einen der freien Stühle fallen. „Ich kann nicht glauben, dass wir das übersehen haben."

Falk öffnete die Akte und zuckte mit den Achseln, nachdem er durch die Seiten geblättert hatte.

„Ich verstehe nicht so ganz, was du meinst. Das ist der Bericht der Kollegin Leitner über die Frau, die Gunnar Thomasson der sexuellen Belästigung angeklagt hat. Name,

Geburtsdatum, Wohnort. Steht nichts Besonderes drin, genau wie die Kollegin gesagt hat."

„Allerdings steht nichts Besonderes drin!", fuhr Amaryllis ihn an.

Die Kommissarin holte tief Luft, bevor sie weitersprach, denn sie spürte eine unglaubliche Wut in sich aufsteigen.

„Es steht nichts Besonderes drin, weil die Kollegin Leitner zwar die Personalien der Frau herausgefunden, sich aber nicht die Mühe gemacht hat, diese durch den Polizeicomputer laufen zu lassen. Wahrscheinlich, weil die Frau in Köln gemeldet ist. Wenn Kollegin Leitner getan hätte, was jeder vernünftige Polizist als seine Pflicht angesehen hätte, wäre sie ohne viel Mühe darauf gestoßen, dass die Frau seit Jahren vermisst wird!"

Falk schloss für einen Moment die Augen.

„Scheiße", war alles, was er zu sagen vermochte.

„Es wurde keine Leiche gefunden, kein Kleidungsstück, nichts. Die Frau ist wie vom Erdboden verschluckt. Genau wie Sofia Richert." Amaryllis war kurz davor, es ihrem Kollegen gleichzutun und mindestens ein Schimpfwort zu nutzen, um wenigstens einem Teil ihres Zorns ein Ventil zu geben.

„Ich dachte, du hättest die Vermisstenfälle der vergangenen zehn Jahre nach weiteren potenziellen Opfern durchsucht?", fragte Falk vorsichtig.

„Habe ich auch, aber Sarah Leonard ist vor über zehn Jahren mit ihrem Mann von Berlin nach Köln gezogen, ungefähr ein Jahr nach dem Übergriff auf der Weihnachtsfeier. Deswegen steht sie im Vermisstenregister von Nordrhein-Westfalen und nicht in denen von Berlin oder Brandenburg. Deutschlandweit habe ich nicht gesucht. Ich habe dafür keine Veranlassung gesehen. Was für ein Fehler!"

„Scheiße“, wiederholte Falk und es war einen Moment still im Büro, bevor er weitersprach.

„Und du denkst, dass Gunnar Thomasson sie auch gefangen gehalten hat? Dass sie sein erstes Opfer war und dass er sich Sofia Richert als Ersatz besorgt hat, nachdem er mit ihr fertig war“, sagte er, doch seine Kollegin widersprach ihm.

„Nein, das denke ich nicht. Ich denke, dass die Frau noch lebt, und zwar in genau dem Versteck, das wir bislang nicht gefunden haben. Sofia Richert hatte laut Benitas Obduktionsbericht zwei Kratzer, die wie eine römische Zwei aussehen, an ihrem Unterarm. Denk mal nach! Wir dachten, sie wollte uns damit sagen, dass sie zwei Mal schwanger war, damit wir das erste Baby suchen oder dass es zwei Täter gibt, aber das war es nicht. Sie wollte uns sagen, dass es ein zweites Opfer gibt und warum sollte sie diese Information für wichtig halten, wenn die Frau tot ist?“

„Mein Gott!“ Falk schüttelte unmerklich den Kopf. „Wir müssen das Versteck so schnell wie möglich finden!“

„Ganz genau“, stimmte Amaryllis ihm zu. „Denn wir haben keine Ahnung, wie lange Sarah Leonard dort allein überleben kann!“

42.

Die Schwiegertochter von Gunnar Thomasson wohnte in einem schmucken Reihenhaus am Rande von Berlin. Der kleine Vorgarten war gepflegt, nicht ein Unkraut war zwischen den prächtig blühenden Rosensträuchern zu sehen. Zwei Reihen Lavendel, die vor die Rosen gepflanzt waren, verströmten einen fast mediterran anmutenden Duft. Nur ein achtlos auf den gepflasterten Weg zur Haustür geworfener Roller ließ erahnen, dass in dem Haus Kinder wohnten.

Lara Baumeister öffnete ihnen nach dem dritten Klingeln. Sie trug rote kurze Shorts, ein weißes T-Shirt und hatte ihre blonden Haare zu einem losen Pferdeschwanz zusammengebunden. Die Frau wirkte frisch und ausgeruht, was Amaryllis in Betracht der Ereignisse der vergangenen Tage erstaunte. Sie warf ihrem Kollegen einen kurzen Blick zu, den dieser nicht bemerkte, da im gleichen Moment ein blondes Mädchen auf sie zugehüpft kam.

„Seid ihr von der Polizei?“, fragte sie keck und schaute die beiden Kommissare mit schief gelegtem Kopf an, während sie weiter von einem Bein auf das andere hüpfte..

„Ich habe dir gesagt, dass zwei Polizisten kommen und du in deinem Zimmer bleiben sollst“, sagte ihre Mutter.

„Ja, aber ich habe noch nie einen Polizisten aus der Nähe gesehen“, verteidigte sich das Mädchen. „Wo sind eure Uniformen?“

„Es gibt viele verschiedene Arten von Polizisten und nicht alle tragen eine Uniform“, erklärte ihr Falk freundlich.

Die Enttäuschung auf dem Gesicht des Mädchens war groß, doch bevor sie weitere Fragen stellen konnte, sagte ihre Mutter: „Los, ab jetzt in dein Zimmer. Wenn du brav dortbleibst, gehen wir nachher ein Eis essen.“

„Zwei Kugeln!“, setzte das Mädchen den Preis für ihre Folgsamkeit schnell fest, drehte sich um und ging über die schmale Treppe in das Obergeschoss des Hauses.

Lara Baumeister lächelte kurz, bevor sie ernst wurde. „Ich habe den Kindern nicht gesagt, was mit ihrem Großvater geschehen ist. Die Kleine kennt den Mann sowieso nicht und ich bezweifele, dass mein Sohn großartige Erinnerungen an ihn hat. Es reicht, wenn sie irgendwann erfahren, was für ein Mensch er war.“

Sie deutete auf die Balkontür, die offen stand. „Kommen Sie, wir setzen uns in den Garten. Dort ist es angenehm schattig um diese Zeit.“

„Wie geht es Ihnen?“, fragte Amaryllis, nachdem sie sich an den Terrassentisch gesetzt hatten, auf dem eine Vase mit Blumen stand, die ganz offensichtlich aus dem angrenzenden Garten stammten.

Die Schwiegertochter von Gunnar Thomasson seufzte. „Wahrscheinlich sollte ich das nicht sagen, aber es geht mir wirklich gut. Mein Chef hat mir eine Woche bezahlten Urlaub spendiert, nachdem er gehört hat, was vorgefallen ist. Er dachte wohl, ich müsse am Boden zerstört sein. Müsste ich vielleicht auch. Aber das Gegenteil ist der Fall. Ich fühle mich so frei wie lange nicht mehr. Es ist, als hätte mir jemand eine riesige Last von den Schultern genommen."

Sie senkte die Augen und es wirkte fast, als würde sie sich schämen. „Furchtbar für jemanden, der gerade einen anderen Menschen mit dem Auto überrollt hat, oder?"

„Gunnar Thomasson war kein guter Mensch und es gibt nichts, was Sie hätten tun können, um den Unfall zu vermeiden", erklärte Falk beruhigend.

„Ich habe diesen Mann so sehr gehasst, das können Sie sich nicht vorstellen. Das Gefühl der Hilflosigkeit, dass ich nichts tun konnte, um ihm nachzuweisen, dass er seinen eigenen Sohn umgebracht und meinen Kindern den Vater genommen hat, das hat mich jahrelang fertiggemacht. Es ist mir egal, was irgendwann im Polizeibericht steht, aber ich weiß endlich, dass ich die ganze Zeit recht hatte. Gunnar Thomasson war ein Schwein und ich bin froh, dass er tot ist!" Lara Baumeisters Stimme klang trotzig.

„Wir gehen mittlerweile davon aus, dass ihre Vermutung, dass Ihr Schwiegervater seinen Sohn umgebracht hat, richtig ist. Es könnte allerdings schwierig werden, Beweise dafür zu finden", sagte Amaryllis bedächtig, um keine falschen Hoffnungen in der Frau zu wecken, dass der Tod ihres Mannes aufgeklärt werden würde.

„Wie gesagt, es ist mir egal, was die Polizei noch herausfindet. Ich habe für mich Frieden gefunden."

„Wir haben trotzdem ein paar Fragen an Sie", begann Falk und Amaryllis glaubte, in seiner Stimme eine gewisse Hoffnungslosigkeit zu vernehmen, die sie nur zu gut verstehen konnte. Es erschien ihr plötzlich lächerlich, zu glauben, dass

Lara Baumeister sie zu dem Versteck führen könnte, wo ihr Schwiegervater mindestens zwei Frauen über Jahre gequält hatte.

„Leider müssen wir davon ausgehen, dass Gunnar Thomasson nicht nur eine, sondern mindestens zwei junge Frauen entführt und versteckt hat. Eine der Frauen ist tot, für die andere besteht eventuell Hoffnung, die allerdings mit jeder Sekunde schwindet, wenn wir das Versteck nicht bald finden."

Man könnte förmlich sehen, wie Lara Baumeister erschauderte und Amaryllis fühlte, wie ihr Herz sich bei der schonungslosen Aufzählung der Tatsachen durch ihren Kollegen ein wenig verkrampfte.

„Ich wünschte, ich könnte Ihnen helfen", sagte Lara Baumeister. „Aber ich wusste so wenig über meinen Schwiegervater. Eigentlich kannte ich ihn gar nicht, wenn ich sehe, was jetzt alles über ihn ans Tageslicht kommt."

„Hat er jemals ein Haus, eine Hütte oder irgendeine Art von Unterkunft erwähnt, die nicht zu seinem Haus gehörte?", fragte Falk dennoch nach. „Jede Bemerkung könnte wichtig sein, egal, wie nebensächlich sie erscheint."

„Nein, ganz sicher nicht. Er hat, wenn überhaupt, nur über sein Haus gesprochen und wie viel Arbeit er dort hineingesteckt hat."

„Sie haben uns erzählt, dass Ihr Mann sich merkwürdig vor einem Restaurantbesuch mit seinem Vater benommen und im Anschluss eine Bemerkung über dessen Verhalten gemacht hat. Haben Sie eine Vorstellung, was Ihren Mann beschäftigt haben könnte? Hat er vielleicht etwas über seinen Vater herausgefunden?", fragte Amaryllis eindringlich.

„Ich habe mir bereits nach unserem ersten Treffen den Kopf zermartert, mir ist nichts eingefallen. Wie Sie sich vorstellen können, sah ich mich selbstverständlich bestätigt, dass Gunnar Thomasson seinen eigenen Sohn umgebracht hat, wenn die Polizei ihn sucht. Glauben Sie mir, niemand wünscht sich mehr als ich, dass ich etwas wüsste."

Lara Baumeisters Gesicht drückte Enttäuschung aus, ein Gefühl, das auch die beiden Kommissare kaum mehr unterdrücken konnten.

„Hat er mal etwas von einem Freund, Arbeitskollegen oder gutem Bekannten erzählt, der ihm vielleicht geholfen hat oder wo er zu einer Geburtstagsfeier oder einem Fest eingeladen war?"

Amaryllis war bemüht, die Frage nach einem möglichen Komplizen von Gunnar Thomasson so unverfänglich wie möglich zu stellen, um die Aussage von Lara Baumeister nicht zu beeinflussen.

„Nein, auf keinen Fall, ich würde mich daran erinnern, wenn er jemals einen Freund oder guten Bekannten erwähnt hätte. Der Mann war ein Einsiedler, wie er im Buche steht. Er hat nicht mal Kontakt zu seiner eigenen Familie gesucht. Gut, das muss man vielleicht auch nicht, es gibt viele Familien, die zerstritten sind. Aber das ist es ja, Lars und sein Vater waren nicht zerstritten, im Gegenteil, mein Mann hat sich sehr bemüht, seinen Vater in sein Leben zu involvieren, aber er ist auf Granit gestoßen."

Lara Baumeister holte tief Luft und schaute in den Garten, dann sagte sie leise: „Und mittlerweile wissen wir, warum er so war und niemand an sich herangelassen hat."

In der Stimme der Frau ist nun doch eine leichte Verbitterung zu hören, dachte Amaryllis. Aber wen sollte das verwundern? Gunnar Thomasson hatte ihren Mann umgebracht und ihren Kindern den Vater genommen, bei aller Zufriedenheit über seinen Tod musste der Frau dieser Gedanke immer wieder kommen.

„Ein oder zwei Mal hat er etwas von einer älteren Nachbarin erzählt. Ich erinnere mich an den Namen nicht mehr. Die hat er wohl häufiger besucht“, sagte Lara Baumeister nun nachdenklich. „Wenn ich mich recht erinnere, hat er ihr geholfen, als ihr Haus unter Wasser stand. Das war kurz nachdem er in das Haus seiner Eltern gezogen war. Ich erinnere mich daran, weil ich damals dachte, dass er selber genug mit der Bruchbude, in die er gezogen war, zu tun gehabt haben musste. Aber die Frau ist wohl sehr alt und kommt allein nicht mehr zurecht.

Ich Volltrottel habe damals wirklich gedacht, wie nett es vom ihm war, einer älteren Dame zu helfen, obwohl er selber so viel am Hals hat. Wie unfassbar dumm man manchmal ist. Der Mann hat nach außen so getan, als wäre er ein freundlicher älterer Herr, der keiner Fliege etwas zuleide tun kann und hilft, wo er nur kann, und in Wahrheit hat er seinen eigenen Sohn getötet und zwei Frauen über Jahre gefangen gehalten und missbraucht. Was für ein Schwein.“

Sie hielt einen Moment inne. „Ich darf nicht darüber nachdenken, damit gefährde ich meinen mühsam gefundenen Seelenfrieden. Wahrscheinlich sollte ich meinen Kindern niemals erzählen, wer ihr Großvater wirklich war. Wie sollen sie mit dem Wissen leben?“

Amaryllis unterdrückte mit Mühe ein Seufzen. Sie verschwendeten mit der erneuten Befragung von Lara Baumeister wertvolle Zeit. Die Frau wusste nicht mehr über ihren Schwiegervater, als bereits in der Ermittlungsakte stand. Ein Blick auf das Gesicht ihres Kollegen ließ sie wissen, dass es ihm ähnlich erging.

„Vielen Dank, Frau Baumeister. Sie haben uns sehr geholfen.“ Amaryllis stand auf und gab der Frau die Hand. „Wir lassen Sie wissen, wenn wir etwas über den Tod Ihres Mannes herausfinden.“

43.

Die Sonne strahlte auf das ehemals imposante Anwesen von Heidemarie Wittig, als Falk seinen zerbeulten Audi in die kleine Straße lenkte. Das deutlich kleinere Haus von Gunnar Thomasson lag im Schatten des Nebengebäudes. Ein zerrissenes Absperrband lag im Vorgarten zwischen den mittlerweile trostlos wirkenden Sträuchern. Die fortwährende Hitze hatte den Pflanzen zugesetzt, die, seit der Besitzer das Haus verlassen hatte, nicht mehr gegossen worden waren.

Amaryllis überlegte, was mit dem Besitz von Gunnar Thomasson geschehen würde. Sofern sie wusste, hatte der Mann keine Geschwister oder andere Familie. Es war also wahrscheinlich, dass Lara Baumeister bzw. die Enkelkinder alles erben würden.

Immerhin etwas, dachte die Kommissarin. Reich würde der Verkauf des Hauses sie nicht machen, aber für ein ordentliches Polster auf dem Konto sollte der Erlös ausreichen. Eine Wiedergutmachung würde das Geld aber kaum sein.

„Schauen wir mal, ob Frau Wittig uns etwas Neues berichten kann“, sagte Falk und wischte sich eine Schweißperle von der

Stirn. „Wann ist endlich Schluss mit der gottverdammten Hitze?", stöhnte er.

In ihrer Verzweiflung hatten die beiden Kommissare beschlossen, nochmals Heidemarie Wittig zu befragen, da sie von allen Menschen in den vergangenen zehn Jahren am meisten Kontakt mit Gunnar Thomasson gehabt hatte. Vielleicht hatte sie einen hellen Moment und erzählte etwas, das ihr Nachbar ihr anvertraut hatte, in dem Wissen, dass die alte Frau es sofort wieder vergessen würde.

Amaryllis musste mehrmals klingeln, bevor sie ein leises Schlurfen hinter der Tür hörten und diese einen Spalt geöffnet wurde. Es war offensichtlich, dass die alte Dame die beiden Kommissare nicht wiedererkannte und niemanden erwartete. Verglichen mit ihrem ersten Besuch vor wenigen Tagen hatte sich der äußere Zustand der Frau dramatisch verschlechtert. Ihre Kleidung war nun offensichtlich dreckig, die Haare ungekämmt und sie machte insgesamt einen verwahrlosten Eindruck. Sie hatte tiefe dunkelgraue Ringe unter den Augen und war erschreckend mager, ihre Haut ausgetrocknet und fast durchscheinend.

„Wer sind Sie?", fragte sie misstrauisch und verkleinerte den Spalt, den die Tür geöffnet war, auf das absolute Minimum, das notwendig war, um die Antwort ihrer Besucher zu verstehen.

Amaryllis spürte sofort wieder Mitleid für die einsame alte Frau in sich aufsteigen. Wenn jemand in das Haus wollte, würde ein kleiner Stoß genügen, um Heidemarie Wittig umzuwerfen, egal, wie klein sie die Öffnung der Tür machte.

„Kommissar von Heeren von der Berliner Mordkommission und das ist meine Kollegin Kommissarin Winter. Wir waren vor ein paar Tagen schon mal hier und haben mit Ihnen gesprochen“, stellte Falk sich und seine Kollegin vor und hielt seine Polizeimarke hoch.

„Mein Mann ist schon lange tot! Ich habe Ihnen alles gesagt, was ich weiß.“ Heidemarie Wittig sah bei der Erinnerung an den gewaltsamen Tod ihres Mannes plötzlich noch zerbrechlicher aus. „Es ging alles so schnell, er hatte keine Chance!“

Sie machte eine theatralische Handbewegung ins Innere des Hauses. „Er hat immer befürchtet, dass so etwas passieren würde, und er war vorbereitet. All die Neider. Aber als es so weit war, hat er es nicht geschafft, sich zu verstecken. Wie konnte er auch ahnen, dass mein eigener Bruder wie aus dem Nichts auf ihn losgehen würde.“

„Wir sind nicht wegen Ihres Ehemanns hier“, erklärte Falk der verwirrten Frau sanft. „Es geht um Ihren Nachbarn, Herrn Thomasson. Dürfen wir reinkommen?“

Die alte Frau zögerte einen Moment, öffnete dann die Tür und gab den Blick frei auf den Eingangsbereich, in dem mehrere, nur notdürftig verschlossene Müllsäcke auf der Erde lagen. Es roch leicht faulig und Amaryllis befürchtete, wenn sie genauer hinsah, Maden zu entdecken. Sie hielt den Atem an, während sie durch den Gestank in das angrenzende Wohnzimmer ging.

„Um Himmels willen“, hörte sie Falk neben sich murmeln.

Ein merkwürdiges Brummen erfüllte den Raum, in dem es ebenfalls faul und modrig roch. Die Fenster waren geschlossen und es war unerträglich stickig. Amaryllis ließ ihren Blick durch das Zimmer streifen und musste ein Würgen unterdrücken. Überall standen Teller und Schüsseln mit Essensresten herum, auf dem Wohnzimmertisch lagen mehrere geöffnete halb volle Konservendosen, deren Inhalt sich über den Tisch ergossen hatte. Eine dicke Schicht schwarzer Fliegen bedeckte die meisten Oberflächen.

„Frau Wittig", sprach Amaryllis die Frau, die hinter ihr in der Tür stehen geblieben war, vorsichtig an. „War in den letzten Tagen jemand hier im Haus, um Ihnen zu helfen?"

Amaryllis hatte nach ihrem ersten Besuch bei der alten Dame die Sozialpflege informiert und war entsetzt, dass diese offenbar nicht auf ihre Anfrage reagiert hatte.

„Nein, niemand", sagte Frau Wittig. „Es waren ein paar Mal merkwürdige Leute an der Tür, die sagten, sie sollten nach mir schauen, aber ich kann nicht jeden hier reinlassen. Heutzutage gibt es so viel Schlechtes in der Welt, stellen Sie doch mal den Fernseher an, dann sehen Sie es!"

Sie schlurfte an den beiden Kommissaren vorbei und ließ sich in einen Sessel fallen, der ebenfalls mit Fliegen bedeckt war, die geräuschvoll hochflogen und nun um die Köpfe der Besucher summten.

„Ich wünschte, der Herr Thomasson würde wiederkommen", sagte Heidemarie Wittig mit weinerlicher Stimme. „Er hat sich immer so gut um mich gekümmert. Aber er kommt nicht mehr. Vielleicht habe ich ihn beleidigt und er ist böse auf mich. Wie mein Bruder damals." Sie schüttelte den Kopf. „Nein, ich wüsste nicht, was ich gesagt haben sollte. So ein netter Mann. Ganz früher, da war mein Bruder auch ein netter Mann."

Es entstand eine Pause, die von dem Brummen der Fliegen erfüllt wurde, das Amaryllis plötzlich unnatürlich laut vorkam und ihr das beklemmende Gefühl gab, dass sie den Ausgang vor lauter Fliegen nicht mehr erreichen konnte. Heidemarie Wittig ließ ihren Kopf hängen und schien in Gedanken verloren zu sein, als sie plötzlich zusammenschreckte und die beiden

Kommissare ansah. „Es ist ihm doch nichts passiert, oder? Sind Sie deswegen hier?“

„Herr Thomasson hatte einen Unfall und ist verstorben.“ Es war Falk, der die Nachricht überbrachte, und Amaryllis war sich nicht sicher, ob dies richtig gewesen war, denn die alte Dame schien in ihrem Sessel regelrecht in sich zusammenzusinken.

„Oh nein“, sagte sie schließlich, während ihr Tränen die Wangen herunterrannen. „Er war so ein guter Mensch. Immer ist er vorbeigekommen und hat sich um mich gekümmert. Wissen Sie, alleine schaffe ich das alles nicht mehr.“

Wäre der entsetzliche Zustand ihres Hauses nicht so offenkundig gewesen, hätte man über die Selbsteinschätzung der alten Frau fast lachen können, doch Amaryllis war nicht zum Scherzen zumute. Zum einen war klar, dass Heidemarie Wittig nicht einen Tag länger allein in ihrem Haus bleiben konnte und wahrscheinlich gegen ihren Willen in ein Heim gebracht werden musste. Zum anderen war es ebenso offensichtlich, dass sie von der alten, verwirrten Dame keine Information über das Versteck von Gunnar Thomasson erhalten würden, selbst wenn sie schon dort gewesen wäre. Sie machte Falk ein Zeichen, dass weitere Fragen sinnlos wären, und setzte sich, obwohl es sie Überwindung kostete, in den Sessel neben dem von Heidemarie Wittig, die sie nicht zu bemerken schien.

„Frau Wittig“, sagte sie sanft und nahm die Hand der alten Frau. „Ich werde jetzt ein paar Anrufe tätigen, um festzustellen, wer Ihnen helfen kann, und es wird hoffentlich gleich heute jemand kommen, der sich um Sie kümmern wird.“ Sie sah der Frau fest in die Augen. „Sie wissen, dass Sie nicht mehr alleine hier in Ihrem Haus bleiben können, oder?“

Es war kaum möglich, aber Heidemarie Wittig schien noch ein Stück mehr in sich zusammenzusacken.

„Ich habe mein ganzes Leben hier gewohnt“, sagte sie mühevoll. „Meine Familie ist wegen dieses Hauses zerstört worden, sie sind alle tot. Ich kann nicht gehen. Das wäre Verrat, meine Eltern, mein Bruder, sie haben alles geopfert für dieses Haus.“

Falk öffnete die Fenster des Wohnzimmers und führte Heidemarie Wittig hinaus auf die Terrasse, während Amaryllis versuchte, in Erfahrung zu bringen, wer für die sofortige Unterbringung der alten Frau in einem Pflegeheim zuständig war. Die frische Luft, die aus dem Garten in das Zimmer strömte, war trotz der Hitze eine Wohltat und Amaryllis blickte zu dem Haus von Gunnar Thomasson hinüber, während sie in der Telefon-Warteschleife eines Amtes hing.

Vom Garten des früheren Herrenhauses aus hatte man einen guten Blick auf das deutlich kleinere Haus, in dem einst das Gesinde und später die Eltern von Heidemarie Wittig gewohnt hatten. Der Abstand zwischen den beiden Häusern war nicht sonderlich groß, aber wahrscheinlich war dies einstmals so gewollt gewesen, damit die Angestellten schnell in das Haupthaus zitiert werden konnten.

Es fiel Amaryllis schwer, sich vorzustellen, dass Gunnar Thomasson dort viele Stunden damit verbracht haben musste, die Entführung von zwei jungen Frauen zu planen und ein Versteck für sie zu finden, wo er sie unter Kontrolle hatte und sie überleben konnten. Einen Moment lang ärgerte sie sich, dass sie kostbare Zeit damit vergeudete, eine Unterkunft für Heidemarie Wittig zu finden, anstatt das Versteck der Opfer von Gunnar Thomasson zu suchen. Doch ein kurzer Blick auf die gebrechliche Frau, die wie leblos in einem alten Gartenstuhl saß, ließ sie wissen, dass sie das Richtige tat. Und wenn sie nicht innerhalb der nächsten zehn Minuten etwas erreichte, würde sie im Präsidium anrufen und um Unterstützung durch einen Kollegen bitten.

44.

„Es ist zum Verrücktwerden!“, schnaubte Falk und warf einen Satz mit Grundstücksplänen auf den Schreibtisch vor ihm. „Ich habe mir die Unterlagen des Katasteramtes von der gesamten lausigen Gegend angesehen und es gibt nicht den geringsten Hinweis, wo dieser Mistkerl seine Opfer versteckt haben könnte.“

„Was zwei Schlüsse zulässt“, sagte Amaryllis nachdenklich. „Entweder ist er jeden Tag ein ganzes Stück zu dem Versteck gefahren, was allerdings unwahrscheinlich ist, da die aufmerksame Nachbarschaft Stein und Bein schwört, dass er sich die meiste Zeit am Tag in seinem Haus eingebunkert hat und sein Auto vor der Tür stand.“

Die beiden Kommissare hatten, nachdem sie die Unterbringung von Heidemarie Wittig in die Wege geleitet hatten, nochmals alle Nachbarn in der Straße vernommen, jedoch nichts Neues herausgefunden.

„Oder das Versteck ist in oder nahe an seinem Haus gelegen“, führte Falk den Gedanken seiner Kollegin fort. „Nur leider haben wir bei der Überprüfung des Hauses nichts gefunden, die Kollegen haben den gesamten Wald hinter dem

Haus durchkämmt und auf den Plänen des Katasteramtes ist ebenfalls nichts zu finden, was auch nur ansatzweise als Versteck dienen könnte."

„Wenn wir davon ausgehen, dass Gunnar Thomasson seinen Sohn umgebracht hat, weil dieser etwas über sein Doppelleben herausgefunden hat, muss sein Sohn irgendetwas gesehen oder beobachtet haben, das ihn auf die richtige Spur gebracht hat. Irgendwo gibt es also einen Beweis, wir finden ihn nur nicht", sagte Amaryllis, was ihr einen bösen Blick von Falk einbrachte.

„Super, jetzt fühle ich mich gleich viel besser", höhnte ihr Partner. „Der Sohn war ein Ermittlungsgenie – ganz im Gegensatz zu uns – und hat dafür mit dem Leben bezahlt, was die Polizei – also wir – nicht mal mitgekriegt hat. Ebenso wie wir – die Polizei also – nicht mitbekommen haben, dass nicht eine, sondern gleich zwei vermisste Frauen gar nicht verschollen sind, sondern gekidnappt und jahrelang gefoltert wurden. Ganz großes Kino."

Amaryllis ignorierte ihren Kollegen und überlegte laut weiter: „Ich denke, dass unser Herr Thomasson seine letzten Tage im Versteck bei Sarah Leonard verbracht hat."

„Du meinst, er hat sich zum Abschied noch mal ordentlich Sex gegönnt, bevor er sich unter das Auto seiner Schwiegertochter geworfen hat? So abartig wie der Typ drauf war, ist das gar nicht mal so unwahrscheinlich. Bringt uns aber dem Versteck auch nicht näher. Wir drehen uns im Kreis!", erklärte Falk missmutig.

„Wir könnten eine öffentliche Fahndung ausgeben", sprach Amaryllis, ihren Kollegen erneut ignorierend, weiter. „Wenn wir das Bild von Gunnar Thomasson an die Presse geben, melden sich mit Sicherheit Zeugen, die ihn gesehen haben. Allein die Möglichkeit, dass sich zwei oder drei Zeugen aus der gleichen

Umgebung melden, könnte uns zumindest in die Nähe des Verstecks führen."

„Vielleicht rufen wir beim Fernsehen an und fragen, ob die über unseren Fall berichten wollen, und lassen uns publikumswirksam dabei filmen, wie wir entweder nichts finden oder ein Versteck mit einer toten Geisel drin, denn bis wir mit dem Programm durch sind, dürfte Sarah Leonard mit Sicherheit tot sein."

„Du bist nicht hilfreich, wenn du schlecht gelaunt bist", wies Amaryllis ihren Kollegen mit einem etwas schärferen Ton, als sie eigentlich geplant hatte, zurecht.

„Besser gelaunt als ich bist du auch nicht", sagte Falk versöhnlich.

Im gleichen Moment klopfte es an der Tür und Benita Hüther trat in den Raum.

„Cappuccino und Muffins für alle", verkündete die Gerichtsmedizinerin. „Obwohl ihr das nicht verdient habt! Ich fühle mich vernachlässigt, kein Anruf, keine Mail, nichts. Wollt ihr denn nicht wissen, was bei der Obduktion von Gunnar Thomasson rausgekommen ist?"

„Nein, wollen wir nicht, wir können uns das Ergebnis denken: Du hast ihm ein total krankes Hirn aus dem Schädel geschnitten", sagte Falk und nahm Benita einen Cappuccino aus der Hand.

„Schlechte Laune?", fragte Benita gespielt entsetzt nach, konnte sich ein Grinsen aber nicht verkneifen.

„Allerdings, denn wir sind im Fall Thomasson nicht ein Stück weitergekommen. Wir suchen immer noch fieberhaft nach dem Ort, wo er Sarah Leonard versteckt hat", erklärte Amaryllis ihrer Kollegin die angespannte Stimmung.

„Glaubst du wirklich, dass die Frau noch lebt?", fragte Benita nun mit ernster Stimme.

„Solange es die geringste Chance gibt, dass sie lebt, hören wir nicht auf zu suchen. Dummerweise wissen wir erst, ob es eine Chance gab, wenn wir sie gefunden haben." Falk biss in einen der Muffins und schüttelte missmutig den Kopf. „Ich hasse diesen Fall."

„Leider kann ich euch diesmal nicht weiterhelfen", erklärte Benita. „Die Obduktion von Gunnar Thomasson hat keinerlei neue Erkenntnisse gebracht. Der Mann war todkrank und hatte höchstens noch ein paar Wochen, vielleicht zwei oder drei Monate zu leben, die Aussage seines Arztes war vollkommen korrekt. Ich habe zwei verschiedene DNA-Proben gefunden, beide sind bereits im Labor. Ich befürchte, wir können davon ausgehen, dass die Proben von Sofia Richert und Sarah Leonard stammen."

„Immerhin haben wir dann Gewissheit, dass er Sarah Leonard ebenfalls gefangen gehalten hat", sagte Amaryllis mehr zu sich selber als zu ihren Kollegen.

„Wenn er so krank war, glaubst du, dass er in der Lage war, weite Strecken zu laufen, oder die Kraft hatte, sich irgendwo zu verstecken?", fragte sie die Gerichtsmedizinerin.

„Schwer zu sagen. Ich würde denken nein, insbesondere, da die vorherige Chemotherapie ihn zusätzlich geschwächt haben dürfte. Andererseits könnte er nochmals ungeahnte Kräfte freigesetzt haben, da er seinen Tod geplant hat, und einige Patienten erleben eine Art Energieschub, wenn sie die Chemotherapie beenden, weil der Körper auf einmal nicht mehr unter Strom steht."

„Vielleicht laufen wir einem Hirngespinst nach", sagte Falk. „Versetzt euch mal in seine Lage: Er hat über Jahre zwei Frauen gefangen gehalten und gequält. Er hat mindestens eins seiner Kinder, seinen erwachsenen Sohn, umgebracht und sein neugeborenes Baby mit großer Wahrscheinlichkeit ebenfalls. Sofia Richert hat er indirekt umgebracht und sie der Polizei wie auf einem Tablett präsentiert. Warum in drei Teufels Namen sollte er Sarah Leonard am Leben gelassen haben?“

„Vielleicht wollte er ihr eine Chance geben, dass sie lebend gefunden wird? Er hat Sofia Richert schließlich nicht umgebracht, sie ist an den Folgen der Fehlgeburt gestorben. Vielleicht war sein ursprünglicher Plan, beide Frauen überleben zu lassen, damit sie nach seinem Tod gefunden werden können“, überlegte Benita.

„Vielleicht“, sagte Amaryllis. „Ich glaube allerdings etwas anderes. Wenn er gewollt hätte, dass Sarah Leonard überlebt, dann hätte er sie nicht so gut versteckt, dass sie niemand finden kann. Ich gehe davon aus, dass er sie in ihrem Versteck zurückgelassen hat, damit sie dort langsam, aber sicher verhungert. Denn ohne ihn dürfte sie kaum genügend Essensvorräte haben, um langfristig zu überleben.“

Falk stand auf und ging zum Fenster, während seine Kolleginnen darüber diskutierten, wie lange das Opfer in seinem Versteck überleben konnte, wenn sein Peiniger nicht mehr kam, um es zu versorgen.

„Es kann einfach nicht sein, dass wir ein Versteck nicht finden, wo jahrelang ein, teilweise sogar zwei Menschen gefangen gehalten worden sind“, sagte Amaryllis. „Er kann die Frauen kaum in einer Kiste oder einem Verschlag versteckt haben. Was ist mit fließend Wasser, Strom, einer Toilette?“

„So viel ist klar“, sagte Falk plötzlich. „Das Versteck kann nur in der Nähe seines Hauses liegen, denn überlegt mal, die Nachbarin, Frau Heimlich, hat ausgesagt, dass er jeden Tag einkaufen gefahren und mit einer Einkaufstüte zurückgekommen ist. Das wird die Lebensmittelration für seine Geiseln gewesen sein und wenn das Versteck woanders wäre, hätte er das Essen kaum erst nach Hause gebracht, sondern gleich in das Versteck. Und das lässt nur einen Schluss zu."

Amaryllis und Benita schauten ihren Kollegen erwartungsvoll an, der jedoch wieder aus dem Fenster sah.

„Und was ist dieser Schluss?"

Falk drehte sich zu den beiden Frauen und Amaryllis konnte die Besorgnis in seinem Gesicht sehen. „Dieser Schluss ist, dass sein Versteck in Laufnähe zu seinem Haus ist und auf keiner Karte eingezeichnet ist."

„Weil er es selber gebaut und niemals Pläne an die Stadt gegeben hat", vervollständigte Benita seinen Gedanken.

„So oder so ähnlich", stimmte Falk ihr immer noch nachdenklich zu. „Ich glaube allerdings eher, so ähnlich."

„Und hast du eine Idee für so ähnlich?", fragte Amaryllis.

„Ja, ich denke, dass er irgendwo in dem Waldgebiet hinter dem Haus einen alten Bunker gefunden haben muss."

„Einen Bunker? Wieso sollte da mitten im Wald ein Bunker sein?", fragte Amaryllis nach und es war ihr unschwer anzumerken, dass sie von der Idee ihres Kollegen nicht überzeugt war.

„Ich sage nur ‚Kalter Krieg', in der Zeit wurden unter strengster Geheimhaltung jede Menge Bunker gebaut, im Osten und im Westen übrigens", verteidigte Falk sich. „Selbstverständlich wurden diese nicht in den offiziellen Karten vermerkt, denn im Falle eines Krieges oder des atomaren Ernstfalles sollte dort die DDR-Elite untergebracht werden. Ich halte es nicht für abwegig, dass Thomasson einen solchen Bunker entdeckt und für seine Zwecke umgebaut hat." Er sah

Amaryllis an. „Du hast mich mit der Bemerkung, dass er sich den ganzen Tag ‚eingebunkert' hat, übrigens auf die Idee gebracht."

„Ich weiß nicht", zweifelte Benita die These ihres Kollegen ebenfalls an. „Irgendwo müsste es eine Karte geben, auch für Geheimbunker. Und glaubst du wirklich, dass mitten im Wald ein Bunker ist, von dem niemand weiß? So etwas kann man sich in Zeiten von Google Maps und dieser komischen modernen Schnitzeljagd Geocaching nicht mehr vorstellen."

„Wenn ihr eine bessere Idee habt, immer her damit", sagte Falk. „Vielleicht ist meine Idee nicht ganz so grandios, wie ich denke, aber von der Hand zu weisen ist sie nicht. Es ist klar, dass das Versteck in der Nähe von Thomassons Haus sein muss. Alles andere ist logistisch nicht machbar. Nicht, wenn er über mehrere Jahre zwei Frauen dort gefangen gehalten hat. Aus einem normalen Raum hätten diese sich unter Umständen befreien können oder jemand hätte ihre Schreie gehört. Ein unterirdischer Bunker ist nicht sichtbar, hat im Normalfall eine Stahltür, durch die kein Laut dringt, ein Lüftungsrohr und der Eingang ist so versteckt, sodass man ihn nicht findet."

Es war einen Moment still im Büro, während Amaryllis und Benita über die Möglichkeit, dass Gunnar Thomasson seine Opfer in einem alten Bunker gefangen gehalten hatte, nachdachten.

„Was ist mit fließend Wasser und Strom?", fragte Benita schließlich. „Wir haben gerade darüber geredet, dass es unmöglich sein sollte, einen Menschen über Jahre ohne Wasser und Strom irgendwo festzuhalten. Wenn euer Täter wirklich einen alten Bunker für seine Gräueltaten genutzt hat, müsste dieser an das öffentliche Strom- und Wassernetz angeschlossen und damit bekannt gewesen sein, denn irgendjemand muss die Rechnungen bezahlt haben."

Wieder herrschte Stille im Büro.

Plötzlich sprang Amaryllis auf. „Ich weiß, wer die Rechnung bezahlt hat", sagte sie atemlos. „Kommt, wir müssen sofort los, Benita, ich hoffe inständig, dass wir deine Dienste vor Ort nicht brauchen werden, aber es steht zu befürchten, dass du heute Abend noch etwas zu tun bekommst."

45.

Die Abendsonne strahlte vom Himmel und das Gefühl der Ruhe nach einem langen, heißen Sommertag lag über den Häusern. Von irgendwo her strömte Grillgeruch und Amaryllis fühlte sich plötzlich unbehaglich. Konnte es wirklich möglich sein, dass sie in dieser Idylle am Rande von Berlin in wenigen Momenten eines der grausamsten Verbrechen aufklären würde, das sie während ihrer Laufbahn bei der Polizei bearbeitet hatte.

Der Einsatzwagen mit der Spezialeinheit zur Stürmung des Hauses, die sie angefordert hatten, bog in die Straße ein und sofort war eine gewisse Hektik und Aufregung zu verspüren. Es war nur eine Frage der Zeit, bis die ersten Nachbarn vor ihren Häusern auftauchen würden, um zu sehen, was da in ihrer beschaulichen Straße vor sich ging.

Amaryllis, Benita und Falk stiegen aus ihrem Auto aus und gingen auf die schwarz gekleideten Beamten, die aus dem Einsatzwagen schwärmten, zu.

„Wahrscheinlich bleibt alles ruhig. Wir gehen davon aus, dass sich niemand außer der Geisel in dem Haus befindet. Sicher können wir allerdings nicht sein, daher haben wir Verstärkung angefordert“, erklärte Falk den Kollegen, nachdem Amaryllis ihnen einen kurzen Überblick über den Fall gegeben hatte.

Der Leiter des Sonderkommandos blickte sich in der Straße um und nickte mit dem Kopf. „Sieht erst mal so aus, als würde unser größtes Problem werden, die neugierigen Nachbarn unter Kontrolle zu bringen.“

Die ersten Bewohner waren, obwohl das Einsatzkommando auf Lautlosigkeit trainiert war, und Amaryllis hätte schwören können, dass kein außergewöhnliches Geräusch zu hören gewesen war, bereits in ihren Vorgärten zu sehen.

„Machen wir lieber schnell, umso weniger Zeit müssen wir mit Erklärungen verschwenden“, sagte Falk.

Amaryllis schloss für einen Moment die Augen, um sich auf den Horror, der sie womöglich erwartete, vorzubereiten. Die Angst, dass sie zu spät sein könnten, schien ihren Körper wie eine gnadenlose Feuerwalze zu durchbrennen. Sie schaffte es nicht, die Vorstellung eines leblosen Körpers, bei dem Benita nur noch den Tod feststellen konnte, aus ihren Gedanken zu vertreiben. Die Vorstellung, in dem Haus vor ihnen nichts zu finden, war nicht weniger furchtbar.

„Ja, sehen wir zu, dass wir in das Haus kommen“, sagte sie leise, doch ihre Kollegen waren bereits auf ihrem Weg durch den Vorgarten und niemand schien sie gehört zu haben.

Es dauerte nur wenige Minuten, dann hatte die Spezialeinheit das Haus bis auf die Kellerräume durchsucht.

„Was für ein Saustall da drin, aber keine Spur von einem Mittäter oder der Geisel“, erklärte der Leiter des Einsatzkommandos.

„Gut, dann schauen wir, ob wir im Keller finden, wonach wir suchen“, sagte Falk mit ruhiger Stimme, obwohl Amaryllis an seinem Gesicht erkennen konnte, dass auch er befürchtete, ihr Einsatz könnte zu spät kommen oder vergebens sein.

Die beiden Kommissare folgten der Einheit in das Untergeschoss des Hauses, während Benita auf der Straße wartete. Sie gingen die Treppe hinunter und fanden sich in einem kleinen Flur wieder, von dem aus drei Türen abgingen. Die Polizisten öffneten eine nach der anderen vorsichtig, fanden aber nichts außer alten Möbeln, Gerümpel und Dreck in den Kellerräumen.

„Der Keller sieht verlassen aus", stellte der Einsatzleiter unnötigerweise fest.

Amaryllis betrachtete nachdenklich den Boden, der von einer Schicht Staub bedeckt war, in der nun unzählige Fußabdrücke zu sehen waren.

„Das einzige Zimmer, das in letzter Zeit benutzt worden ist, scheint dieses hier zu sein", sagte sie, nachdem sie nochmals durch den gesamten Keller gegangen war.

Tatsächlich schien in einem der Räume weniger Staub zu liegen als in den anderen.

„Vielleicht hat sie hier unten ein paar Vorräte gehabt und hat den Bereich deswegen gelegentlich betreten?", vermutete Falk und warf einen Blick durch den Raum. Dieser war allerdings bis auf einen Schrank und ein paar Regale, in denen einige alte Farbdosen und Werkzeug lagen, leer.

Ungewöhnlich leer, dachte Amaryllis.

„Sieht auf den ersten Blick nicht aus, als würden wir hier fündig werden. Lass uns die Wände untersuchen, ob es vielleicht irgendwo so etwas wie einen versteckten Durchgang gibt."

Amaryllis konnte die Zweifel in Falks Stimme deutlich hören.

Ich darf mich nicht geirrt haben, betete sie innerlich und ging langsam die Wände des Raumes ab. Sie blieb neben dem Schrank stehen, vor dem eine Art Kommode, die schon bessere Tage gesehen hatte, stand.

„Lass uns das alte Ding zur Seite schieben und sehen, ob etwas in oder hinter dem Schrank ist."

Falk half seiner Kollegin wortlos, die Kommode, die erstaunlich leicht war, beiseite zu rücken.

„Hätte ich schwerer erwartet", murmelte er und öffnete den Schrank.

„Bingo!", sagte der Einsatzleiter, der hinter den beiden Kommissaren mit gezogener Waffe stand. „Jetzt sind wir dran."

Das Innenleben des Schrankes war ebenso entfernt worden wie die hintere Wand. Eine Stahltür war in der leeren Schrankhülle zu sehen.

„Wenn das Mistding abgeschlossen ist, haben wir ein Problem", seufzte Falk und machte Platz für das Einsatzkommando.

Der Leiter drückte die Klinke der Tür und zog sie mit etwas Mühe auf.

„Er war sich seiner Sache so sicher, dass er nicht mal abgeschlossen hat", sagte Amaryllis.

„Das wäre zu hoffen. Vielleicht musste er die Tür nicht mehr abschließen, weil wer oder was auch immer dahinter ist, nicht mehr in der Lage ist, sie zu öffnen", antwortete ihr Falk.

Sie warteten einen kurzen Moment und nachdem alles leise blieb, stiegen sie hinter den anderen Polizisten durch den Schrank und durch die Tür.

Die beiden Kommissare standen in einem erstaunlich langen Flur, der trotz der Hitze der vergangenen Wochen kühl und ein wenig modrig war. An beiden Seiten des Flures war eine dicke Stahltür zu sehen, eine weitere befand sich am Ende des Ganges.

Der Einsatzleiter machte ihnen ein Zeichen, ein Stück zurückzugehen und drückte die Klinke der ersten Tür, die widerstandslos nachgab. Die Anspannung des Teams war zu spüren, eine Sekunde lang bewegte sich keiner der Männer, dann machte der Leiter vorsichtig den ersten Schritt in den Raum.

„Niemand hier!“, rief er wenige Augenblicke später und nun leuchtete einer seiner Männer mit einer Lampe durch das Zimmer.

„Mein Gott!“, murmelte der Beamte, der die Lampe hielt und als erster die Szene vor ihnen sah..

Ein Bettgestell aus Metall mit einer dünnen Matratze und einem sorgsam gefalteten Stapel Decken darauf stand an einer Wand. Ein kleiner Tisch mit einem morschen Holzstuhl war alles, was es sonst noch an Einrichtungsgegenständen gab. Eine chemische Toilette stand in der anderen Ecke des Raumes. Davor lag ein Stapel blutverschmierter Kleidung und ein paar ebenso von altem Blut verfärbte Handtücher. Auf der Erde vor der Toilette war ein großer schwarzer Fleck, von dem Amaryllis annahm, dass es sich ebenfalls um eingetrocknetes Blut handelte. Ein Eimer mit dreckigem Wasser stand an der Wand. Die Luft in dem Raum war zum Schneiden dick und muffig, ein Gefühl von Beklemmung überkam Amaryllis.

„Wir können wohl davon ausgehen, dass wir das Versteck gefunden haben, in dem Sofia Richert gefangen gehalten wurde“, fasste Falk zusammen, was alle der Anwesenden dachten.

„Jetzt können wir nur beten, dass Sarah Leonard sich hinter einer der beiden anderen Türen befindet und noch lebt, obwohl es unvorstellbar ist, wie sie in so einer Höhle so lange überlebt haben könnte."

Die Polizisten gingen den Flur entlang zu der anderen Tür. Auf der Erde davor lag ein Schlafsack, eine Luftmatratze, aus der die Luft entwichen war, ein paar leere Wasserflaschen und Essensreste. Eine paar Schachteln mit Medikamenten waren auf dem Boden verstreut.

„Jetzt wissen wir, wo Gunnar Thomasson sich in den vergangenen Tagen versteckt hat", sagte Amaryllis.

„Das Schwein hat die ganze Zeit hier unten gesessen und wir Idioten haben oben ahnungslos die alte Frau Wittig befragt."

Falks Stimme klang rau und Amaryllis wusste, was in ihrem Kollegen vorging. Wenn sie hinter der Stahltür die Leiche von Sarah Leonard fanden, würden sie beide sich die Schuld geben, dass die Frau wahrscheinlich während ihrer Ermittlungen zu Tode gekommen war –, nachdem sie viele Jahre in diesem Gefängnis gequält worden war und dies überlebt hatte.

Der Einsatzleiter drückte die Klinke der Tür, die diesmal zwar nachgab, sich aber nicht öffnen ließ.

„Sofort aufbrechen!", befahl Falk unnötig scharf, denn es war klar, dass sie keine Zeit verlieren durften, egal wie unwahrscheinlich es war, dass sie hinter der Tür einen lebenden Menschen finden würden.

Amaryllis fasste ihren Kollegen beruhigend am Arm, doch sie spürte selber, wie die Verzweiflung, dass sie versagt hatten, sie fast in den Wahnsinn trieb.

„Vielleicht ist die Frau seit Jahren tot", sagte sie dennoch. „Das ist wahrscheinlicher, als dass sie noch lebt."

„Ach ja? Und der alte Thomasson hat hier eine Mahnwache gehalten?", fragte Falk. „Nein, dieser Widerling hat seine letzten Tage auf dieser Welt damit verbracht, seinem Opfer beim

Sterben zuzusehen! Er hat sich einen Spaß daraus gemacht zu beobachten, wie Sarah Leonard in ihrem Gefängnis elendig zugrunde geht, weil er sie nicht mehr versorgt hat. Anders kann es nicht sein!“

Ein dumpfer Schlag ließ die beiden Kommissare wissen, dass das Spezialkommando die Tür aufgebrochen hatte. Ein bestialischer Geruch strömte sofort in den Flur. Wieder war es der Einsatzleiter, der vorsichtig als Erster in den Raum dahinter trat.

„Niemand hier!“, rief er und Amaryllis spürte, wie ihr Herz einen Schlag lang aussetzte. Das konnte nicht sein! Wo war Sarah Leonard? War die Frau wirklich schon seit Jahren tot und Gunnar Thomasson hatte ihre Leiche längst entsorgt?

„Stopp! Da ist doch was!“, rief plötzlich einer der Männer, die hinter ihrem Chef in den Raum getreten waren.

Amaryllis blickte durch die Tür und sah den Mann vor einem Bettgestell aus Metall stehen, wie sie es auch im Nebenraum vorgefunden hatten. Auf dem Bett lagen ein paar Decken unordentlich übereinander, die der Mann vorsichtig wegzog und den Blick auf eine menschliche Gestalt freigab, die Amaryllis im ersten Moment für ein Kind hielt, so klein und schmächtig war der Körper.

„Hol Benita!“, sagte sie zu Falk und machte einen Schritt in den Raum, in dem der Einsatzleiter über den Körper gebeugt stand und versuchte, einen Puls zu finden.

Epilog

„Du sollst nicht so fest werfen, immer tust du mir weh! Papa!"

Die Mädchenstimme klang erstaunlich schrill, dafür dass sie aus dem Körper einer 7-Jährigen kam.

„Mädchen, passt auf, wie ihr den Ball werft!", rief Falk unbeteiligt, während er damit beschäftigt war, den uralten Grill, den Amaryllis im Gartenschuppen gefunden hatte, in Gang zu setzen.

„Das ist der eindeutige Vorteil von Einzelkindern, kein Streit", sagte er an Nicolas Kretschmann gewandt, der neben ihm stand und einen Beutel Grillkohle in der einen und eine Flasche Bier in der anderen Hand hielt.

„Der Nachteil ist, wenn keine anderen Kinder zur Hand sind, musst du den Alleinunterhalter spielen", antwortete dieser und deutete auf das dunkelhaarige Mädchen, das mit Falks Töchtern im Garten spielte. „Manchmal wünschte ich, es hätte zu einem Geschwisterkind gereicht. Otto ist zwar perfekt und kann so gut wie alles, aber mit seinem Kinder-Frauchen spielen gehört nicht zu seinen Lieblingsbeschäftigungen. Ist ihm deutlich zu anstrengend."

Der schwarze Belgische Schäferhund, der neben dem Grill lag und wartete, dass das Feuer endlich brannte und ein Würstchen für ihn abfiel, wedelte bei der Nennung seines Namens leicht mit seinem Schwanz und sah sein Herrchen an.

„Au Mann", sagte Benita, nahm die Roséflasche aus dem Eiskühler und füllte die Weingläser auf dem Tisch auf. „Wenn man uns so sieht, könnte man glatt meinen, zwei Bilderbuchfamilien verbringen einen netten Abend zusammen. Niemand würde auf die Idee kommen, dass hier vier traurige Singles ein Verzweiflungsgrillen abhalten."

„So schlimm ist es auch wieder nicht", lachte Amaryllis. „Ich bin eigentlich ganz happy, immerhin ist mein Haus so gut wie fertig, du machst dir keine Vorstellung, wie schnell Handwerker sein können, nachdem du ihnen mitgeteilt hast, dass du nicht zahlen wirst. Außerdem sehe ich uns nicht als traurige Singles, sondern als gute Freunde." Sie deutete auf Nicolas. „Er muss sich natürlich erst als Freund bewähren."

„Dir ist schon klar, warum Falk ihn eingeladen hat, oder?", fragte Benita und machte ein vieldeutiges Gesicht. „Ich sage mal so viel, er ist nicht hier, weil Falk die Tochter als Spielkameradin für seine Mädels auserkoren hat."

„So etwas habe ich befürchtet", antwortete Amaryllis. „Schauen wir mal, was passiert."

„Oho!", rief Benita erstaunt. „Ich hatte fest damit gerechnet, dass du in die Luft gehst und sagst, dass du keinen Mann willst und schon gar keinen, den Falk für dich ausgesucht hat."

Amaryllis lachte. „Du kennst mich mittlerweile viel zu gut."

„Und warum hast du den armen Nicolas dann nicht mit der Gartenkralle bewaffnet vom Grundstück gescheucht?", grinste Benita.

„Keine Ahnung. Vielleicht hat es etwas mit dem Schicksal von Sarah Leonard zu tun. Das ist mir richtig an die Nieren gegangen. Gunnar Thomasson hat ihr viele Jahre ihres Lebens geraubt und bevor er sie entführt hat, haben sie und ihr Mann verzweifelt versucht, ein Kind zu bekommen. Jetzt ist sie vermutlich zu alt und wahrscheinlich ist ihr Körper nach den Strapazen ihrer Gefangenschaft sowieso nicht mehr in der Lage, schwanger zu werden."

„Wie furchtbar", murmelte Benita. „Stell dir vor, du bist fast ein Jahrzehnt in einem muffigen bunkerartigen Keller eingesperrt und wirst missbraucht, man kann nicht glauben, dass die Frau jemals wieder lachen wird. Weißt du, wo sie jetzt ist?"

„Sie wurde im Krankenhaus aufgepäppelt, mittlerweile ist sie in einer Reha-Einrichtung. So wie ich es verstanden habe, kann sie kaum laufen, ihre Muskeln sind nicht funktionsfähig, da sie immer nur ein paar Schritte am Tag gemacht hat und dramatisch unterernährt war. Psychisch geht es ihr sehr schlecht, obwohl der Ehemann nicht von ihrer Seite weicht, aber wie du schon sagst, man kann sich kaum vorstellen, wie sie das Erlebte verarbeiten soll."

„Wisst ihr mittlerweile, wie Gunnar Thomasson es geschafft hat, über Jahre zwei Frauen gefangen zu halten, ohne dass jemand Verdacht geschöpft hat?"

Amaryllis überlegte einen Moment, sie hatten in den vergangenen Wochen viele Informationen aus den Aussagen von Sarah Leonard bekommen, aber es war ihnen bislang nicht gelungen, ein vollständiges Bild des Verbrechens zu rekonstruieren. Die Details des Grauens waren zu vielfältig. Die Gespräche mit dem Opfer waren auf wenige Minuten beschränkt und sobald ihr stets anwesender Betreuer das Gefühl hatte, dass etwas sie zu sehr aufregte, mussten sie abbrechen.

Amaryllis seufzte. „Dass niemand Verdacht geschöpft hat, stimmt so nicht. Lars Baumeister muss wenigstens einen Teil von dem herausgefunden haben, was in den Gewölben unter den Häusern von Heidemarie Wittig und seinem Vater stattgefunden hat. Er hat mit dem Leben dafür bezahlt. Beweisen können wir die Tat nicht mehr, aber wie so vieles in diesem Fall ist es fast egal, der Täter ist tot, wir ermitteln nur noch für die Akten. Du kannst dir vorstellen, was für ein Theater unser Chef, Hubert Neustädt, deswegen aufführt."

„Schöner Mist", sagte Benita mitfühlend. „Ich frage mich die ganze Zeit, ob unsere Gesellschaft wirklich so verroht und eigensüchtig ist, dass niemanden mehr interessiert, was die Nachbarn oder Arbeitskollegen treiben, sodass es möglich ist, zwei Frauen über Jahre im Nachbarhaus zu missbrauchen."

Amaryllis dachte über die Sätze ihrer Kollegin nach. „Nein", sagte sie schließlich. „So einfach ist es nicht. Gunnar Thomasson war äußerst raffiniert, er hat sich nach außen als ruhiger, freundlicher, hilfsbereiter Mensch und gleichzeitig als Eigenbrötler dargestellt. Wenn wir ihn nicht als Täter gesucht hätten, wären wir ihm womöglich auch auf den Leim gegangen. Seine Fantasien und seinen perversen Charakter hat er jahrzehntelang perfekt vor Außenstehenden verheimlicht. Das Schicksal hat ihm schließlich eine absurde Gelegenheit gegeben, seine Triebe auszuleben, und er hat sie genutzt."

Benita schüttelte den Kopf. „Unfassbar, wie ein Mensch sich so verstellen kann."

„Er hat es geschafft, weil er wusste, dass er irgendwann im Paradies sein würde", sagte Amaryllis bitter. „Er muss schon zu Lebzeiten seiner Eltern gewusst haben, dass es den Bunker gibt. Er hat auf ihren Tod gewartet, um in ihr Haus zu ziehen und seinen Trieb ausleben zu können. Denk mal an den Anfang der

Geschichte von Sarah Leonard. Er hat sie auf der Weihnachtsfeier der Firma belästigt, versucht, sie zu vergewaltigen, ist aber im letzten Moment zurückgeschreckt. Warum wohl?"

„Weil er wusste, wenn er sie wirklich vergewaltigt, wird ihm sein gutes Image nicht helfen, er kommt in den Knast, weil die Frau beweisen kann, was er ihr angetan hat", sagte Benita nachdenklich.

„Ganz genau. Also hat er sich mit Mühe in letzter Sekunde selber gestoppt, aber Sarah Leonard in dem Moment als sein späteres Opfer auserkoren. Er wusste ja, dass es nur eine Frage der Zeit war, bis seine Folterkammer zur Verfügung stehen würde. Offenbar hatte er eine Vorliebe für rote Haare, es ist die einzige Gemeinsamkeit zwischen den Opfern."

„Wie bist du eigentlich auf die Idee gekommen, dass es einen Verbindungsgang zwischen den Häusern der Nachbarin und des Täters gab?", fragte die Gerichtsmedizinerin.

„Als Falk die Sache mit dem Bunker aufbrachte, der als Versteck dienen könnte, ist mir die Aussage der Schwiegertochter von Gunnar Thomasson wieder eingefallen. Sie hatte gesagt, ihr Schwiegervater habe seiner Nachbarin vor ein paar Jahren bei einem Wasserschaden geholfen. Plötzlich war mir klar, warum wir keinen Zugang von seinem Haus zu dem Bunker gefunden haben, er ist über das Nachbarhaus hineingelangt. Wahrscheinlich hat Thomasson damals entdeckt, dass es von der anderen Seite einen weiteren Zugang gab, vielleicht wusste er es aber auch die ganze Zeit. Auf jeden Fall ist es kein Wunder, dass er sich angeblich so rührend um die alte Frau nebenan gekümmert hat. Sie war sein Alibi."

Ein Ball flog auf die Terrasse, den Amaryllis aufnahm und zu den Kindern zurückwarf.

„Obwohl ich dabei war, habe ich immer noch nicht wirklich kapiert, was es genau mit dem Bunke auf sich hat, in dem die Frauen versteckt waren“, fragte Benita nach.

„Die Häuser von Thomasson und Wittig stehen recht nahe beieinander, der Großvater von Frau Wittig hat sie Anfang des 19. Jahrhunderts bauen lassen, ein Haupthaus für die Familie, ein Nebenhaus für das Gesinde“, begann Amaryllis zu erklären. „Doch er hat die Häuser damals nicht auf einem leeren Grundstück gebaut, sondern ein Bauernhof, der zwischen den beiden neuen Gebäuden gestanden haben muss, wurde dafür abgerissen. Vielleicht war er baufällig, zu klein, zu groß, wir haben es nicht herausfinden können.

Dieser Bauernhof war offenbar nicht unterkellert, aber es gab zwei sogenannte Kühlkammern. In derartigen Räumen, die unter der Erde liegen, hat man, bevor es Strom gab und Kühlschränke erfunden wurden, Lebensmittel, so gut es ging, kühl gelagert. Diese Kammern sind beim Abriss des Bauernhofes erhalten geblieben und mehr noch, von beiden Häusern aus wurde ein Zugang angelegt. Wir nehmen an, dass sie zu Beginn des vorherigen Jahrhunderts, als es nicht überall Strom gab, weiter als Kühlkammern genutzt wurden und danach leer standen. Der alte Wittig muss nach dem Zweiten Weltkrieg, als er das Haus zugeteilt bekommen hat, diese Kammern entdeckt und in eine Art Bunker umgebaut haben – ohne Genehmigung.“

Amaryllis machte eine kurze Pause und trank einen Schluck Wasser. Es fiel ihr immer noch nicht leicht, über den Fall zu sprechen, da sie sich wie eine Versagerin vorkam, dass sie den unterirdischen Bunker nicht früher entdeckt hatten, auch wenn ihr jeder versicherte, dass es keinerlei Hinweis auf die Gewölbe gegeben hatte.

„Also gab es nirgends Aufzeichnungen oder Pläne von dem Bunker?“, fragte Benita nach.

„Nein“, bestätigte Amaryllis. „Nach dem, was wir bislang herausgefunden haben, muss Franz-Josef Wittig ein wirkliches Scheusal gewesen sein und seine Umwelt tyrannisiert haben. Er lebte, wissend, was für ein mieser Typ er war, in panischer Angst, dass ihm jemand etwas antun oder sich an ihm rächen könnte. Wir haben in den Kellerräumen des Wittig-Hauses Unmengen Waffen gefunden, die dort mehr schlecht als recht versteckt waren.

Wahrscheinlich hat er gedacht, wenn alles nicht hilft und er seine Feinde nicht abknallen kann, versteckt er sich in seinem Bunker und wartet, bis die Gefahr vorbei ist. Selbstverständlich war ihm daran gelegen, dass kein Mensch von dem Bunker weiß, damit ihn niemand dort suchen konnte, deswegen hat er alle Unterlagen über die Kühlkammern, die es vielleicht gegeben hat, sorgfältig vernichtet.“

„Wusste seine Frau nichts davon?“, fragte Benita ungläubig nach.

„Heidemarie Wittig hat es gewusst, davon sind wir überzeugt aufgrund einer Bemerkung, die sie uns gegenüber gemacht hat, als es um den Tod ihres Mannes ging. Er muss versucht haben, sich in dem Bunker zu verstecken, hat es aber nicht rechtzeitig geschafft. In den letzten Verhören der alten Frau sind wir auf Granit gestoßen. Sie will oder sie kann sich an nichts erinnern. Wir sind allerdings überzeugt, dass sie keine Ahnung hat, was ihr Nachbar in dem Bunker getrieben hat. Im Gegenteil, Gunnar Thomasson hat ihre Hilflosigkeit ausgenutzt, um sich von ihrem Haus aus Zugang zu dem Keller zu verschaffen, nachdem sein Sohn ihm auf die Spur gekommen ist.“

„Was für eine Geschichte, so ein Fall ist mir noch nie untergekommen. So viel menschlicher Abgrund, so viele unschuldige Opfer." Benita schaute in den Garten und überlegte einen Moment. „Aber warum hat der Sohn nicht sofort die Polizei informiert, als er etwas über das Doppelleben seines Vaters herausgefunden hat?"

„Es gibt so vieles in dem Fall, das wir niemals genau wissen werden", seufzte Amaryllis. „Wir denken, dass er nicht wusste oder besser gesagt, noch nicht wusste, dass sein Vater im Keller zwei Frauen quält. Er muss herausgefunden haben, dass es den Bunker gibt, und hat gemerkt, dass sein Vater dort etwas macht, von dem er nicht will, dass es jemand weiß. Nicht mal die eigene Familie. Wer wäre da nicht neugierig gewesen und hätte nachgeforscht?

Wir gehen anhand des Todesdatums von Lars Baumeister und des Zeitpunkts, an dem Herr Thomasson ganz selbstlos begonnen hat, sich um Frau Wittig zu kümmern, davon aus, dass Gunnar Thomasson in Panik geraten ist, als sein Sohn von dem Bunker erfahren hat. Also hat er seinen Sohn umgebracht und den Zugang von seinem Haus zum Bunker geschlossen.

Wir haben, als wir endlich wussten, wonach wir suchen müssen, den Eingang mühelos geortet. Gunnar Thomasson hat ihn mit einer Backsteinwand, die fast zwei Meter dick ist, verschlossen. Er muss da ewig dran gearbeitet haben, immerhin hat er alles allein gemacht. Die Wand davor ist perfekt verspachtelt und gestrichen. Den Gang dahinter hat er mit Gerümpel und allem möglichem Zeug zugestellt, es sah so aus, als wäre er seit Jahrzehnten zugeschüttet."

„Kein Wunder, dass selbst die Spezialisten keinen Hohlraum hinter der Kellerwand feststellen konnten", sagte Benita.

„Gunnar Thomasson muss sich, während er den Zugang von seinem Haus aus verschlossen hat, das Vertrauen von Frau Wittig erschlichen und einen Schlüssel für ihr Haus von ihr bekommen haben. Den hat er genutzt, um tagsüber nach der alten Dame zu schauen und ein paar Einkäufe für sie zu tätigen. Aber er konnte trotz aller Demenz von Frau Wittig nicht riskieren, tagsüber regelmäßig für ein paar Stunden in ihrem Keller zu verschwinden. Also hat er seine Opfer nur noch nachts besucht. Sarah Leonard hatte eine Uhr um, als wir sie gefunden haben. Sie kannte zwar die Uhrzeit, hat aber im Laufe der Jahre wohl Tag und Nacht verwechselt, deswegen kann sie uns leider nicht bestätigen, dass ihr Peiniger in der Nacht zu ihr gekommen ist."

„Wahnsinn!", rief Benita. „Der Typ hat wirklich an alles gedacht. Kein Wunder, dass ihn niemand nach seinen Einkäufen am Vormittag auf der Straße gesehen hat. Er hat geschlafen! Damit die Nachbarn nicht misstrauisch werden, dass er zu oft nach der alten Frau sieht, ist er heimlich nachts in ihr Haus geschlichen, wenn alle schliefen, und hat sich an seinen Opfern vergangen bzw. ihnen Essen und Trinken gebracht."

„Und nicht nur das!", sagte Amaryllis. „Er hat Frau Wittig unter einem Vorwand überredet, es sei sinnvoll, wenn Terrassen- und Haustürschloss den gleichen Schlüssel haben, in Wahrheit hat er einen Schlüssel behalten, um nachts durch den Garten von hinten in ihr Haus schleichen zu können. Selbst wenn nachts jemand zufällig vorne auf der Straße gewesen wäre, er hätte Thomasson nicht gesehen, wie er in das Haus von Frau Wittig gegangen ist. Wir haben die Quittung für das neue Schloss in Frau Wittigs Unterlagen gefunden. Der Austausch der Schlösser passt zeitlich genau zum Todesdatum von Lars Baumeister."

„Kling alles ausgeklügelt und logisch", sagte plötzlich Nicolas Kretschmann, der unbemerkt hinter Amaryllis getreten war. „Aber eine Sache verstehe ich nicht."

Er setzte sich auf einen der freien Gartenstühle und sein Hund Otto, der hinter ihm her getrottet war, legte sich neben seinen Besitzer auf die Erde.

„Ich wäre froh, wenn es nur eine Sache wäre, die ich nicht verstehe an diesem Fall", sagte Amaryllis und rang sich ein Lächeln ab. Gegen ihren Willen musste sie zugeben, dass Nicolas deutlich netter war, als sie zu Beginn gedacht hatte, und außerdem sah der Mann unverschämt gut in Shorts aus. Die Tatsache, dass ihr sein Aussehen überhaupt aufgefallen war, ärgerte Amaryllis aus irgendeinem Grund, worüber sie sich noch mehr ärgerte.

„Wieso haben die Frauen nicht geschrien? Durch die Belüftungsschächte müsste das doch jemand gehört haben", stellte der Diensthundeführer seine Frage.

„Sie haben geschrien, so viel steht fest", erklärte Amaryllis und war froh, dass ihre Stimme ihren unberechtigten Ärger nicht verriet.

„Sarah Leonard hat ausgesagt, dass sie zu Beginn ihrer Gefangenschaft, nachdem sie die Belüftungsschächte an der Decke ihres Verlieses entdeckt hatte, tagelang geschrien hat, es hat nichts genützt. Irgendwann hat sie aufgegeben. Ihrer Aussage nach hat Sofia Richert ebenfalls geschrien, und zwar so laut, dass sie es in ihrem Bunker-Verlies zwar nicht wirklich hören, aber zumindest ein Geräusch wahrnehmen konnte. Bei der Dicke der Wände muss die Frau sich jahrelang die Seele aus dem Leib geschrien haben."

„Und nie hat jemand etwas mitbekommen?", fragte Nicolas ungläubig nach.

„Offenbar nicht“, erklärte Amaryllis ungewollt schnippisch und ermahnte sich innerlich, dass es keinen Grund gab, zu Nicolas unfreundlich zu sein, im Gegenteil, er gefiel ihr und sie war dabei, ihn zu vergraulen.

„Franz-Josef Wittig hat in seinem Verfolgungswahn die alten Belüftungsschächte der Kühlkammern in den Wald hinein verlängert, damit sie niemand in der Nähe des Hauses zufällig sieht“, sagte Falk, der an den Tisch getreten war und die letzten Sätze der Unterhaltung gehört haben musste. „Es ist ein Wunder, dass die Frauen dort unten nicht erstickt sind, aber Thomasson hat auch hier ganze Arbeit geleistet. Die alten Öffnungen waren nicht komplett weg, Wittig sie wahrscheinlich niemals verschlossen und Thomasson hat sie gefunden, gesäubert und regelmäßig geöffnet. Zumindest lässt die Aussage von Sarah Leonard, dass sie manchmal das Gefühl hatte, etwas besser Luft zu bekommen, darauf schließen. Wir gehen davon aus, dass der Täter die Schächte nach dem Öffnen wieder mit Laub und Erde überdeckt hat, damit sie nicht auffallen.“

Falk atmete tief durch. „Der Frischluftaustausch in den Kellern war minimal, ich kriege sofort das Gefühl zu ersticken, wenn ich daran denke. Die neueren, ständig geöffneten Luftschächte sind ein ganzes Stück weg von den Häusern und liegen auf dem Wittig-Grundstück. Auf so eine perfide Idee muss man erstmal kommen.“

„Die Schächte sind so weit weg, dass niemand die Schreie der Frauen hören konnte, zumal die Schächte hinter dem Haus in einem Waldstück enden, wo es keine Spazierwege oder Ähnliches gibt“, beendete Amaryllis seine Aussage.

Sie nahm einen Schluck aus ihrem Weinglas und es gelang ihr nur mit Mühe, die Tränen in ihren Augen zurückzudrängen.

„Wir haben versagt“, sagte sie leise. „Oder besser gesagt, ich habe versagt. Wenn ich die Überprüfung der Frau, die Thomasson bei der Weihnachtsfeier belästigt hat, nicht der Kollegin Leitner überlassen hätte, wären wir deutlich früher darauf gekommen, dass es ein zweites Opfer gibt. Ich hätte das selber machen müssen.“

„Nein! Hättest du nicht!“, sagte Falk energisch. „Du kannst nicht alles selber machen. Niemand anders nimmt so oft abends Akten mit nach Hause wie du. Niemand engagiert sich mehr für seine Fälle. Wenn überhaupt jemand Schuld hat, dann die Kollegin Leitner, weil sie die Personalien der Frau nicht sorgfältig genug überprüft hat.“

„Oder die Ausbilder der Frau, die ihr nicht genügend beigebracht haben“, fügte Nicolas Kretschmann an. „Wenn ich mir anschaue, mit wie wenig Wissen die jungen Kollegen teilweise auf die Menschheit losgelassen werden, wie wenig Motivation da zu sehen ist, dann bist du wirklich die Letzte, die sich Vorwürfe machen sollte.“

Benita sah, dass ihre Kollegin und Freundin etwas einwenden wollte, und sprach, bevor Amaryllis es konnte: „Und nein, du hättest auch nicht alle Fälle von vermissten Frauen in Deutschland durchgehen müssen. Niemand konnte ahnen, dass dieser Perversling zwei Frauen in seinem Keller gefangen gehalten und die eine vor unzähligen Jahren im Sauerland entführt hat. Wenn du mit der Überprüfung der bundesweiten Vermisstenfälle der vergangenen zehn oder sogar fünfzehn Jahre auf Übereinstimmung mit dem Fall von Sofia Richert begonnen hättest, wärst du heute noch nicht fertig und Sarah Leonard wäre tot!“

„So ist es“, bestätigte Falk. „Und damit genug von dem Fall. Wenigstens für heute. Ich werfe jetzt das Fleisch auf den Grill, wir füttern zuerst die Kindermeute und machen es uns dann gemütlich. Meine Wetter-App hat für morgen die lang ersehnten Gewitter angesagt und der Herbst steht vor der Tür. Genießen wir den vielleicht letzten perfekten Sommerabend!"

Amaryllis lächelte, sie fühlte sich nach dem Zuspruch ihrer Kollegen das erste Mal, seit sie das Versteck von Sarah Leonard gefunden hatte, unbeschwert. Sie hob ihr Glas.

„Auf uns und dass der nächste Fall ein besseres Ende findet!"

ENDE

WEITERE ROMANE VON CAROLINE PARKER:

Sühnekind

Er hinterlässt keine Spuren, außer er will es.
Ein Serienmörder, so raffiniert, dass seine Taten unentdeckt bleiben, bis er beginnt seine Opfer immer brutaler zu töten, stellt die Berliner Kommissare Winter und von Heeren vor ein Rätsel. Es gibt keine Spuren, keine Verbindung zwischen den Toten und erst recht kein Motiv. Erst als sie erkennen, dass der Schlüssel zu den Verbrechen tief in der Vergangenheit liegt, scheinen sie dem Täter endlich näher zu kommen. Doch der spielt in einem Netz aus Lügen, Geheimnissen und Verrat geschickt Katz und Maus mit den beiden Kommissaren.

Feuerskälte

Nichts ist, wie es scheint. Schon gar nicht das Böse. Ein tödliches Feuer weist unheimliche Parallelen zu einem Fall auf, der vor zehn Jahren die Berliner Mordkommission in ihren Grundfesten erschüttert hatte. Doch der Täter von damals sitzt im Gefängnis und die Kommissare Winter und von Heeren haben die unangenehme Aufgabe, bei ihren Kollegen alte Wunden aufreißen zu müssen, um die

Hintergründe des Brandes zu klären. Als ein weiterer Mord geschieht, wird klar, dass der Fall vor zehn Jahren niemals wirklich gelöst wurde. Doch während Amaryllis Winter und Falk von Heeren mühevoll versuchen, die Geschehnisse hinter beiden Taten zu verbinden, ist der wahre Täter ihnen stets einen Schritt voraus - und er ist bereit, jeden zu töten, der hinter sein Geheimnis kommt.

Zornesopfer

Die Zeit heilt keinen Zorn.

Die entstellte Leiche eines jungen Mädchens wird auf einer Parkbank am bekannten Kollwitzplatz in Berlin gefunden. Die Mordkommission unter Leitung von Amaryllis Winter und Falk von Heeren hat kaum ihre Arbeit aufgenommen, als ein weiteres Mädchen verschwindet. Der Täter, von der Presse schnell als der „Mädchenfänger von Berlin“ bezeichnet, hinterlässt Angst und Schrecken in der Stadt – und jede Menge Spuren. Doch diese passen so wenig zusammen, dass die Kommissare bald einen fürchterlichen Verdacht hegen: Vielleicht haben sie es gar nicht mit einem einzelnen Täter zu tun…

Printed in Poland
by Amazon Fulfillment
Poland Sp. z o.o., Wrocław

35028172R00172